KB001793

숲은
알고 있다

이 도서의 국립중앙도서관 출판예정도서목록(CIP)은 서지정보유통지원시스템
홈페이지(http://seoji.nl.go.kr)와 국가자료공동목록시스템(http://www.nl.go.kr/kolisnet)에서
이용하실 수 있습니다. (CIP제어번호: CIP2020016636)

森は知っている by 吉田修一
MORIWA SHITTEIRU

Copyright © 2015 by YOSHIDA SHUICHI

Original Japanese edition published by Gentosha, Inc., Tokyo, Japan

Korean edition is published by arrangement with Gentosha, Inc.

through Discover 21 Inc., Tokyo and BC Agency, Seoul.

이 책의 한국어판 저작권은 BC에이전시를 통해
저작권자와 독점계약을 맺은 ㈜은행나무출판사에 있습니다.
저작권법에 의해 한국 내에서 보호를 받는 저작물이므로
무단 전재와 무단 복제를 금합니다.

숲은
알고 있다

요시다 슈이치 장편소설

이영미 옮김

은행나무

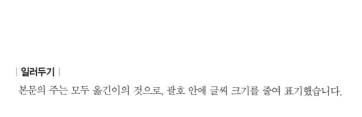

│ **일러두기** │
본문의 주는 모두 옮긴이의 것으로, 괄호 안에 글씨 크기를 줄여 표기했습니다.

1장
나란토(南蘭島)

　수로 바닥에 납작 엎드린 소년들이 꾸물꾸물 기어갔다. 종렬로 늘어선 엉덩이 세 개가 좌우로 실룩거렸다. 평상시 이 수로에는 숲에서 샘솟은 물줄기가 흘러드는데, 요 며칠은 비가 오지 않아서 젖은 나뭇잎만 겹겹이 쌓여 있었다.

　한가운데서 기어가는 소년에게는 지적장애가 있다. 신이 나서 어쩔 줄 모르겠다는 듯이 이따금 "아, 아" 하고 소리를 질렀다.

　"야나기! 간타 좀 조용히 시켜! 이러다 들키겠다!"

　맨 뒤에서 기어가던 소년이 주의를 주자, 야나기라고 불린 선두에 선 소년이 "간타, 쉬잇!" 하며 뒤를 돌아봤다. 그런데도 간타라는 소년은 흥분이 가라앉지 않았다.

　수로는 숲의 비탈면을 따라 선셋 거리 쪽으로 나 있다. 주홍빛을 머금기 시작한 석양이 섬에서 가장 활기 넘치는 해변을 곱게 물들었다. 비치 하우스와 카페가 늘어선 선셋 거리에는 쩌렁쩌렁 틀어놓은 댄스 음악이 흘러서 간타가 뒷산에서 소란을 피운대도 그 소리가 딱히 두드러지지는 않았다.

목표 지점인 비치 하우스 뒤까지 수로를 기어간 소년들은 온몸에 들러붙은 나뭇잎을 털어냈다. 세 사람 다 땀과 진흙으로 범벅이 되었다.

야나기라고 불린 선두에 있던 소년이 동생인 듯한 간타의 몸을 털어주는 동안, 맨 끝에 있던 소년이 비치 하우스 벽에 뚫린 구멍으로 안을 훔쳐보기 시작했다.

"다카노, 누가 있긴 해?"

"있어, 있어."

더는 못 기다리겠다는 듯이 다그쳐 묻는 야나기에게 다카노라고 불린 소년도 바로 대답해주었다.

구멍 너머는 샤워장인데, 네 여자의 엉덩이가 줄줄이 늘어서 있었다. 칸막이는 있지만, 커튼이 없어서 엉덩이 네 개가 훤히 다 보였다. 다카노는 얼굴을 벽에 더 찰싹 갖다 붙였다.

"몇 명이야?"

야나기가 더는 기다리지 못하고 다카노를 벽에서 떼어내려 했다. 그런데도 다카노는 벽에 찰싹 달라붙어서 "젊은 여자 셋. 그리고 너희 엄마"라며 웃었다.

다카노의 농담에 "아아, 엄마, 엄마" 하며 간타가 웃음을 터뜨려서 야나기가 얼른 그 입을 틀어막았다.

여자 엉덩이라도 생김새는 가지각색이라 둥그린 엉덩이, 비쩍 마른 엉덩이…… 게다가 피부 탄력도 다 다른지 비누 거품이 흘러내리는 모양새도 달랐다.

"빨리 교대해!"

야나기가 더는 못 참겠는지 벽에서 강제로 떼어내는 바람에 다카노는 그대로 엉덩방아를 찧고 말았다.

야나기가 먼저 간타의 머리를 벽에 밀어붙이고 "하나, 둘, 셋, 넷……" 빠르게 열까지 센 후, "됐어, 교대!"라며 잽싸게 밀쳐냈다.

간타는 제대로 보지도 못했으면서 "엉덩이, 엉덩이" 하며 좋아서 어쩔 줄을 몰랐다.

해거름은 짧다. 어느새 뒷산에는 햇빛이 닿지 않아서 뒤쪽 숲은 어두웠다.

"오늘은 대박이네."

야나기가 그 말을 흘린 순간, 펜스 너머에서 덤불숲이 흔들렸다. 그 속에서 불쑥 얼굴을 내민 비치 하우스 주인이 "이놈들이 또!" 하고 고함을 쳤다.

"헉, 큰일 났다!"

벽에서 떨어진 야나기가 멍하니 서 있는 간타를 다카노에게 밀치며 "이 녀석, 부탁해"라고 내뱉더니, 펜스를 넘어오려는 주

9

인 쪽으로 달려갔다.

"아저씨, 이쪽이야, 이쪽!"

엉덩이를 두드리며 도발하는 야나기를 본 주인의 얼굴이 붉으락푸르락 달아올랐다.

다카노는 그 틈을 이용해 간타의 손을 잡아끌고 반대편으로 달려가기 시작했다. 간타가 형이랑 헤어지기 싫은지 자꾸 꾸물거려서 하는 수 없이 등에 업고 뛰었다.

찢어진 펜스 밑으로 빠져나온 다카노는 선셋 거리로 나왔다. 거리는 아직 해수욕 관광객들로 북적거려서 그 사이를 헤치며 뛰어갔다. 물수제비를 뜨는 돌맹이처럼 달려가는 다카노 일행을 본 수영복 차림의 관광객들은 놀라워했다.

"걱정 마! 네 형은 괜찮아."

다카노가 등에 업힌 간타에게 말을 건넸다.

등에 업혀 뛰는 게 재미있는지, 간타가 자꾸 등에서 일어서려 하는 바람에 다카노의 다리가 휘청거렸다. 온몸에서 땀이 솟구쳤고, 땀으로 번들거리는 팔에서 간타의 넓적다리가 자꾸 미끄러졌다.

해변에서는 스태프들이 파라솔을 접어 정리하고 있었다. 수평선의 석양은 이미 시들해졌고, 해변에는 등 뒤의 밤하늘이 바짝 다가왔다.

다카노는 간타를 등에 업은 채로 해변을 가로질렀다. 하얀 모래는 여전히 뜨거웠고, 두 사람 몫의 몸무게에 뒤꿈치가 깊이 빠졌다. 해변의 끝자락까지 다다른 후, 선착장 잔교로 뛰어올라갔다.

잔교는 바다를 향해 뻗어 있었다. 저 멀리 석양이 기울었다. 다카노는 전속력으로 잔교를 달려갔다.

"간다!"

마지막 끄트머리까지 도움닫기를 하며 그대로 높이 솟구쳐 올랐다. 뛰어오른 순간, 등 뒤에서 간타가 비명을 질렀다. 발버둥 치는 간타의 몸이 허공에서 떨어져서 제각각 커다란 물보라를 일으키며 물속으로 떨어졌다.

후끈 달아올랐던 몸이 순식간에 식었다. 선셋 거리의 떠들썩한 소음도 순식간에 사라졌다.

바닷물 위로 얼굴을 내밀자, 바로 옆에서 간타가 허우적대고 있었다. 다카노가 그 몸을 끌어당겼다.

해 질 녘의 바닷가가 눈앞에서 하늘하늘 흔들렸다. 8월의 끝자락, 해수욕 관광객들로 북적이던 아오토 해변의 하루가 저물어가고 있었다.

물을 먹었는지 간타가 헛구역질을 했다.

다카노가 물속에서 그 등을 두드려주었다.

"아, 아."

"왜 그래? 힘들어?"

"아, 아."

간타가 기침을 하면서도 잔교 쪽을 손으로 가리켰다. 쳐다 보니 비치 하우스 주인을 따돌리고 도망친 야나기가 이쪽을 향해 잔교를 달려왔다.

"거봐, 형, 괜찮지."

다카노가 그렇게 말한 순간, 잔교 끝까지 달려온 야나기도 그 기세를 몰아 하늘 높이 뛰어올랐다.

다카노와 야나기 형제가 사는 나란토는 오키나와현의 이시 가키섬에서 남서쪽 60킬로미터 지점에 떠 있는 서양배 모양의 외딴섬으로, 그 대부분이 융기산호초다.

섬에는 리조트가 개발된 서쪽의 아오토 지구와 남쪽에 위치 하는 구시가지인 다마노 두 개 동네가 있고, 그 두 지역을 통칭 선셋 거리가 이어준다.

한편, 안라쿠곶이 있는 북쪽에서부터 동쪽으로 나 있는 도 로를 섬 주민들은 단순하게 '동로(東路)'라고 부른다. 예전에는 선셋 거리도 '서로(西路)'라고 불렸는데, 아오토 해변의 리조트 개발 과정에서 그 명칭이 소멸되었다.

해변과 오래전부터 마을이 있었던 서쪽에 비해 개발의 손길 이 닿지 않은 동쪽에는 아직도 야자수 원시림이 펼쳐져 있고, 그 사이를 지나는 동로도 비포장인 채로 남아 있다. 야간에는 가로등도 없고, 낙석이나 야자수 낙엽이 방치되어 있어서 좀 처럼 차가 다니지 않는다.

그 동로를 다카노와 야나기가 스쿠터를 타고 달리고 있었다. 야나기의 등에는 간타가 매달려 있었다. 두 개의 라이트가 비추는 길에는 낙석이 많고, 군데군데 갈라진 곳도 있었다.

조금 전에 바다로 뛰어들었던 세 사람은 거의 벌거벗은 상 태였다. 그런데도 밤바람에 어느새 피부가 마르기 시작했다.

앞서 달리던 야나기의 스쿠터 브레이크등이 환하게 빛났다. 한순간 주위 덤불까지 붉게 물들었다.

급정차한 야나기의 스쿠터 옆에 다카노도 나란히 스쿠터를 세웠다.

"왜 그래?"

다카노가 야나기의 얼굴을 들여다봤다. 달빛에 젖어 있는 것 같았다.

"두 달만 지나면, 난 열여덟 살이야." 야나기가 중얼거렸다.

"어." 다카노도 고개를 끄덕였다.

"무리겠지? 이 녀석이랑 함께 살아가는 건……."

야나기의 등 뒤에서는 간타가 졸린 듯이 눈을 비비고 있었다.

"……이 녀석이랑 함께 살면서 AN 통신에서 일할 순 없겠 지? 안 그래? 산업스파이잖아……."

혼잣말 같았다. 그게 아니면 밤길에 말을 건네는 것 같아서 다카노는 대꾸할 말이 떠오르지 않았다.

"……으음, 혹시 내가 사라지면, 이 녀석은 어떻게 될까……. 이 녀석이랑 나는 늘 함께였어. 이 녀석이 나 없이도 살아갈 수 있을까?"

"그때가 되면, 간타는 제대로 된 시설에……."

"나도 알아!" 대꾸하려는 다카노를 야나기가 가로막았다. "……그건 안다고. 하지만 제아무리 훌륭한 시설이라도 그곳에는 내가 없어. 내가 없으면 이 녀석은 안 돼. 내가 설사가 나서 화장실에 처박혀 있으면, 이 녀석은 계속 문 앞에서 기다려. 그런 놈이야."

다카노는 긴 침묵에 잠겼다.

"야, 다카노."

"응?"

"지금부터는 농담이라 여기고 들어줘."

그렇게 말한 야나기가 확인하듯 다카노의 얼굴을 들여다봤다.

"뭔데 그래?" 하고 물으면서도 다카노는 내심 초조해졌다.

"……나, 도망칠 거야."

"뭐?"

"나, 간타랑 같이 도망친다고. 그래서 이 녀석이랑 같이 살거야."

바람이 일면서 어두운 숲의 나무들이 흔들렸다.

"그건 보나 마나 무리지……."

"그, 그러니까 농담으로 들으랬지."

"그렇지만……."

"어쨌든 나는 우리 조직에서 돈이 될 만한 정보 한두 개를 훔쳐서 간타랑 같이 도망칠 거야. 그 후에는 뭐, 어떻게든 되겠지. 카리브 해변에서 푸에르토리코 미인들에게 둘러싸여 살아도 좋고, 유럽의 시골 마을에서 포도나 재배하면서 살아도 좋겠지. 안 그래? 간타 특기가 그거잖아. 간타가 정성껏 키워서 누구보다 달콤한 토마토를 수확한 건 너도 알잖아?"

어느새 스쿠터 불빛으로 무수한 날벌레들이 꾀어들었다. 날아다니는 그 모양이 그림자놀이처럼 보였다.

"……하지만 무리겠지." 침묵 속에서 먼저 입을 연 쪽은 야나기였다. "……우리 조직에서 정보를 빼돌리다니, 그건 아무래도 무리겠지" 하고 서글픈 듯이 웃었다.

"무리야." 다카노가 내뱉듯이 말했다.

"그럼, 이대로 조직에 들어가서 서른다섯 살이 될 때까지 걸레짝처럼 이용만 당해야 하나? 살아남을 리가 없어. 그거야말로 진짜 무리야. 그러니까 코앞에 당근부터 던져주는 거라고. 서른다섯까지 살아남으면, 그다음은 자유다. 돈이든 뭐든 원하는 대로 다 주겠다고."

다카노는 어두운 숲을 바라보았다. 누군가가 이 대화를 훔쳐 듣는 것 같아 왠지 기분이 안 좋았다.

"……있잖아, 다카노. 너한테 부탁 하나 할게."

야나기가 그 말을 하면서 액셀러레이터를 부릉부릉 울렸다. 그 소리가 어두운 숲속에 울려 퍼졌다.

"……혹시 나한테 무슨 일이 생기면, 간타를 부탁한다. 아까 이 녀석을 업고 도망쳤을 때처럼. 혹시 나한테 무슨 일이 생기면…… 이 녀석을 부탁해."

야나기의 눈빛이 여느 때와 달리 진지해서 다카노는 대답을 할 수가 없었다.

조직에서 도망치다니, 야나기에게 그런 배짱이 있을 리 없다. 그렇지만 간타를 등에 업고 필사적으로 도망치는 야나기의 모습도 상상이 갔다.

"어." 다카노가 짧게 대답했다.

"고마워. 약속했다."

그렇게 중얼거린 야나기는 한순간 울음을 터뜨릴 것처럼 보였다. 야나기는 그 표정을 감추듯이 급발진을 했고, 깜짝 놀란 간타가 야나기의 등에 찰싹 매달렸다.

"자, 집에 가서 밥 먹자, 밥!"

야나기의 외침 소리만 캄캄한 숲속에 남았다.

동로에서 벗어나 산 쪽으로 난 비탈길을 올라가면 '도도로키 마을' 입구가 나온다. 동로 분기점에도 '도도로키 마을'이라고 적힌 표지판이 있긴 한데, 너무 낡아서 글자를 읽을 수 없다.

다카노는 마을 입구에서 경적을 울리며 야나기 형제와 헤어졌다.

마을에는 오래된 민가가 띄엄띄엄 있는데, 다카노가 사는 집은 마을에서도 가장 깊은 산 속에 있다.

간신히 한 사람만 지날 수 있는 짧은 나무다리를 건넌 다카노는 현관 앞에 스쿠터를 세우고 내렸다. 바깥 부엌에서 흘러나오는 달콤한 조림 냄새에 배에서 꼬르륵 소리가 났다.

다카노가 부엌을 들여다봤다. "장조림?" 하고 말을 건네자, 도모코 아줌마가 "지금 먹을래?"라며 돌아봤다.

도모코 아줌마는 쪼그리고 앉아 옥수수 껍질을 벗기고 있었다.

다카노는 비치 샌들을 벗어 던지고 방으로 올라갔다. 발바닥은 모래 때문에 거슬거슬하고, 땀범벅이 된 몸에서는 냄새가 났다. 다시 툇마루에서 밖으로 뛰어내려 양동이에 물을 받았다. 옷을 훌러덩 벗어 던지고, 양동이 물을 정수리부터 쏟아부었다.

발밑에서 튀어 오른 물소리가 뒤편 검은 숲에 울려 퍼졌다. 바람이 젖은 몸을 어루만지며 스쳐 지나갔다.

방으로 돌아오니 식탁에 특대 사이즈의 돼지고기 장조림 덮밥이 놓여 있었다. 득달같이 장조림을 덥석 베어 물고, 김이 모락모락 피어오르는 흰밥을 입안에 그러넣었다.

"아줌마, 그 옥수수 지금 삶을 거예요?"

"이건 돼지 밥이야. 달지 않아서. 너도 먹을래? 돼지 밥."

아줌마 목소리가 들렸는지, 뒤뜰 돼지우리에서 하나코와 다른 돼지들의 울음소리가 들렸다.

"하나만 삶아주세요. 이따 설탕이랑 간장 발라서 제가 구울게요."

"아이고 참, 이건 돼지 밥이라니까 그러네."

아줌마가 깔깔 웃으며 반지르르하게 윤기가 도는 옥수수 하나를 싱크대로 휙 집어 던졌다.

다카노는 눈 깜짝할 새에 덮밥을 깨끗이 먹어 치웠다. 맨발로 부엌으로 내려가서 냄비 뚜껑을 열었다.

"아줌마, 간타가 지난번에 가져온 토마토는?"

다카노가 선 채로 음식을 집어 먹으며 물었다.

"그건 이제 없어. 달아서 아줌마가 다 먹어버렸어."

"그걸 혼자 다?"

"어, 다 먹었지. 어찌나 달던지."

그때 불현듯 등 뒤에서 인기척이 느껴졌다.

돌아보니 도쿠나가가 서 있었고, 부엌 불빛이 그 발밑까지 뻗어 있었다. 흰 노타이셔츠에 가죽 구두뿐인데도 이 마을에서는 정장이라도 차려입은 것처럼 보인다.

다카노는 목만 살짝 끄덕이며 인사했다.

도쿠나가가 손짓으로 불렀다. 다카노는 밖으로 나갔다. 달빛 아래에서 가무잡잡하게 탄 도쿠나가의 얼굴이 또렷하게 보였다.

"이제 밥 먹나?"

"아오토 해변에서 놀다 방금 들어와서."

"이걸 오늘 밤 안으로 암기해. 모르는 용어도 건너뛰지 말고, 반드시 사전을 찾아보고."

다카노는 도쿠나가가 건네는 파일을 받아 들었다. 팔랑팔랑 넘겨보니, 프랑스어였다.

"뭐예요, 이게?" 다카노가 물었다.

"'V. O. 에퀴'라는 기업의 자료야. 프랑스의 물 메이저 기업 중 하나인데, 전신(前身)은 1853년에 리옹에서 창업했지. 그 파일에 전부 나와 있어."

"물 메이저라뇨?"

"일본과 달리 세계에는 상하수도 사업이 민영화된 나라가 많아. 현재, 세계 각국의 상하수도 사업은 이 'V. O. 에퀴'를 포함한 서너 개 회사에서 과점하고 있지. 그게 바로 물 메이저 기업이야."

다카노는 파일을 다시 들춰보았다. 가뜩이나 자신 없는 프랑스어인 데다 전문용어도 많았다.

"오늘 밤 안으로는 힘들어요."

다카노가 입을 삐죽 내밀었다.

"암기하면 그 파일은 태워버려. 알겠나?"

돌아가려는 도쿠나가를 "장조림 덮밥 있어요. 드시고 가실래요?"하며 다카노가 불러 세웠다.

"지금 배불러."

그제야 도쿠나가가 딱딱한 표정을 풀며 웃었다.

"……아, 참." 걸음을 내디디려던 도쿠나가가 멈춰 서더니 "너, 다음 주부터 2주간은 프랑스야"라고 말했다.

"다음 주요? 학교 개학인데."

"학교에는 내가 이미 연락했어."

"이 파일이랑 무슨 관계가 있나요?"

"너한테 일을 맡기긴 아직 너무 일러. 넌 음식을 품위 없이 먹으니, 아마 그쪽에서 식사 예절이라도 호되게 가르칠 심산이겠지."

코웃음을 치는 도쿠나가 앞에서 다카노는 젓가락과 덮밥 그릇을 든 채 우두커니 서 있었다.

도쿠나가가 웃으며 짧은 나무다리를 건너갔다. 다카노는 그 뒷모습을 보며 배웅했다.

도쿠나가는 지금 같은 마을에 있는 자기 집으로 돌아간다. 폐가를 적당히 보강한 집이라 태풍이 다가오면 당장 필요한 물건들만 챙겨서 이곳 도모코 아줌마 집으로 피난을 온다.

이미 마흔 살이 거의 다 됐을 텐데 처자식은 없고, 청소, 세탁, 식사 준비는 다카노와 마찬가지로 도모코 아줌마에게 신세를 진다.

다카노가 쓰는 방은 안채 뒤에 있는데, 지붕 위에 작은 오두막을 증축했고, 게다가 사다리를 타고 올라가기 때문에 나무 위의 새집처럼 보인다.

안에는 마루를 깔고, 창가에 침대를 놓았고, 천장에 모기장을 매달아놓았다. 창밖으로는 마을 전체가 내려다보인다.

어느덧 새벽 2시가 넘은 시각, 마을에 불이 밝혀진 집은 없다. 우물이 있는 광장만 유일한 가로등 불빛을 받아 푸르께하게 빛났다.

예의 그 파일을 집어 던진 다카노는 잠결에 식은땀이 난 목 언저리를 수건으로 닦아냈다.

불빛에 모여든 날벌레를 잡으려고 도마뱀붙이가 모기장 위를 기어가고 있었다.

다카노는 도마뱀붙이를 손가락으로 튕겨냈다. 벽까지 날아간 도마뱀붙이가 허둥지둥 바닥을 기어갔다.

네 시간이나 지났는데 파일은 아직 절반도 못 읽었다. 'V. O. 에퀴'라는 기업의 변천사, 세계시장 점유율, 관련회사까지는 원활하게 읽었는데, 정작 중요한 사업 내용에 접어들자 상하수도 사업과 관련된 전문용어가 너무 많아서 한 줄에 두세 번씩이나 사전을 펼쳐야 했다.

도쿠나가도 분명 이걸 내일 아침까지 다 암기할 수 있다고 생각하진 않을 것이다.

다카노는 파일을 집어 던지고, 팬티를 내린 후 성기를 움켜쥐었다. 침대 밑에 감춰둔 야한 잡지를 꺼내기조차 귀찮아서 온 힘을 다해 성기를 훑었다. 2분도 채 안 되어 몸속에 고여 있던 정액이 배 위로 어지럽게 튀었다. 휴지로 닦아내는 사이, 서서히 눈꺼풀이 무거워졌다.

결국 그대로 잠들어버린 다카노는 날이 새기 전에 안 좋은 꿈에 눈이 뜨였다. 잠에서 깬 순간 꿈 내용은 잊어버렸지만, 무의식적으로 침대 밑에 떨어져 있던 파일을 주워 들고 졸린 눈을 비비며 번역을 이어갔다.

*

안벽으로 밀려온 파란 파도가 부딪쳤다. 흡사 물감을 풀어 놓은 듯한 파란 파도가 안벽에 부딪치며 산산이 깨졌다.

잔교에 댄 페리의 엔진 소리가 발밑에서 전해져 왔다.

시오리는 난간에서 몸을 내밀었다. 햇볕을 들쓴 안벽 곳곳이 웬일인지 색으로 물들어 있었다. 찬찬히 살펴보니 파파야나 망고스틴의 잔해가 바짝 말라붙은 것 같았다.

그 안벽으로 잔교를 가로지르며 수많은 스쿠터들이 달려왔다. 스쿠터에는 젊은 청년들이 타고 있었다.

"할아버지, 저건 뭐예요?" 시오리가 물었다.

"이 섬의 택시 같은 거란다."

옆에 서 있던 할아버지가 알려주었다.

"택시?"

"이 섬에는 택시가 거의 없고, 버스도 한 시간에 한 대뿐이야. 그래서 다들 저 애들의 스쿠터를 이용하지. 이 잔교에서 아오토 해변까지는 200엔, 포장마차 거리가 있는 다마노 지구까지는 500엔."

"아하."

하선 준비가 끝난 듯했다. 섬 여행을 즐기시라는 안내 방송이 흘러나왔다.

시오리도 갑판에서 출구로 내려갔다. 트랩을 지나 안벽에 내려서자, 강렬한 햇살에 눈이 부셨다.

이미 여기저기에서 스쿠터 택시와 흥정이 벌어졌다. "호텔 어디예요?" "버스는 한 시간이나 기다려야 와요" "짐은 절반 가격에 이 녀석이 옮길게요" 등등 소년들이 승객들에게 말을 건넸다. 처음에는 당황했던 손님들도, 요금을 듣고 다른 손님들이 잇달아 스쿠터를 타고 가는 모습을 보며 자기도 빨리 타야겠다는 마음이 들었는지 속속 거래가 성사되었다.

"아, 저기 야나기랑 다카노가 있구나!"

할아버지가 그렇게 외치고 손을 흔들며 소년들에게 걸어갔다. 아는 사이인지 두 사람도 홍롱(紅龍, 애플망고와 유사한 품종)이라는 과일을 먹으며 할아버지에게 손을 흔들었지만, 그 시선은 시오리를 향하고 있었다. 두 사람의 입가가 홍롱 과즙에 젖어 불그레했다.

"시오리! 이리 와!"

할아버지가 불러서 시오리도 승객과 스쿠터 사이를 헤치며 뒤따라갔다.

"아하, 다행이구나. 너희가 있어서."

할아버지가 파나마모자를 벗고 이마에 난 땀을 훔치며 스쿠터에 올라탔다.

"자, 시오리 너도 얼른 다카노의 스쿠터에 타."

할아버지가 다른 한 대를 손으로 가리켰다.

"네?" 하며 시오리가 머뭇거렸다.

"비탈길이 힘들어. 자, 얼른."

야나기라는 소년의 스쿠터에 올라탄 할아버지는 더워서 못 참겠다는 듯이 파나마모자로 얼굴에 부채질을 했다.

"이 애는 내 손녀야. 가만 있자, 너희가 지금 3학년인가? 그럼 우리 시오리랑 같은 학년이구나. 다음 주부터 잘 부탁하마."

그렇게 말한 할아버지가 "얼른 출발해"라며 재촉하듯 야나기라는 소년의 어깨를 두드렸다.

"그럼, 나 먼저 간다."

살짝 천박한 웃음을 남기고, 야나기가 스쿠터를 출발시켰다.

시오리는 새삼 다시 다른 한 소년의 스쿠터를 바라보았다. 그런데 다카노라고 불린 소년은 타라고도 타지 말라고도 하지 않았다.

눈앞에서 다카노가 붉게 물든 입가를 훔쳐냈다. 하얀 셔츠의 소맷자락이 붉게 물들었다. 주위에서는 잇달아 스쿠터들이 출발했다.

시오리는 한 걸음을 내딛고, 자기가 타야 하는 듯한 스쿠터를 검지로 눌러보았다.

"딱딱해서 편하지는 않아." 소년이 웃었다.

그 웃음소리에 긴장이 싹 가셨다.

시오리는 시트 뒷자리에 올라탔다. 막상 앉아보니 느낌이 그리 나쁘지는 않았다.

"붙잡는 게 좋을걸."

소년의 말에 시오리는 붙잡을 만한 곳을 찾았다.

"내 어깨나 허리."

그 말에 눈앞의 어깨 위에 손을 얹었다. 그 어깨가 놀라울 정도로 뜨거웠다.

현재 할아버지와 할머니가 사는 '라 레지던스 나란토'는 아오토 해변이 내려다보이는 언덕 위에 자리한 3층짜리 리조트 맨션이었다. 시오리는 5년 전쯤 딱 한 번 놀러 온 적이 있었다.

그 리조트 맨션에는 할아버지와 할머니처럼 여생을 남쪽 바다의 외딴섬에서 느긋하게 보내려는 은퇴한 노부부들이 많이 살았다. 집집마다 바다 쪽으로 널찍한 테라스가 있고, 거기에 설치된 노천탕에는 지나미산에서 끌어온 온천수를 받는다.

시오리는 다카노라는 소년의 뜨거운 어깨를 잡은 채로 선셋 거리를 달려갔다. 예전에 왔을 때보다 거리는 훨씬 더 북적거렸다.

주유소 바로 앞에서 스쿠터가 산길로 접어들었다.

터널 같은 야자수 원시림이 아름다웠다.

그 언덕길을 다 올라가자, '라 레지던스 나란토'의 호화로운 입구가 보였다.

그런데 분명히 먼저 출발한 할아버지의 스쿠터가 보이지 않았다.

입구 앞에 스쿠터를 세운 소년이 "야나기랑 할아버지가 없네"라고 중얼거렸다.

"할아버지가 슈퍼마켓에 들른다고 했어"라고 대답하며 시오리가 스쿠터에서 내렸다.

"여기서 기다릴래?"

"어?"

질문의 의미를 알 수 없어서 시오리가 되물었다.

"열쇠." 소년이 말을 이었다.

"아아, 그건 상관없어. 집에 할머니가 계시거든."

시오리가 3층짜리 레지던스 건물을 올려다봤다. 그에 이끌리듯 소년도 고개를 들었다.

"고마워." 시오리가 인사를 건넸다.

"어?" 이번에는 소년이 놀랐다.

"아, 아니, 음, 데려다줘서."

"아, 아아."

"돈은……."

"야나기가 기쿠치 할아버지한테 받았을걸."

"아, 응."

짧은 침묵 후, 시오리가 맨션 입구를 향해 걸어갔다.

그 등 뒤에서 "앞으로 여기서 사니?" 하는 목소리가 들렸다.

"응." 시오리가 돌아보았다.

"나, 다카노야."

"어?"

"내 이름."

"아, 어어. ……난 기쿠치, 기쿠치 시오리."

다시 침묵이 흘렀다.

"자, 그럼"이라며 먼저 손을 든 사람은 다카노였다. 한쪽 다리를 중심축 삼아 스쿠터 방향을 홱 돌렸다.

시오리는 급발진한 스쿠터가 달려가는 모습을 별생각 없이 멍하니 바라보았다.

*

저녁 무렵, 다카노는 섬에서 가장 큰 다마노 지구로 향했다. 다마노 지구는 행정 시설과 우체국이 있는 모토마치와, 예로부터 이어져온 포장마차 거리인 '로가이' 두 개 지역으로 이루어져 있다. 아오토 해변의 관광객들도 밤이 되면 그 포장마차 거리로 모여들었다.

아직은 심하게 붐비지 않는 로가이로 들어선 다카노는 과일 가게 포장마차에 스쿠터를 세우고 망고주스를 샀다.

포장마차 광장에는 과일 가게, 소고기 국수, 이 섬의 명물인 '닭새우' 어묵 튀김 가게 등이 늘어서 있다.

그 광장의 테이블에 무리 지어 있던 같은 반인 다이라 일행이 "야, 다카노! 네가 그 애 태워줬다며?" 하고 말을 걸었다.

다카노는 폴리비닐에 담긴 시원한 주스를 건네받고, 친구들이 모여 있는 테이블로 갔다.

"얘기 좀 했냐?"

스쿠터를 끌며 다가가는 다카노에게 다이라가 잇달아 질문을 퍼부었다.

"별로." 다카노가 대답했다.

"도쿄 애 같던데. 여기서 살 거래. 다음 주부터 우리 학교로 전학 온대."

다이라가 흥분한 기색으로 알려주었다. 다카노는 "아하" 하며 모른 척했다.

"그건 그렇고, 왜 고3 2학기에 전학을 올까?"

소고기 국수를 후룩거리는 다이라의 입에서 강렬한 마늘 냄새가 풍겼다.

"그쪽 학교에서 무슨 사건 일으킨 거 아냐? 아, 혹시 임신이라거나?"

"어?"

"부모가 없나? 할아버지, 할머니랑 같이 살겠지?"

다카노는 동급생들의 대화를 들으며 다이라의 의자에 엉덩이를 반만 밀어 넣었다. 그리고 "한 입만 먹자"라며 마늘이 듬뿍 들어간 소고기 국수 국물을 마셨다.

"너도 사 먹어!"

엉덩이로 밀쳐내서 결국 의자에서 굴러떨어졌다.

아오토 해변에서 온 버스가 도착했는지, 관광객들이 줄줄이 버스에서 내렸다.

이 시간 역시 섬 소년들이 용돈을 벌 절호의 기회인데, 나중에 아오토 해변 호텔로 돌아가는 손님들을 태운다.

조금 떨어진 테이블에서 역시나 소고기 국수를 먹고 있는 도쿠나가가 보였다. 모기한테 다리를 물렸는지 한쪽 손으로 정강이를 벅벅 긁어대며 국수 면발을 빨아들였다.

다카노가 도쿠나가에게 다가갔다.

도쿠나가가 얼굴도 들지 않고 "V. O. 에퀴'의 현재 사장 이름과 전직은?" 하고 물었다.

"필리프 에메. 전직은 JP웨일스라는 네덜란드 투자회사의 싱가포르 지국장입니다."

"최근에 성공시킨 사업은?"

"싱가포르의 뉴 워터 계획."

"내용은?"

"말레이시아로부터의 담수 수입 장기 계획 재검토와 해수의 담수화, 그리고 하수 재처리 이용."

"싱가포르 정부의 메리트는?"

"메리트요?"

"장기적으로 볼 때, 'V. O. 에퀴'에 발주한 것은 성공인가? 실패인가?"

"모릅니다. 그래도 그때 250억 엔을 들여서 자국 기업에도 물 사업 비즈니스 노하우와 기술을 가르쳤어요."

도쿠나가가 국수 그릇을 양손으로 들고 진한 국물을 벌컥벌컥 다 마신 후, 큰 소리로 트림을 했다.

"이건 다음 주 프랑스행 비행기표야."

도쿠나가가 테이블에 올려뒀던 파일 안에서 봉투를 꺼냈다.

"너, 유럽은 처음이지?"

"네. 처음이에요."

다카노가 봉투를 건네받았다.

"그쪽 공항에서 이치조라는 남자가 널 기다릴 거야. 나머지는 그 녀석의 지시에 따르도록."

자리에서 일어선 도쿠나가가 지저분해진 입가를 훔치며 걸어갔다.

"저, 도쿠나가 씨."

"응?"

도쿠나가가 성가시다는 듯이 돌아보았다.

"아니, 저……."

"뭔데?"

"저…… 도쿠나가 씨는 왜 이런 데 있어요? 그 나이면 이제 원하는 곳에서 원하는 대로 살 수 있잖아요?"

도쿠나가는 다카노의 질문을 무시하고 그냥 자리를 뜨려 했다. 그러다 별안간 걸음을 멈췄다.

　"나 나름대로 원하는 곳에서 원하는 일을 하는 중인데."

　도쿠나가는 그렇게 말하고, 또다시 트림을 했다. 광장은 관광객들로 활기를 띠기 시작했다.

2장
세계사

　다음 주, 다카노가 비 내리는 샤를 드골 공항에 도착한 것은 나란토를 출발한 지 스물한 시간이 지난 후였다.

　전에 배운 대로 비행기나 열차에서 장시간 이동할 때는 탑승 전에 배를 든든히 채우고, 안에서는 가능한 한 수면을 취하려 했는데, 공교롭게도 옆에 앉은 초로의 부부가 말이 많아서 고등학생 혼자 여행하는 다카노에게 흥미를 품고 이런저런 말을 시켰다.

　부부는 프랑스 각지의 와인 양조장을 돌아보는 모양이었다.

　일반적으로 인간은 잠이 든 후 최초의 깊은 잠인 서파수면(徐波睡眠)에 이를 때까지 20분가량 걸린다는데, 다카노는 전에 받은 신체검사에서 그 도달 시간이 극도로 짧아 7, 8분이면 다다른다는 걸 알았다. 서파수면에 도달하면 체온저하와 호흡

및 심박수 감소 현상이 나타나며 몸이 회복 작업에 들어간다.

7, 8분 만에 그 상태가 되는 다카노의 몸을 보고, "뿌리부터 이 일이랑 맞네" 하며 도쿠나가는 웃었다.

다카노는 초로의 부부와 비 내리는 샤를 드골 공항에서 헤어졌다. "어쨌거나 조심해요"라며 염려해주는 기품 있는 부인에게 작별 인사를 건네고 도착 출구를 나서자마자, 낯선 남자가 다가왔다.

"다카노 가즈히코, 맞나?"

하얀 폴로셔츠에 청바지 차림의 편한 복장이었지만, 선글라스 안쪽의 눈빛만은 예리했다.

"네." 다카노가 고개를 끄덕였다.

하필이면 그때 오사카에서 같은 비행기를 타고 출발한 단체 관광객들이 에워싸서 남자가 다카노의 등을 밀며 매점 앞으로 데려갔다. 쇼윈도에 진열된 샌드위치는 하나같이 말라버려서 전혀 맛있어 보이지 않았다.

"내가 이치조다. 너, 파리는 처음인가?"

남자가 물어서 "네" 하며 다시 고개를 끄덕였다.

"여기서 뭘 할지 들었어?"

"아뇨, 전혀."

무표정으로 대답하는 다카노가 픽이나 우습다는 듯이 남자가 웃었다.

"대단한 녀석이군. 자기가 앞으로 어떻게 될지도 모르는데 그렇게 여유롭다니, 대단한 녀석이야."

길게 얘기할 마음은 없는지, 주머니에서 메모를 꺼낸 남자가 "지금부터 혼자 이 주소로 찾아가. 내가 데려갈 예정이었는데, 갑자기 급한 일이 생겨서 못 가게 됐어"라며 떠넘기듯 건넸다.

다카노는 순순히 그 메모를 받아 들었다.

"……랭스라는 도시까지는 열차로 가고, 거기서는 택시를 타든지 해. 너, 이쪽을 조금은 아니?"

"아뇨, 전혀."

그렇게 대답하면 좀 더 자상하게 알려주겠지 기대했는데, 얇은 프랑스 여행 책자를 꺼내 든 남자는 "이거 받아. 옛날에 나리타 공항 매점에서 샀는데, 조금은 도움이 되겠지"라며 책을 건넸을 뿐이었다.

"……너, 배고프니?"

"아뇨."

"데려다주지 못하는 사과의 뜻으로 저 샌드위치라도 사주지."

남자가 전혀 맛있어 보이지 않는 샌드위치를 사서 다카노의 가슴팍으로 던졌다.

당연히 다시 돌아올 줄 알았는데, 남자는 "자, 그럼"이라며 그대로 밖으로 나가버렸다.

다카노는 맛없어 보이는 샌드위치와 얇은 여행 책자를 든 채로 그 뒷모습을 바라보며 배웅할 수밖에 없었다.

다카노는 주위를 둘러보았다. 관광객들이 가이드의 안내를 받으며 대형 버스에 올라탔다.

건네받은 얇은 여행 책자를 펼쳐보았다. 먼저 센강 유역의 관광지를 소개한 내용이 나왔는데, 세련된 카페 사진들이 실려 있었다. 그 부분은 건너뛰고, 랭스라는 도시를 찾아봤다. 일단 파리 시내로 나가서 TGV로 갈아타면, 한 시간 남짓 만에 도착하는 모양이다.

다카노는 어쨌든 걸음을 내디딜 수밖에 없었다.

도착한 랭스 역 앞의 풍경은 다카노가 어렴풋이 상상했던 프랑스라는 나라의 인상에 가까웠다.

바로 택시를 타지 않고, 돌이 깔린 광장으로 발길을 돌렸다. 광장에는 카페의 파라솔이 펼쳐져 있고, 손님들이 느긋하게 쉬고 있었다. 짙푸른 가로수 잎들은 오래된 석조건물인 교회를 더욱 아름답게 돋보이게 했다. 별안간 젖은 듯한 대성당이 눈앞에 나타났다.

신혼여행을 온 듯한 일본인 커플이 건네준 카메라에 행복해 보이는 두 사람을 담아 셔터를 눌렀다. 대성당 안으로 들어가는 두 사람을 배웅한 다카노는 자기를 위한 사진을 찍듯이 천천히 눈을 한 번 감았다.

살짝 건조한 여름 공기는 상쾌했지만, 벌써부터 나란토 숲의 짙은 습기가 그리웠다.

광장 끝에서 택시를 잡았다. 운전기사에게 다카노의 프랑스어는 전혀 통하지 않았다. 이치조에게 받은 메모를 건네주고, 그 후에는 운전기사의 콧노래를 들으며 차창 밖의 경치를 감상했다.

광장을 벗어난 택시는 오래된 석조건물 주택지를 빠져나갔다. 아주 잠깐 달렸을 뿐인데, 시내에 'JUDO'라고 적힌 간판이 몇 개나 눈에 띄었다. 유도복을 입은 아이들이 버스 정류장에 늘어선 모습도 보였다.

시내를 빠져나온 택시는 숲속으로 들어갔다. 이따금 나무들 사이로 오래된 교회가 보이는 것 말고는 다른 건물은 없었다.

"메모 주소가 호텔인가요?" 다카노가 운전기사에게 물었다.

이번에는 말뜻이 통했는지, "이 주변에 호텔 같은 건 없어요. 메모에 적힌 곳은 옛날에 수도원이었는데…… 자기가 어디로 가는지도 모르나?" 하며 운전기사가 웃었다.

차가 장미 정원을 가로지르는 듯한 오솔길로 접어들었다.

"저기야."

운전기사가 손으로 가리킨 장소에 오래된 석조건물이 서 있었다.

"옛날에 수도원이었으면 지금은 뭐예요?" 다카노가 물었다.

"흠, 글쎄, 내가 어릴 때까지는 샴페인을 만들었는데."

택시가 문 앞에 멈췄다. 눈앞에 격자 모양의 높은 철문이 있었다.

차에서 내린 다카노는 장미 정원 속으로 되돌아가는 택시를 배웅했다. 자동차가 시야에서 사라지자, 주위에는 바람 소리만 남아서 꿀벌의 날갯짓 소리까지 또렷하게 들렸다.

"네가 가즈히코 다카노인가?"

갑자기 뒤에서 말을 걸어서 다카노가 돌아보았다. 격자 철문 너머에 초로의 은발 남자가 서 있었다.

"네." 다카노가 고개를 끄덕였다.

"프랑스어랑 영어, 어느 쪽이 편해?"

남자가 문을 열면서 물었다.

"영어가 편합니다."

남자는 붉은 매부리코를 가진 백인이었고, 하얀 셔츠의 소맷자락을 걷어붙인 팔에는 짐승처럼 털이 수북했다. 불룩한 배에 얹혀 있는 허리띠는 단 1밀리미터라도 위치가 틀어지면 바지가 바로 주르륵 흘러내릴 것 같았다.

"상당히 젊군."

문 안으로 다카노를 맞아들인 남자가 다시 한번 힐끗 쳐다보며 중얼거렸다.

"……몇 살이야?"

"열일곱 살입니다."

"허 참. 마침 지난달에 한국에서도 이곳에 한 명을 보냈는데, 그 애도 너랑 동갑인 열일곱이라고 했지. 너희 같은 젊은 청년들을 이곳으로 보내는 걸 보면, 이제는 다시 일본이나 한국의 주식을 살 시기라는 의미겠군."

다카노는 남자의 등으로 시선을 던졌다. 축축이 젖은 듯한 돌벽에는 담쟁이덩굴이 뒤엉켜 있었다.

"옛날 수도원이야."

다카노의 시선을 알아차린 남자가 가르쳐주었다. 앞뜰은 아무렇게나 내팽개쳐둔 상태라 깨진 돌바닥 틈새에 잡초가 무성하게 나 있었다.

"여기서 뭘 하는지 설명은 들었나?"

남자가 물어서 다카노는 고개를 가로저었다.

"개인적인 예절 교실이라고 생각하면 돼. 위험은 없어. 내가 너의 선생이야. 필리프라고 불러."

다카노는 손짓하는 남자를 따라서 집으로 향했다.

묵직해 보이는 나무 문을 열자, 외관에서는 상상조차 할 수 없는 세련된 공간이 펼쳐졌다. 타일이 깔린 홀에는 고풍스러운 앤티크 탁자에 하얀 꽃이 장식되어 있고, 높은 천장에는 호화로운 샹들리에가 매달려 있었다.

그 안쪽에 열 명가량 앉을 수 있는 식탁이 있고, 사용하지 않는 난로가 보였다. 2층으로 올라가는 계단 벽에 죽 걸어둔 신부들의 초상화는 왠지 섬뜩할 정도로 오래된 그림인데, 다카노의 눈에는 신부들의 눈이 하나같이 욕구불만으로 이글이글 타오르는 것처럼 보였다.

"예절 교실이라면?"

2층으로 올라가기 시작한 필리프에게 다카노가 물었다.

"너의 수준을 올리기 위한 교실이야. 일본어로는 센스라고 하나?"

필리프가 다시 손짓을 하고, 삐걱거리는 소리를 울리며 계단을 올라갔다. 다카노는 무거운 트렁크를 다른 손에 바꿔 들고 그 뒤를 따라갔다.

2층에는 문이 몇 개 있었다. 필리프가 막다른 데 있는 문을 열고 "이 방을 써"라고 말했다.

아래층의 장식에 비하면 놀라울 정도로 소박한 방이었다. 작은 나무 침대와 간이 책상, 창밖으로는 조금 전 격자 철문이 보였고, 그 앞으로는 장미 정원이 펼쳐져 있었다.

"센스를 연마하는 데 가장 싸게 먹히는 방법이 뭔지 아나?"

창밖 경치를 내다보는 다카노에게 필리프가 물었다.

"아뇨, 모릅니다."

"맨 먼저 가장 좋은 걸 아는 거지."

이곳에 도착할 때까지 자기 신변에 무슨 일이 일어날까 불안했는데, 실제로는 여기서 2주 동안 예절이라는 걸 배우면 그만인 듯했다.

"……잘 들어. 센스를 연마하려면 맨 먼저 가장 좋은 걸 알아야 해. 와인, 캐비어, 일본의 초밥, 뭐든 마찬가지야. 물론 음식뿐만이 아니야. 오페라, 그림, 여자, 최초에 뭘 접하느냐에 달렸지. 넌 아직 젊어. 네가 앞으로 처음 접하게 될 것들이 이 세상에는 셀 수 없이 많아. 넌 행복한 젊은이야."

필리프는 저녁 식사 때까지 잠깐 쉬라고 말하고 방에서 나갔다.

다카노는 작은 침대에 몸을 던졌다. 자기도 모르는 새에 긴장했던 몸에서 힘이 빠져나갔다.

계단을 울리는 필리프의 발소리가 사라지자, 자신의 심장 소리가 들릴 정도로 방은 고요해졌다.

딱딱한 베개를 품에 안고 돌아눕자, 흙벽 위쪽에 한글로 쓴 낙서가 보였다. 칼로 새긴 것 같은 글자를 손가락으로 만져보았다. 벽이 흐슬부슬 벗겨졌다.

다카노는 전자사전의 한국어 사전으로 그 문장을 번역해보았다.

'형제에게, 필리프는 게이다. 밤에 문은 잠그고 자라, 김.'

다카노는 코웃음을 쳤다. 작은 침대에서 늘어져라 기지개를 펴자, 그것만으로도 여독이 풀렸다.

창밖에는 파란 하늘이 펼쳐져 있었다. 나란토의 하늘보다 옅어서 아주 높은 곳에 있는 느낌이었다.

*

야자나무 잎을 흔드는 바람이 교실 안으로 흘러들었다. 9월 중순의 나란토의 햇살은 여전히 한여름 같지만, 그래도 창가 자리에서 꾸벅꾸벅 조는 다카노의 머리칼을 흔드는 바람에는 가을 기운이 감돌았다.

선생님이 칠판에 긴 수식을 써 내려갔다. 시오리는 창 너머로 보이는 나란토의 숲으로 시선을 돌렸다.

시오리가 이 학교에 처음 등교한 개학식 날로부터 2주 동안, 다카노는 계속 학교에 나오지 않았다. 그러다 오늘에야 불쑥 등교했다.

시오리는 처음에 친해진 히가 유카리라는 친구에게 "저 다카노라는 애, 어디 아프기라도 한 거니?" 하고 물었다.

"아닐걸. 왜?"

"왜긴, 계속 안 나왔잖아."

"아. 섬 동쪽에 도도로키라는 마을이 있어. 우리 학년에서는 다카노나 2반의 야나기 같은 애들이 거기 사는데, 뭔가 사연이 있는 학생들이야. 아마 집안에 사정이 있어서 그 마을 아주머니들이 일시적으로 돌봐주나 봐. 그러니까 가끔 장기적으로 쉬는 건 아마 자기 집에 다녀오거나 해서겠지."

유카리의 설명에 시오리는 별다른 의문을 품지는 않았다. 왜냐하면 자기도 비슷한 경우였기 때문이다.

나란토에 온 지 어느덧 한 달이 되어간다. 시오리는 날이 갈수록 이 섬이 좋아졌다. 특히 좋았던 것은 섬에서 맞는 아침이었다. 섬의 아름다운 아침은 특별한 하루가 시작될 것 같은 기분을 선사해주었다.

교실에서 웃음소리가 솟구쳐서 시오리가 시선을 돌렸다. 쳐다보니 코를 크게 골며 자던 다카노 뒤에 선생님이 서서 둥글게 만 교과서로 머리를 막 내리치려는 순간이었다.

"야! 다카노!"

선생님이 부르는 소리에 놀란 다카노가 "네?" 하며 잠이 덜 깬 얼굴을 번쩍 들었다. 그러나 선생님이 교단에 보이지 않자 꿈이라도 꾼 줄 알았는지, 다시 책상에 엎드려버렸다. 학생들이 그 모습을 보며 애써 웃음을 참았다.

"이쪽이야."

다시 말을 건넨 선생님이 둥글게 만 교과서로 다카노의 머리를 내리쳤다. 픽 하고 울린 그 소리에 교실 안은 순식간에 왁자그르르한 웃음소리로 들끓었다.

허둥지둥 일어난 다카노가 다시 교단을 바라보았다.

"아, 글쎄, 여기라니까" 하며 웃는 선생님을 돌아본 다카노가 "죄송합니다"라며 머리를 긁적였다.

"너 말이야, 수업 중에 잘 거면 몰래 자야지. 뭐 하는 짓이야, 세상 편하게 코까지 드르렁드르렁 골아대고."

선생님의 말에 또다시 교실 안이 웃음소리로 들끓었다.

다카노는 침을 훔쳐내며 "하하하" 하고 어색한 겉치레 웃음을 흘렸다.

"얼른 세수하고 와."

선생님이 손에 쥔 교과서로 또다시 머리를 툭 내리쳤다.

학생들의 웃음소리를 들으며 다카노가 자리에서 일어선 순간, 수업 종료를 알리는 종소리가 울려 퍼졌다.

다음 수업 준비를 끝내고 시오리가 복도로 나갔다. 해가 잘 들지 않는 세면대에서 다카노가 세수를 하고 있었다. 내친김에 머리를 물줄기 밑으로 밀어 넣더니, 젖은 머리칼을 거칠게 손으로 털었다.

등 뒤를 지나친 시오리를 다카노가 알아챘다. "어" 하며 놀라서 시오리도 "아" 하고 반응해주었다.

"어, 같은 반이었어?" 다카노가 그제야 자기 교실로 눈을 돌리며 말을 이었다. "……미안, 난 몰랐어."

"넌 2주 동안이나 쉬었고, 겨우 등교했나 했더니 바로 책상에 엎드려서 잠들었잖아." 시오리가 웃었다.

"시차 때문이야."

"뭐? 시차?"

"아니, 아니, 농담이야. 어, 선택 과목 미술이니?"

시오리가 들고 있는 화판을 알아채고, 다카노가 화제를 바꿨다.

"응. 다카노 너는?"

"난 음악."

"음, 그것보다 수건 없어?"

다카노의 머리에서 물방울이 계속 떨어졌다.

"교실에 있어. 그나저나 좀 익숙해졌니?"

"어?"

"이 섬이나 학교."

"아, 응. 다들 잘해줘."

"유카리 애들?"

"어?"

"아, 히가 유카리 같은 애들이 남을 워낙 잘 챙겨주거든."

"응. 유카리도 나랑 같은 맨션에 살아."

"그렇구나. 그 애도 거기였네."

다카노가 젖은 머리를 흔들며 교실로 돌아갔다. 시오리도 미술실을 향해 계단을 뛰어 올라갔다. 스쿠터에 태워줬을 때,

계속 붙잡고 있었던 뜨거운 어깨 감촉이 손바닥에 여전히 남아 있었다.

*

오후 수업을 마치고 학교 건물에서 나온 다카노를 야나기가 스쿠터 주차장에서 기다리고 있었다.

"나 좀 태워줘."

야나기는 이미 다카노 스쿠터의 뒷자리에 걸터앉아 있었다.

"네 스쿠터는?"

"오늘 아침에 펑크 나서 지금 정비소에서 수리 중."

스쿠터에 올라탄 다카노가 시동을 걸었다.

교문을 벗어나 긴 비탈길을 천천히 내려갔다. 테니스코트로 가는 여학생 부원들이 서로 다리 굵기를 놀리며 웃어댔다.

"너, 지금 무슨 예정 있냐?"

야나기가 물어서 "저녁에 도쿠나가 씨하고 만나기로 약속했는데"라고 다카노가 대답했다.

"그럼 그때까지는 시간 있겠네. 안라쿠곶까지 드라이브나 가자."

"곶까지? 알았다. 자식, 귀찮게 굴긴."

"너무 그러지 마라. 일단 로가이에서 배부터 좀 채우자."

야나기가 떼를 쓰듯 몸을 들썩이는 바람에 핸들이 흔들려서 스쿠터가 넘어질 뻔했다.

"알았어, 알았다고!"

비탈길을 내려와 선셋 거리로 접어들자, 다카노는 속도를 높였다. 바다 냄새가 섞인 바람이 얼굴을 때렸다.

"야, 너 언제 왔어?"

뒤에서 야나기가 소리쳤다.

다카노는 기묘한 느낌에 무심코 뒤를 돌아봤다. 한순간 시선이 마주쳤지만, 야나기가 재빨리 눈을 피했다.

"언제 왔냐는 정도는 물어봐도 상관없잖아. 어디서 뭘 하고 왔는지는 안 물어. 그냥 언제 왔냐고 묻는 것뿐이잖아! 그런 것도 못 알려주냐!"

다카노는 대답하지 않고 속도를 더욱 높였다.

야나기의 목소리에서는 초조한 기색이 역력히 묻어났다.

"어제 왔다! 어젯밤에!"

다카노가 혀를 차듯 고함을 쳤다. 자기 목소리가 바람에 휩쓸려 갔다.

야나기도 더 이상은 묻지 않았다. 다카노는 말없이 스쿠터를 몰았다.

로가이에 도착한 다카노와 야나기는 포장마차에서 향신채가 듬뿍 들어간 볶음국수를 시켰다. 시간이 일러서 포장마차 거리는 아직 절반 정도만 문을 열었고, 관광객들도 적었다.

배고픈 주인 없는 개가 혹시 볶음국수를 남겨줄까 기대하며 다카노의 발치에 드러누웠다.

"아까는 미안했다."

요란한 소리를 내며 볶음국수를 빨아들이던 야나기가 사과를 한다기보다는 싸움이라도 걸듯이 말했다. 다카노는 무시하고 라임을 짜서 볶음국수 위에 뿌렸다.

"야, 우린 왜 그런 걸 그토록 성실하게 지킬까?"

야나기가 입안 가득 볶음국수를 욱여넣은 채로 우물거리며 말했다.

다카노가 아무 대꾸도 하지 않자, "결국 넌 나를 믿지 않는 거야"라며 야나기가 시비를 걸었다.

"왜 이래, 아까부터."

아무래도 화가 난 다카노가 젓가락을 내려놓았다.

"안 그래? 네가 지난 2주 동안 어디서 뭘 했는지는 물론이고, 거기에서 언제 돌아왔는지조차 물으면 안 되잖아, 우리는."

"그게 규칙이니까." 다카노가 내뱉었다.

"나도 알아. 하지만 우리가 계속 감시당하는 건 아니야. 여기서 나누는 대화를 누가 엿듣지도 않는다고. 그런데 우리는 뭘 했는지 서로에게 절대 묻질 않아. 그래, 맞아. 규칙이 그러니까. 꼬맹이 때부터 줄곧 그런 말을 듣고 컸으니 그게 이미 몸속 깊숙이 배어버렸겠지. 자신 이외의 인간은 누구도 믿지 마라, 그런 말만 듣고 컸지. 하지만 난 결국 너랑은 달라서 이 일에는 안 맞는 것 같다. 나 이외의 누군가를, 조금만 방심하면 금세 믿어버릴 것 같거든."

"글쎄, 대체 무슨 말을 하고 싶은데?"

다카노는 입맛을 돋우는 볶음국수 냄새에 굴복해서 다시 젓가락을 들었다.

"아니, 그래서 아까 기뻤다는 얘기다."

야나기가 별안간 음색을 바꿨다.

"……아까 네가 대답해줬지. 어젯밤에 이 섬에 돌아왔다고. 너도 조금은 날 믿는구나 싶었어. 기쁜 마음에 엉겁결에 널 뒤에서 껴안을 뻔했잖냐."

야나기가 결국 모든 것을 농담으로 돌리려 했다.

다카노는 볶음국수를 입안 가득 욱여넣었다. 향신채와 향신료와 부드러운 돼지고기. 질릴 정도로 숱하게 먹어온 맛인데도 이렇게 맛있는 음식이었나 새삼 절실히 깨달았다.

"으음, 혹시 우리가 평범한 동급생이었다면, 서로 절친이 됐을까?"

아무래도 좀 쑥스러운지, 야나기가 볶음국수를 젓가락으로 휘저으며 말했다.

"절친이라니?" 다카노가 은근슬쩍 얼버무렸다.

"절친이 절친이지 뭐냐. 말뜻 그대로." 야나기가 웃었다.

"그렇다면 너랑 절친 되는 건 사양해." 다카노도 웃었다.

야나기가 "고마워"라고 나지막이 중얼거렸다.

다카노는 야나기의 말을 못 들은 척하고, 발밑에 엎드려 있는 개에게 남은 볶음국수를 던져주었다.

"결정 났나 봐."

야나기가 불쑥 중얼거린 것은 그 순간이었다.

"결정 났다니, 뭐가?" 다카노는 당황했다.

"말 못 해."

야나기가 억지 미소를 지었다.

야나기는 한 달쯤 지나면 열여덟 살이 된다. 열여덟 살이 되면 첫 임무를 맡아야 하는 규칙이 있었다. 지금까지 했던 모의 임무가 아니라, 실제로 AN 통신의 일원으로서 임하는 정식 임무다.

"끝나면 돌아올 수 있나?" 다카노가 물었다.

"어디로?" 야나기가 짐짓 시치미를 뗐다.

"어디라니…… 학교는 어쩌고?"

"하하하. 너 지금 진심이냐? 돌아올 수 있다고 생각해? 난 이미 결심했어. 도망치지도 숨지도 않아. 지난번에는 간타를 데리고 도망치겠다느니 어쩌느니 허세를 떨었는데, 그런 일은 없어. 뭐 하긴, 이미 결정된 일이 드디어 시작되는 거지. 단지 그것뿐이야."

고등학교는 졸업하려고 다니는 게 아니라는 것쯤은 익히 알고 있었지만, 야나기가 갑자기 이 섬을 떠난다는 말을 도무지 현실로 받아들일 수가 없었다.

"간타는? 간타는 어떻게 해? 네가 떠나면, 그 녀석은 어떡하느냐고?"

다카노가 덤벼들듯이 물었다.

"지바현(縣)에 시설이 있나 봐. 간타는 거기 들어갈 거야."

"시설이라니…… 너, 그래도 괜찮아?"

"그 시설에는 농장이 있어. 팸플릿으로 봤는데, 엄청나게 큰 농장이야. 틀림없이 간타가 좋아할 거야. 거기서 키운 채소는 유기농이라 비싼 가격에 팔린대. 간타가 밭일을 워낙 좋아하잖아. 아침부터 밤까지 김매고 흙 일구는 걸 제일 좋아하니까."

야나기가 자기 자신에게 들려주듯이 말했다. 그런데 그런 야나기에게 "언제? 응? 언제 이 섬을 떠나?"라며 다카노만 초조해했다. "응? 어디서? 어디서 뭘 하는데?"

그때 야나기가 다카노의 어깨를 툭 내리쳤다. 그러고는 "네가 그런 질문을 하는 건 처음이네. 규칙 위반이야"하며 웃었다.

"얼버무리지 마. 언제야? 언제부터야?"

"음, 영원히 헤어지는 건 아니잖아. 또 어디서든 만나겠지, 꼭."

다카노는 샤를 드골 공항에서 만났던 이치조라는 남자를 문득 떠올랐다.

야나기는 "또 어디서든 만나겠지"라고 말했다. 실제로 그럴지도 모른다. 그러나 그 재회는 그때처럼 차디찬 샌드위치와 얇은 여행 책자뿐인 관계가 될 가능성도 있는 것이다.

결국 그 후, 두 사람은 안라쿠곶에는 가지 않고 마을로 그냥 돌아왔다.

다카노는 몇 번이나 곶에 가자고 했지만, 이번에는 반대로 야나기가 고집스럽게 고개를 저었다. "먼저 가자고 한 사람은 나였는데"라고 힘없이 웃으면서.

마을에서 야나기를 내려준 다카노는 터벅터벅 걸어가는 그 뒷모습을 배웅했다.

아마 야나기는 두려웠을 거라고 다카노는 미루어 짐작했다. 만약 그대로 안라쿠곶에 가면, 야나기는 모든 얘기를 털어놓았을지도 모른다. 녀석은 그게 두려웠던 것이다.

그날 밤, 다카노는 도쿠나가의 집으로 갔다.

캄캄한 마을을 가로지르자, 바로 앞에서 솟구쳐 오르는 불길이 보였다. 불 그림자로 몰려든 모기떼가 춤을 추었다.

밤하늘로 치솟는 불기둥이 숲의 정적을 한층 더 두드러지게 했다.

덤불을 빠져나가자, 불 앞에 서 있는 도쿠나가의 그림자가 보였다. 플라스틱 타는 냄새가 났다.

도쿠나가가 뭔가를 불길로 휙 집어 던졌다. 그 순간 불똥들이 혹 피어올랐다.

"이 시간에 쓰레기 태우세요?" 다카노가 말을 건넸다.

발소리로 알아챘는지, 도쿠나가가 "프랑스는 어땠니?" 하고 돌아보지도 않고 물었다.

"빈티지 샴페인 마시고, 쓴 초콜릿 먹고, 그리고 또⋯⋯."

"괜찮은 여자, 안았나?"

도쿠나가가 불 너머로 돌아서며 웃었다. 그 얼굴이 하늘하늘 붉게 흔들렸다.

"그런 게 무슨 훈련이 되죠?" 다카노가 모닥불로 다가갔다.

"필리프한테 배운 것들 중에 뭐가 가장 기억에 남지?"

다카노는 눈 깜짝할 새에 지나간 프랑스의 2주를 떠올리려 했다.

"별로 없어요. 정말 2주 동안 먹고 자고, 파리 가서 밤 문화를 즐겼을 뿐이니까."

"그래도 하나쯤은 배운 게 있을 텐데?"

불길로 날아든 모기와 날벌레가 섬뜩한 소리를 내며 타 죽었다.

"미켈란젤로는 루브르가 아니라 두오모에서 봐야 한다."

다카노는 필리프한테 들은 말을 그대로 전했다.

"보러 갔었나?"

"네."

"그래, 어땠어?"

"……딱히."

도쿠나가가 다시 종이 다발을 던져 넣으며 불을 지폈다.

"그런데 돌아와서 깨달은 건 있어요." 다카노가 말을 이었다.

"……로가이의 볶음국수나 도모코 아줌마가 해주는 밥이 이렇게 맛있었구나 깨달았죠."

"뭐 그럼, 비싼 수업료를 지불한 보람은 있군." 도쿠나가가 고개를 끄덕였다.

불붙은 종잇조각이 바람을 타고 솟구치다 발밑으로 떨어졌다. 다카노가 발로 짓밟아 그 불을 껐다. 불탄 종잇조각에서 야나기 형제의 이름을 어렴풋이 읽을 수 있었다.

"저……."

다카노는 무심코 야나기에 관해 물을 뻔하다 애써 그 말을 삼켰다.

"마지막 날 밤에 파리의 클럽에 데려갔지?"

반대로 도쿠나가가 물어서 다카노는 "네" 하며 고개를 끄덕였다.

"거기서 무슨 일이 있었지?"

"필리프의 지시로 여자를 꼬셨어요."

"어떤 여자?"

"이름은 세라. 스무 살 아가씨인데, 아버지는 중국인, 어머니
는 콜롬비아인이라고 했어요."

세라의 피부는 촉촉한 갈색을 띠고 있었다. 맡아본 적도 없는
달콤한 향수를 뿌렸는데, 그것이 땀 냄새와 한데 어우러졌다.

"그래서 작업은 제대로 했나?"

"아뇨. 전혀 상대를 안 해줬어요. 사귄 지 2년 된 남자 친구가
홍콩에 있는데, 한 달에 한 번 파리와 홍콩을 오간다더군요."

"'V. O. 에퀴'에는 홍콩 지사가 있지. 아시아 전역을 총괄하
는 지사야. 그녀의 아버지가 거기 톱이고."

다카노는 전에 읽은 자료에서 홍콩 지사와 관련된 부분을
떠올려보려 했지만, 지사장의 이름까지는 기억나지 않았다.

"그녀와 나눈 다른 얘기는?"

"유도 얘기였어요. 필리프의 집에서 지내는 동안, 시간이 나
면 시내의 유도 교실에서 아이들을 가르쳤으니까."

"그럼, 그녀가 흥미를 보였을 텐데?"

"네. 남동생이 유도를 한다면서."

"한동안 연락을 계속해. 편지든 메일이든 상관없어. 조만간
홍콩에서 우연히 다시 만나게 될 테니까."

도쿠나가가 또다시 묵묵히 종이 상자에서 서류를 꺼내 불
속으로 던졌다. 할 얘기가 더 이상은 없는 듯했다.

그 서류가 야나기 형제에 관한 내용인 것 같아서 다카노는 자리를 떠날 수가 없었다.

"그것 말고 다른 보고 사항이라도 있나?"

도쿠나가가 물어서 "아뇨"라고 다카노가 대답했다.

"그냥…… 불은 아무리 봐도 싫증이 안 나는 것 같아서."

다카노의 말에 도쿠나가도 한동안 말없이 불을 바라봤다. 그리고 종잇조각 한 장이 또다시 불길에 솟구쳤을 때, "그만 가봐"라고만 했다.

다카노는 돌아오는 길을 에둘러서 야나기의 집 앞으로 지나갔다.

집 안의 불은 이미 꺼져 있었고, 간타가 키우는 개가 꼬리를 흔들며 다가왔을 뿐이다.

다음 날 아침, 다카노의 귀에 그 소식이 들어온 것은 1교시 세계사 수업이 막 끝난 직후였다.

"야나기가 갑자기 전학 갔대. 조회 시간에 선생님이 뜬금없이 그러더라."

옆 반 학생이 별안간 교실로 뛰어 들어왔다.

"어어" 하는 소리와 함께 다카노의 교실도 술렁거렸다.

"그럼, 오늘부터 안 오는 거야?"

"이사 갔나?"

"왜 갑자기?"

"그 녀석, 부모님이 어디 계셨나?"

"오사카? 고베?"

"우아, 그건 그렇고, 인사도 없이 가나?"

"내가 100엔 빌려줬는데."

여기저기서 놀라는 소리가 솟구쳐 올랐다.

그런 가운데 다카노는 줄곧 꼼짝도 하지 않았다. 앞에 앉은 다이라가 돌아보며 "넌 알고 있었어?" 하고 물었다.

"아니, 몰랐어." 다카노가 대답했다.

시선을 아래로 내리자, 세계사 교과서가 보였다. 다카노는 표지에 그려진 세계지도를 뚫어져라 응시할 수밖에 없었다.

그날 수업을 마친 다카노는 야나기와 간타가 살았던 집에 들렀다.

두 사람의 짐은 이미 없었고, 간타가 키우던 개만 조그만 개집에서 몸을 웅크리고 자고 있었다.

야나기 형제를 보살펴주던 아줌마가 부엌에 있었다. 다카노는 혹시 자기에게 무슨 말을 남기지 않았을까 기대하며 일부러 아줌마가 알아차리게 큰 소리로 개에게 말을 건넸다.

그러나 그 소리를 알아차리고 밖으로 나온 아줌마는 "간타가 떠난 걸 아나 봐. 아침부터 물도 안 마셔"라며 개의 머리만 쓰다듬었다.

야나기와 간타가 같은 배를 타고 섬을 떠났는지, 아니면 따로따로였는지 알고 싶었다.

그걸 안다고 달라질 건 없지만, 혹시라도 같이 갔다면 야나기에게는 분명 간타에게 찬찬히 설명해줄 시간이 있었을 것이다.

3장

첫사랑

어스름한 숲이 순식간에 황금빛으로 물들었다. 지금 막 산자락에서 아침 해가 떠올랐다. 색이 바뀐 나무들 속에서 하얀 새 한 마리가 날아올랐다.

지나미 신사의 긴 돌계단 위에서 시오리는 그 광경을 바라보고 있었다.

돌계단 밑에서 뭔가가 뛰어 올라온 것은 바로 그때였다. 그것은 흔들리는 덤불에서 별안간 모습을 드러냈다. 시오리는 한순간 멧돼지인가 싶었다. 그런데 놀랍게도 덤불 속에서 튀어나온 것은 다카노였다.

몹시 지쳐 있었고, 그런데도 기듯이 돌계단을 올라오려 했다.

몸은 이미 자기 뜻대로 안 되는 것 같았다. 죽어라 팔다리를 움직이지만, 좀처럼 돌계단을 올라오지 못했다. 흡사 마음만 돌계단을 뛰어오르고, 몸은 그 자리에 남겨진 듯했다.

그런데도 다카노는 기어코 올라왔다. 가까이 다가올수록 짐승 같은 숨소리가 커졌다.

시오리는 엉겁결에 문기둥 뒤로 몸을 숨겼다.

헐떡이는 듯한 소리가 다가왔다. 가까스로 돌계단을 다 올라온 다카노가 그 자리에서 팔다리를 짚고 엎드린 채로 힘겹게 가쁜 숨을 몰아쉬었다. 다카노의 입에서 침도 뭣도 아닌 액체가 흘러내리며 아침의 차디찬 돌바닥을 적셨다.

"깜짝이야……."

그 목소리의 주인공은 데미즈야(절이나 신사 방문객이 손이나 입을 깨끗이 씻도록 물을 받아두는 곳)에 있었던 시오리의 할머니였다. 할머니도 멧돼지가 올라오는 줄 알고 겁을 먹었던 모양이다.

할머니의 목소리를 알아차린 다카노가 "안녕, 하, 세요"라고 여전히 거친 숨결로 인사했다. "다카노"라고 부르며 시오리도 그제야 앞으로 나갔다. "어떻게 된 거야?"라며 무심코 다카노에게 다가갔다.

다카노는 마치 바다에서 막 나온 사람처럼 땀을 흘렸다. 그 두 손은 작은 조약돌을 꽉 움켜쥐고 있었다.

"러, 러, 러닝."

"러닝이라니, 여기까지 뛰어온 거야?"

놀란 시오리가 목소리를 높였다.

다카노가 사는 도도로키 마을에서 이곳 지나미 신사까지의 거리는 7, 8킬로미터다.

"아침마다 달려."

간신히 호흡을 가다듬은 다카노가 일어서려 했다. 시오리는 무심코 손을 내밀었다. 손에 닿은 팔도 땀범벅이었다.

"뭐가 올라오나 하고 덜컥했잖니."

그렇게 말하며 웃음을 터뜨린 할머니 곁으로 다가간 다카노가 국자로 물을 떠 마셨다.

"이 물, 마셔도 되나?"

할머니의 질문에 "저쪽 샘물에서 끌어와서 괜찮아요"라고 대답한 다카노는 곧이어 두 번째 물도 깨끗이 비웠다.

할머니는 물 마시는 사람을 난생처음 보는 듯한 표정으로 그 모습을 바라보았다.

"뛰어오다니, 너, 도도로키 마을에 살잖아?"

할머니 역시 그 거리에 놀란 모양이다.

"네. ……어라, 할머니랑 시오리는 여기까지 어떻게 왔어요?"

"할아버지가 낚시 간대서 이 아래까지 데려다달라고 했지. 시오리랑 저기 있는 공용 온천에 가려고 했는데, 아직 관리인 분도 안 보이네. 그렇지, 시오리?"

할머니가 말을 건네자, 시오리는 "응" 하고 고개를 끄덕였다.

"관리인 없어도 들어가도 돼. 늘 열려 있어." 다카노가 시오리에게 알려주었다.

"그건 알아. 하지만 아무도 없으면 좀⋯⋯."

대답한 사람은 할머니였다.

지나미 신사의 돌계단 밑에는 마을에서 운영하는 공용 온천이 있다.

전망이 좋은 노천탕으로 마을 주민은 무료지만, 관광객에게는 200엔씩 입장료를 받는다. 전에는 무인 시설이었던 모양인데, 요금 상자를 통째로 도둑맞거나 탈의실 불법 촬영 사건도 일어나서 최근에는 관리인을 두고 운영한다고 한다.

"제가 망봐드릴까요? 할머니랑 시오리가 목욕하는 동안."

다카노의 제안에 할머니는 한순간 기쁜 표정을 지었지만, "미안해서 안 되지"라며 바로 표정을 바꿨다.

"일부러 여기까지 오셨는데⋯⋯ 전 괜찮아요. 어차피 한동안 쉴 테니까."

"하지만, 그렇지 시오리? 미안하잖아?"

어중간하게 동의를 요구받은 시오리는 "할머니, 다녀오세요. 저도 다카노랑 같이 망보고 있을게요"라고 대답했다.

"이런 할망구가 목욕하는데, 그렇게까지?"

할머니가 이번에는 다카노를 쳐다보며 말했다.

다카노가 "가자"라며 걸음을 내디뎠다. 시오리도 그 뒤를 따라갔다.

이러쿵저러쿵 미안해하면서도 할머니는 결국 혼자 온천으로 갔다.

다카노와 둘이 바깥의 벤치에 앉자, 아침 햇살을 받은 야자수 잎들이 반짝거렸다. 들리는 건 바람 소리뿐이었다. 이따금 할머니가 물을 끼얹는 소리가 숲에 고요히 울려 퍼졌다.

"모처럼 왔는데, 너도 온천 들어가지."

다카노의 말에 "할머니가 가자고 해서 거절 못 하고 왔을 뿐이야"라고 시오리가 대답했다.

입을 다물자, 또다시 바람 소리만 남았다. 시오리는 일부러 발밑의 작은 돌들을 밟으며 소리를 냈다.

"다카노, 너희 조는 체육대회 준비 끝났니?"

"아직. 응원 깃발은 아예 밑그림도 못 그렸어. 그쪽은?"

"우리 조도 전혀. 작년에는 야나기가 다 도맡아서 진행했다며?"

야나기의 이름을 입에 올린 순간, 다카노의 얼굴빛이 변했다.

"아, 미안." 시오리가 당황했다.

"어?" 다카노가 고개를 갸웃거렸다.

"아니, 야나기랑 친했잖아?"

"어떻게 알아?"

"유카리 애들이 말해줬어. 야나기랑 다카노는 형제처럼 친

63

했다고."

"집이 가까웠으니까."

다카노가 눈부신 아침 햇살에 실눈을 떴다.

"있잖아, 야나기가 전학 가니까 아무래도 좀 외롭니?"

"딱히."

다카노가 곧바로 대답했다. 너무 빨라서 시오리가 오히려 "어?"하며 동요했다.

"저기, 혹시 기분 나빴으면 미안해."

한동안 계속된 침묵을 깨려고 시오리가 먼저 입을 열었다.

"……도도로키 마을에서 다니는 학생은 무슨 사정이 있는 사람들이지?"

"사정이라니?"

다카노가 별로 동요하는 기색도 없이 되물었다.

"집안 사정이라거나…… 그런 이유로 부모랑 떨어져 사는 거라던데."

"누구한테 들었어?"

"반 애들."

"뭐, 그런 셈이지."

"미안해, 뜬금없이."

"아냐, 괜찮아. 사실이니까."

"……저, 실은 나도 비슷한 처지야. ……안 그러면 고등학교

3학년 여름에 부모 곁을 떠나서 이런 섬에 혼자 올 리 없잖아.”

그 이유를 물어봐줄 거라고 시오리는 생각했다. 무의식적으로 그 질문을 기다렸다. 그러나 다카노는 아무것도 묻지 않았다. 순간 핏기가 싹 가시는 느낌이 들었다. 자기 혼자만 이 순간을 즐기고 있다는 걸 깨달은 느낌이라 갑자기 안절부절 어쩔 줄을 몰랐다.

“……내 경우는 죽어버릴까 하는 생각까지 들었어. 너무 괴로웠던 경험이라…….”

내가 뭘 기다리는 건 아니라는 뜻을 전하고 싶어서 시오리는 허둥지둥 말을 이었다.

“……하루.”

그러자 다카노가 그런 말을 흘렸다. 그리고 그 말을 흘린 후로는 아무 말도 하지 않았다.

“하루?” 시오리가 되물었다.

“예전에 어떤 사람이 말했어. 단 하루만이면 살아갈 수 있다고. 앞일 따위 생각할 필요 없다고. 그냥 단 하루만. 그걸 매일 반복하면 된다고.”

다카노가 벤치에서 일어섰다.

“나 말이야, 사실은 야나기가 전학 가서 열받아.”

“어?”

“야나기가 전학 가서 무지 열받는다고. ……왠지 자꾸 화가 치밀어서 평소보다 긴 거리를 달려. 왠지 자꾸 화가 치밀어서 평소보다 빨리 달려."

다카노는 숲을 똑바로 쳐다보고 있었다.

"음, 그걸 외롭다고 하는 거 아닌가?"

문득 떠오른 말이었지만, 다카노의 마음에도 그 말이 쿵 하고 내려앉은 듯했다. 어안이 벙벙한 표정으로 시오리의 얼굴을 바라보았다. 그 시선은 어린아이처럼 일말의 망설임도 없었다.

시오리는 겸연쩍어서 얼굴을 돌렸다.

오토바이 한 대가 이쪽을 향해 언덕길을 올라오는 소리가 들렸다. 오토바이로 언덕을 올라온 사람은 공용 온천의 관리인이었는데, 시오리와 다카노를 보더니 "왜, 물이 안 뜨겁니?" 하고 물었다.

"글쎄요, 모르겠어요. 안 들어가서." 다카노가 대답했다.

오토바이에서 내린 관리인이 "그냥 놔두면 뜨거워지는데, 찬물 부어서 미지근하게 만들지 말라는 소리나 해대고……"라며 투덜투덜 불평을 쏟아내면서 관리인실로 들어갔다.

"넌 또 뛰어서 돌아갈 거지?" 시오리가 물었다.

"응."

"그럼 먼저 가도 돼. 할머니도 이제 곧 나오실 테고, 우리는 저기서 버스 타고 갈 거야."

"버스, 벌써 다녀?"

"다녀. 아까 알아봤어."

다카노는 한순간 망설이는 듯했지만, "그럼, 나 먼저 갈게"하고 걸어갔다.

"응, 학교에서 봐."

돌아선 다카노가 이번에는 뒷걸음질을 하며 걸었다.

"위험해." 시오리가 웃었다.

"응"하고 고개를 끄덕이면서도 다카노는 결국 시야에서 사라질 때까지 계속 뒷걸음질로 걸어갔다.

체육대회 전날까지도 응원 깃발이 완성되지 않아서 모두 남아 작업하기로 했다.

응원 깃발은 반 친구인 다이라가 그린 백마 탄 기사가 막 완성되기 직전이었다.

그 옆에 우두커니 서서 그림을 내려다보는 다카노에게 다이라가 "너도 좀 거들어"라며 세 번째로 핀잔을 주는 소리가 시오리에게도 들렸다.

시오리와 여학생들은 응원용 머리띠를 꿰매고 있었다.

"넌 하늘 부분 좀 그려."

또다시 다이라의 목소리가 들렸다.

"안 돼. 그림 못 그려."

도망치려는 다카노의 다리를 다이라가 낚아채는 바람에 두 사람은 그림 위에서 프로레슬링을 하듯 뒹굴었다.

"너희들, 작작 좀 해! 특히 다카노! 넌 아까부터 아무것도 안 했잖아!"

소리를 지른 사람은 유카리였고, 그쯤 되니 두 사람도 조용해졌다.

"야, 별 정도는 그릴 수 있잖아."

일어선 다이라가 다카노 손에 강제로 연필을 쥐여주었다.

다카노도 그제야 체념했는지 "알았어"라며 그림 위에 웅크려 앉았다.

"다른 녀석들은?"

"천막 설치한대."

다카노가 교실 밖으로 시선을 돌렸다. 이미 해가 기울기 시작해서 붉게 물든 운동장보다 형광등이 켜진 교실 안이 더 밝았다.

연필을 쥔 다카노가 다시 일어서서 "근데 뭘 그리면 되지?" 하고 어리광을 부렸다.

"아, 글쎄, 별 그리랬잖아. 밤하늘이니까."

"이거 밤이야?"

"그래. 적당히 별을 그려 넣으면 돼."

"별 몇 개?"

"몇 개든 상관없어."

"크기는?"

"아 진짜, 넌 맨날 그 모양이냐. 얼굴은 '나는 외로운 한 마리 늑대'같이 생긴 주제에 이렇게 해라, 저렇게 해라, 콕콕 짚어주지 않으면 움직이질 않잖아."

두 사람의 대화에 교실 곳곳에서 웃음소리가 솟구쳤다.

다카노는 응원 깃발의 여백 부분을 내려다보긴 했지만, 어디에 어떤 별을 그리면 좋을지 여전히 전혀 감이 안 잡히는 듯했다.

"자, 여기랑 여기 그리고 이쯤에 서너 개. 그리고 이 주변에는 구름."

다이라가 친절하게 그림 위에 클립을 놔주었다. 그제야 웅크려 앉은 다카노가 맨 처음 클립을 내려놓은 곳에 별을 그리기 시작했다.

시오리는 무심코 일어서서 그림을 바라보았다. 전형적인 별 모양을 그리고 있을 뿐이었다. 다카노는 그런데도 불안한지 "이런 느낌?" 하며 물었고, 다이라는 쳐다보지도 않고 "그래, 그래"라고 대충 대답했다.

"색칠한다."

"알았어."

"이쪽은 세 개? 네 개?"

69

"음, 네 개."

그리다 보니 나름 재미가 붙은 모양이다. 형태는 들쭉날쭉
했지만, 다카노의 발밑에는 별들이 흩어졌다.

다카노는 별을 하나씩 그릴 때마다 자리에서 일어서서 완성
도를 확인했다.

천막을 설치하러 나갔던 학생들이 돌아오자, 교실은 순식간
에 시끌벅적해졌다. 날은 이미 저물어서 창밖에는 진짜 별들
이 총총한 밤하늘이 펼쳐져 있었다. 교실에서 나온 시오리가
세면대에서 손을 씻고 있는데, 등 뒤에서 문득 인기척이 느껴
졌다. 놀란 시오리가 나지막이 비명을 질렀다.

"미, 미안. 나야, 나."

어둠 속에 서 있는 다카노가 더 놀란 듯했다.

"미안, 발소리가 안 들렸어."

시오리가 휴 하고 숨을 몰아쉬었다.

"지금 잠깐 시간 괜찮니?"

"괜찮은데."

"잠깐만 와줄래. 너한테 할 얘기가 있대."

"할 얘기? 누가?"

"내 친구."

"친구라니?"

시오리가 고개를 갸웃거렸다.

"어쨌든 잠깐만 와봐."

다카노가 살짝 거칠게 시오리의 어깨를 밀었다. 시오리는 한순간 비틀거리면서도 어둑한 복도로 걸음을 내디뎠다.

"교장실 있는 데야."

다카노는 몇 번이나 시오리를 돌아보며 걸어갔다.

교장실 앞에 다이라가 서 있었다. 어두워서 그 표정은 보이지 않았다.

"다이라?" 시오리가 물었다.

"그래."

고개를 끄덕였지만, 다카노는 더 이상 돌아보지 않았다.

"가봐."

다카노가 다시 등을 밀었다. 그리고 자기는 바로 앞 계단으로 내려갔다.

시오리는 그 자리에 우두커니 멈춰 섰다. 다이라가 기다리지 못하고 이쪽으로 걸어왔다.

"미안해. 갑자기."

조금 떨어진 곳에서 다이라가 말을 건넸다.

"무슨 일인데?" 시오리도 그 자리에서 물었다.

"잠깐 너한테 할 얘기가 있어서."

"나, 음…… 그런데……."

왠지 당황스러웠다. 계단에는 이미 다카노의 모습은 보이지 않았다.

"내가 먼저 말할게. 음, 나랑 사귈래?"

다이라의 목소리가 심하게 떨렸다. 시오리는 한 걸음 물러났다.

"저기, 미안해. 난 지금 좋아하는 사람이 있어."

엉겁결에 그런 말이 입 밖으로 흘러나오고 말았다.

*

그때, 다카노는 계단참에 있었다.

시오리와 다이라의 목소리는 또렷하게 들렸다. 다카노는 벽에 등을 붙이고 그대로 바닥에 주르륵 주저앉았다.

다이라가 "시오리 좀 불러줘라"라고 부탁했을 때, 거절할 수가 없었다. 그런데 왜 거절하고 싶었는지도 알 수가 없었다. 불과 며칠 전에 지나미 신사에서 시오리와 우연히 마주쳤다. 벤치에서 무슨 특별한 얘기를 나누지도 않았는데, 돌아오는 길에 왠지 기분이 마냥 좋았다.

그러고 보니 작년이었던가, 야나기가 한 학년 아래 여학생에게 고백을 받았다. 편지도 받았던 모양이다. 다카노가 야나기를 놀려댔다. 야나기도 싫지만은 않은 눈치였다.

그로부터 며칠 후, 문득 생각이 나서 "그 후에 어떻게 됐어?" 하고 다카노가 물었다. 야나기는 그저 "어떻게 될 게 뭐 있냐" 라며 웃었을 뿐이었다.

다이라와 시오리의 얘기는 끝난 듯했다. '사귀고 싶다'고 말한 다이라에게 '좋아하는 사람이 있다'고 시오리는 대답했다.

먼저 다이라가 뛰어가는 발소리가 들렸다. 곧이어 터벅터벅 걸어가는 시오리의 발소리도 들렸다.

다카노는 계단참에 여전히 주저앉아 있었다.

달빛에 길게 늘어진 자기 그림자가 계단으로 뻗어 있었다. 그 그림자가 웃는 것처럼 보여서 다카노는 허둥지둥 그 자리를 떠났다.

"어떻게 될 게 뭐 있냐."

그러면서 웃은 야나기가 이렇게 말을 이었다.

"안 그래? 생각해봐. 만약 진심으로 그 애가 좋아지면 어떡하지? 헤어질 때 힘들어. 괴롭다고. 굳이 표현하자면 간타가 또 한 명 늘어난 셈이야. 그런 상상만 해도 벌써부터 슬프다"라며 소리 내어 웃었다.

나란토 고등학교의 체육대회는 맑게 갠 날씨 속에 성대하게 치러졌다.

다카노는 마을 주민과 학생이 함께 뛰는 최종 종목인 릴레이 경기에서 마지막 주자로 뛰었다. 바통을 건네받았을 때는 상당한 거리 차이가 났지만, 달리기 시작하자마자 그 거리가 단숨에 줄어서 큰 갈채 속에 골인 지점을 통과했다.

어지간히 흥분했는지 응원하러 온 도모코 아줌마까지 운동장으로 뛰어나와서 헹가래를 타는 다카노에게 박수를 보냈다.

해마다 고등학교 체육대회가 끝나면, 나란토의 모습은 일변한다. 매일같이 페리를 타고 들어오던 관광객들이 줄어들어서 다마노 지구의 로가이는 물론이고, 선셋 거리의 가게들도 70퍼센트는 셔터를 내려버린다.

여름 관광으로 한철 장사하는 섬이니 어쩔 수 없는 노릇이지만, 섬 남자들은 이 시기부터 도쿄로 돈벌이를 나가는 게 상례라 다카노 반 친구들의 아버지도 한 사람, 또 한 사람 섬을 떠났다.

그런 와중에 학교에서는 3학년 학생들이 도쿄에 있는 자매학교를 방문하는 행사가 해마다 치러진다. 자매학교 학생들과의 교류가 표면적인 목적이지만, 머지않아 사회로 나갈 고등학교 3학년이라는 시기에 도쿄로 돈벌이를 나간 아버지를 만나고 오는 게 당초의 취지였던 것 같다.

현재도 3박 4일의 일정 중, 각자의 아버지와 지내는 시간을 꼬박 하루 동안 마련해두었다. 도쿄에 아버지가 있는 학생들은 아버지들의 작업장이나 공동으로 생활하는 아파트를 견학

하고, 반대로 도쿄에 아버지가 없는 학생들은 그룹으로 나뉘어서 고향 출신의 남자들이 사는 모습을 체험하는 기회를 갖는다.

그 여행 전날, 다카노가 자기 방에서 짐을 꾸리고 있는데 사다리 밑에서 "도쿠나가 씨 오셨다"라며 도모코 아줌마가 불렀다.

다카노는 일단 갈아입을 속옷 종류를 가방에 욱여넣고 사다리를 내려갔다.

집 앞으로 나가자 도쿠나가가 서 있었다.

"내일부터 도쿄지?"

도쿠나가가 물어서 "네. 3박 4일이에요" 하며 다카노가 고개를 끄덕였다.

"도쿄에서 가자마 씨를 만나고 와."

너무 갑작스러운 말이라 다카노는 당황했다.

"가자마 씨라면……."

"가자마 씨가 가자마 씨지 누구야. 몇 년 만이지?"

"2년, 아니 3년 만이네요."

"내일부터 가는 여행, 아버지가 그쪽으로 돈 벌러 간 녀석들은 아버지를 만나지? 그때 가자마 씨가 널 만나러 올 거야."

"하지만 전 그룹으로 행동하기로 결정됐는데요."

"친척이라고 하면 돼."

도쿠나가가 그대로 돌아가려 했다.

"저, 혹시……." 다카노가 허둥지둥 붙들어 세웠다.

"……이 섬에는 이제 못 돌아와요?"

"그렇게 조바심 낼 거 없어. 돌아와." 도쿠나가는 돌아보지도 않고 걸어갔다.

다카노는 그저 멍하니 그 뒷모습을 배웅할 수밖에 없었다.

나란토에 오기 전, 다카노는 그 가자마라는 남자의 집에서 살았다. 열두 살 무렵부터 3년간 그곳에서 살았고, 그 후에 나란토의 고등학교에 입학했다.

문득 시선을 느낀 다카노가 돌아보았다. 도모코 아줌마가 몸을 휙 감추는 모습이 보였다.

다카노는 못 본 척하고 돌아왔다. 그리고 부엌에 있는 아줌마에게 "어, 여기 있었어요?" 하며 일부러 놀라는 척했다.

"아줌마, 도쿄에서 무슨 선물 사다 드릴까요?"

"선물? 됐어, 그런 건."

몸을 숨겼던 곳에서 아줌마가 나왔다.

"그러지 말고, 뭐든 말해봐요."

"그럼, 사진이나 많이 찍어 와."

"사진? 도쿄 사진?"

"그래. 사람들이 엄청 많은 곳이나 만원 전철 같은 사진."

"그 정도면 돼요?"

"어, 그거면 돼."

"알았어요. 그럼, 최대한 많이 찍어 올게요."

다카노는 방으로 돌아가려다 문득 걸음을 멈췄다. 돌아보니 아줌마가 마루 끝자락에 앉아 있었다.

"아줌마, 나 돌아와요." 다카노가 말을 건넸다.

아줌마가 돌아보지도 않고, "응" 하며 고개를 끄덕였다.

*

두 학급의 총 48명 학생들의 단체였다. 상경한 다카노 일행이 묵은 곳은 요요기 공원에서 가까운 국립 숙박 시설이었다.

짧은 체재 기간의 일정은 빡빡하게 짜여 있었다. 나리타 공항에서 버스로 도착한 후 바로 자매학교인 고등학교를 방문했고, 그날 오후에는 토론회가 열렸다.

올해는 '관광 입국으로서의 일본'이라는 주제라 그다지 열기를 띠지는 않았지만, 어느 학교에나 다이라처럼 말 많고 나서기 좋아하는 학생은 있게 마련이라 시종일관 부드러운 분위기 속에서 토론회가 진행되었다.

그 후, 요요기의 숙박 시설로 자매학교 학생들을 초대해서 만찬 모임을 열었다.

취침 시간이 다가오자, 학생들은 배정받은 방에서 빠져나와 한방에 모여 몰래 챙겨 온 아와모리(인디카 쌀로 만든 오키나와 특산 증류주)로 건배했다. 연례행사다 보니 인솔 교사들도 그날만은 보고도 못 본 척했다. 다만, 개중에는 난생처음 술을 마시는 학생도 있어서 취해 쓰러진 녀석부터 차례대로 베개를 껴안고 잠들어버렸다.

올해 마지막까지 남은 사람은 다카노와 다이라였다.

어느새 새벽 2시가 지나, 호기심에 남학생 방으로 놀러 왔던 여학생들도 각자의 방으로 돌아갔다. 여학생들 중에 시오리의 모습은 보이지 않았다.

여학생들이 돌아가자, 다이라가 갑자기 취하기 시작했다. 깨어 있는 사람은 다카노뿐이라 "기쿠치 시오리가 좋아하는 녀석이 누굴까?" 하는 이야기가 자연스레 나왔다.

다이라는 예전 학교에 남자 친구가 있고, 장거리 연애를 하고 있을 거라고 예상했다. 그렇다면 아직 희망은 있을지 모른다고, 술 냄새 풍기는 숨을 몰아쉬며 다카노에게 동의를 구했다.

다카노는 아무 대꾸도 하지 않았다. 아와모리를 상당히 많이 마신 덕분에 괜스레 마냥 기분이 좋았다. 벌건 얼굴로 기뻐했다 풀이 죽었다 하는 다이라도 재미있었고, 요란하게 코를 골며 자는 다른 학생들 모습도 소리 내어 웃고 싶어질 정도였다.

야나기도 같이 있었으면 좋았을 텐데 하는 생각이 저절로 들었다. 그 녀석이 있으면 틀림없이 훨씬 더 재미있을 거라는 말을 누군가에게 하고 싶었다.

다음 날 아침, 학생들 대부분은 숙취로 아침밥에 손을 못 댔지만, 다카노와 다이라 둘은 밥그릇을 깨끗이 비웠다.

아침 식사 후, 다카노는 인솔 교사에게 갑자기 도쿄의 친척이 만나러 와서 그룹 행동에 참여하지 못한다는 뜻을 전했다. 선생님은 별다른 질문도 하지 않았다.

9시가 지나자, 호텔 로비에 학생들의 아버지들이 모여들기 시작했다. 재회를 기뻐하는 여학생들과 달리, 남학생의 아버지들은 자기들끼리만 한곳에 모여 있었고, 거기서 조금 떨어진 곳에 그 아들들이 또 무리 지어 있었다.

10시가 되어 제각각 아버지를 따라 호텔에서 나가기 시작한 무렵, 은색 볼보에서 내린 가자마의 모습이 다카노의 눈에 들어왔다.

"오셨어요." 다카노가 옆에 있던 선생님에게 알렸다.

"좋아, 그럼 다녀와. 8시까지는 돌아와라. 무슨 일 생기면 호텔로 연락하고"라며 등을 떠밀었다.

몇 년 만에 만난 가자마는 조금 늙었다. 기분 탓인지 큰 키도 조금 줄어든 느낌이었다.

가자마도 비슷한 기분이었는지, "몇 센티미터나 큰 거야?" 하며 놀라워했다.

"20센티미터 정도." 다카노가 대답했다.

"후미코 씨가 예상했던 것보다 더 컸네." 가자마가 웃었다.

후미코는 가자마의 집에 사는 가사 도우미였다. 그리운 마음에 "건강하세요?"라고 물었는데, 가자마는 그저 "어, 뭐 건강하지"라고만 대꾸했다.

후미코 아줌마가 구워주던 달콤한 사과파이의 향기가 떠올랐다. 다카노가 식탁에서 접시째 내동댕이친 사과파이를 줍던 그녀의 앙상한 엉덩이가 떠올랐다.

"후미코 씨의 안부를 물을 만큼은 성장했군."

가자마의 말에 "신세를 많이 졌으니까요"라고 다카노가 대답했다.

가자마를 따라 밖으로 나갔다. "타"라며 등을 밀어서 볼보 조수석에 올라탔다.

자동차는 바로 출발했다.

호텔 부지에서 벗어나자 고속 고가도로가 나오고, 그 안쪽으로 요요기 공원의 녹음이 펼쳐져 있었다.

"다른 학생들은 아버지랑 같이 어디를 구경하지?"

"도쿄타워 같은 곳. ……여자애들은 다 같이 디즈니랜드 간대요."

차 안은 흡사 새 차 같았다. 룸미러에 달린 부적도 없고, 대시보드에 놔둔 껌도 없고, 사이드포켓에 지도도 들어 있지 않았다. 그러나 힐끗 들여다본 미터기에는 상당한 주행거리가 찍혀 있었다.

"도쿠나가에게 무슨 얘기 들었니?"

"아뇨, 전혀."

"뒤에 자료가 있다."

다카노가 몸을 비틀어 두툼한 파일을 집어 들었다.

"도쿄의 야에스라는 곳에 '와쿠라 토지'라는 부동산 회사가 있어. 모회사는 '와쿠라 물산'. 종합상사 계열인데, 디벨로퍼와는 연관이 없어. 디벨로퍼가 뭔지는 알지?"

"네. 부동산 개발업자."

"지금 그 '와쿠라 토지'를 사전조사 하러 간다. 그리고 오늘 밤에 네가 몰래 잠입해야 해."

그 말을 듣자마자 무릎 위에 놓인 파일이 무겁게 느껴졌다.

차는 요요기 공원에서 하라주쿠 방향으로 달려갔다. 널찍한 인도를 커플과 가족들이 걸어갔다.

다카노는 시선을 파일로 되돌렸다. 페이지를 들추려는 손가락이 미세하게 떨렸다.

4장
라이벌

설거지를 하던 기타조노 후미코는 갑자기 물이 차갑게 느껴져서 수도꼭지를 온수 쪽으로 돌렸다.

밖에서 다시 소리가 들렸다. 관리 회사의 청소원이 이끼 정원에 흩어진 낙엽을 전동 송풍기 바람으로 치우고 있었다.

잠시 후 정원의 송풍기 소리가 멈추면서 후미코의 설거지도 동시에 끝났다. 젖은 손을 닦으며 밖을 내다보니 낙엽으로 파묻혔던 정원에 아름다운 이끼가 되살아났다.

전면 창을 톡톡 두드리는 소리에 후미코가 뒤를 돌아봤다. 청소원이 장갑을 벗으며 서 있었다.

"수고하셨어요. 얼른 차 내올게요"하며 후미코가 전면 창을 열었다.

"아닙니다, 바로 다른 집 작업이 있어서."

"어머, 그러시군요."

"다음 달 말에 다시 찾아뵙겠습니다."

"낙엽도 아름답지만, 아무래도 이끼 정원에는 좀 그렇죠?"

"천적이죠."

건네받은 서류에 서명한 후미코가 청소원을 배웅했다. 저녁 햇살이 쏟아지는 이끼 정원이 아름다워서 한동안 넋을 놓고 바라보았다.

차디찬 바람이 밀려들어서 후미코는 손을 맞비볐다. 맨손으로 설거지를 해서 피부가 몹시 거칠었다.

전화가 울린 것은 식탁으로 온 후미코가 손에 막 크림을 바르기 시작했을 때였다.

후미코는 손끝으로 집어 들듯이 수화기를 들었다.

"여보세요, 가자마입니다. 방금 다카노를 만나고 왔어요."

들려온 것은 오늘 아침 일찍 도쿄로 떠난 가자마의 목소리였는데, 기분 탓인지 왠지 모를 활기가 느껴졌다.

후미코는 "네"라고만 대답했다.

"후미코 씨는 건강하세요?'라고 묻더군요."

"다카노가요? 그 애가 정말 그렇게 말했어요?"

"네. 그 정도 말을 할 정도는 성장했어요."

왠지 활기가 느껴졌던 음색의 이유를 알고, 후미코도 무심코 "네"라며 밝은 목소리로 대답했다.

"키가 20센티미터나 컸다는군요."

"20센티미터나……."

후미코는 그릇장으로 눈길을 돌렸다. 여기에서 지낼 무렵의 다카노는 위에서 정확히 두 번째 선반 언저리에 머리가 왔을 게 틀림없다. 그렇다면 지금은 그 그릇장 정도는 키가 컸을지도 모른다.

"……그렇군요, 그렇게나 많이."

"네. 우리가 상상했던 것 이상이에요."

후미코가 일어서서 그릇장 옆에 나란히 서보았다. 과연, 올려다봐야 할 정도로 컸다.

"별일 없죠?" 하며 가자마는 평상시 말투로 돌아왔고, "네, 딱히. 조금 전까지 관리 회사에서 나오신 분이 정원 청소를 했어요"라고 후미코도 평상시 말투로 돌아갔다.

별다른 용건은 없었는지 가자마가 전화를 끊으려 했다. 다카노 소식을 전해주려던 것뿐인 듯했다. 다음 순간, "저" 하며 후미코가 무심코 말을 건넸다. 그런데 바로 "아니에요, 죄송해요…… 역시 됐어요" 하고 힘없는 목소리로 말했다.

"무슨 일 있어요?"

"아뇨, 아무 일도 없어요."

"말씀하세요. 신경 쓰이니까."

"저, 그럼…… 물론 무리라는 건 알고 하는 부탁이에요. 아마 오늘 밤, 다카노가 첫 임무를 맡게 되겠죠. 그래서 가자마 씨가 일부러 도쿄까지 가셨겠죠. 그래서 정말 무리한 부탁이라는 건 알지만, 이번에만…… 다음부터는 절대 이런 말은 하지 않을 테니, 이번 한 번만, 다카노가 무사히 임무를 끝내면 제게 연락해주실 수 있을까요? ……전화벨 소리를 세 번만 울리고 끊어주시면 돼요. 그것만으로도 충분해요. ……죄송해요, 이런 말을 해서……."

긴 침묵이 흘렀다. 그리고 돌아온 대답은 "약속은 못 합니다"라는 짧은 말이었다.

그 후 얼마나 멍하게 있었을까, 정신을 차려보니 후미코는 다카노가 늘 앉았던 식탁 의자를 바라보고 있었다.

다카노가 처음 이곳에 온 날을 후미코는 생생하게 기억한다.

그 전날 밤, 후미코는 한숨도 잘 수가 없었다. 가자마가 건네준 자료를 읽은 탓이었다. 자료에는 내일 이곳에 올 남자아이의 아직 짧은 인생이 너무나 차디찬 문장으로 적혀 있었다.

다카노 가즈히코(가명)

1981년생, 현재 만 11세 9개월.

출생부터 보호받기까지의 내력(말소 완료)

※ 보호조치에 이른 사건의 재판 기록

1985년 8월에 오사카 시의 아파트에서 유아 2명(4살 형과 2살 남동생)이 어머니에 의해 방치되어 2살 남동생이 사망한 사건의 재판은 11일, 오사카지방법원(시게히사 신지 재판장)에서 피고인에 대한 질문이 행해졌고, 살인죄 혐의를 추궁받는 어머니가 형제를 아파트에 가둬둔 후, 지인 남성의 집에서 지냈다는 사실이 밝혀졌다.

피고인 질문에서 어머니는 변호사 측으로부터 받은, 장남과 차남에 대한 살의 유무에 대한 질문에 대해 "그런 것은 없었습니다"라고 부정했다.

그러나 테이프로 온 집 안의 문과 창문을 밀폐하고, 아이들만 두고 나가면 죽음에 이를 수 있다는 예상은 할 수 있지 않았느냐며 변호사 측에서 설명을 요구하자, "그렇습니다"라고 아주 작은 목소리로 살의를 인정했다.

오전 중에 실시한 증인 심문에서는 유아 2명이 받았을 고통에 관하여 정신과의사가 설명했다.

"아마도 이 아이들은 자기의 땀을 핥아 먹고, 오줌을 마시고, 변을 먹었을 거라고 추측할 수 있습니다. 기아의 고통은 대량학살과 같은 수준입니다."

피고인인 어머니는 고개를 숙이고 설명을 들었다.

※ 사건 개요

2살과 4살 아이들이 감금된 곳은 문과 전면 창이 테이프로 밀폐된 방이었다. 방에는 쓰레기가 어지럽게 흩어져 있었고, 당시 연일 계속된 무더위 속에서 에어컨도 없었으며, 밤에는 캄캄한 어둠 상태인 데다 당연히 먹고 마실 것도 없었다. 그들은 그런 암흑 속을 더듬으며 음식을 찾고, 엄마를 찾았을 것으로 추측된다.

어머니가 유기한 직후에는 그 집 인터폰에서 "엄마! 엄마!" 하는 비명 소리가 장시간 이어진 적도 있었다고 한다.

그 소리를 들은 아파트 주민이 경찰에 신고까지 했다. 그러나 시청 직원이 그로부터 12시간 후에 방문했지만, 신고가 들어온 소리는 들리지 않았고, 초인종을 세 번 울려도 응답이 없었다고 한다.

두 아이가 발견된 집의 거실에는 냉장고가 있었다. 일인용 소형 냉장고인데, 발견 당시 문이 열려 있던 냉장고에는 아이들이 음식을 찾아 더듬거린 끈적끈적한 자국이 남아 있었다.

두 아이는 발견 전 며칠 동안 아무것도 먹지 못한 사실이 밝혀졌다. 어머니가 그들을 위해 남겨둔 것은 물병 두 개와 빵 세 개뿐이었다.

발견됐을 때, 2살인 차남은 이미 아사한 상태였다. 그 몸을 4살짜리 장남이 끌어안고 잠들어 있었다고 한다.

오사카지방법원은 자식에 대한 용의자의 살의를 인정, 검찰 측의 무기징역 구형에 대해 징역 30년의 실형을 선고했다. 그 후 재판은 대법원까지 법정 다툼이 이어졌으나 징역 30년이 확정되었다.

자료를 읽으면서 후미코는 소리 죽여 울었다. 이런 처참한 체험을 한 남자아이가, 두 살짜리 동생의 처절한 죽음을 목격한 남자아이가 내일 이 집으로 오는 것이다.

아무리 억누르려 애를 써도 오열을 멈출 수가 없었다. 흘러내린 눈물이 자료를 적셔서 젖은 곳을 필사적으로 닦아냈다. 그런데도 눈물은 끝도 없이 흘러내렸다.

보호받은 네 살짜리 남자아이는 아동복지시설에 맡겨진 후, 법원의 결정에 따라 25세의 친아버지(무직)에게 보내지게 되었다. 친아버지는 피고인 어머니와 이미 이혼한 상태였고, 게다가 AN 통신은 이 친아버지 또한 같이 살았던 당시 장남을 처절하게 학대했다는 사실을 밝혀냈다.

그 후 어떤 공작이 펼쳐졌는지 후미코는 모른다. 다만 그 남자아이는 친아버지 곁으로 돌아가지 않고, 보호시설 안에서 사망한 것으로 처리되었다.

그리고 비밀리에 다른 시설로 옮겨져서, '다카노 가즈히코'라는 새로운 이름을 얻은 것이다.

그 아이는 그 후 7년 동안 AN 통신의 비호 아래 생활했고, 드디어 내일 이 집으로 온다.

그날 후미코는 한숨도 못 잔 채로 아침을 맞았다. 예정으로는 점심 전에 가자마가 직접 가루이자와 역까지 마중하러 가서 다카노를 데려오기로 되어 있었다.

후미코는 첫 점심을 뭘 만들어줄까 하는 고민에만 빠져 있었다. 가자마가 건네준 자료에는 식사에 관련된 내용이나 일상생활에 대한 지시도 쓰여 있었지만, 식사에 관한 정보에는 알레르기 유무뿐이었고, 그 아이가 뭘 좋아하고 뭘 싫어하는지에 관한 내용은 전혀 없었다.

마중하러 나가는 가자마를 후미코가 현관까지 배웅하러 나갔다. 차에 오르려던 가자마가 갑자기 동작을 멈췄다.

"후미코 씨, 한 가지만 미리 말씀드리죠. 당신은 지금 내가 데려올 아이의 엄마가 되는 게 아닙니다. 그 점만은 명심해두세요."

냉정한 말투였다. 후미코는 왠지 속내를 들킨 것 같아 아무 대답도 할 수 없었다.

처참한 경험을 한 아이니까 무슨 일이 있어도 따뜻한 마음으로 감싸주고 싶었다. 난동을 부려도, 울고 소리쳐도, 이 팔로 꼭 안아주고 싶었다.

후미코는 오직 그런 마음뿐이었다.

그로부터 한 시간 후, 후미코는 집으로 들어오는 자동차 소리를 듣고 현관으로 달려갔다.

밖에까지 나가서 맞고 싶은 마음을 억누르고, 두 사람의 발소리가 다가오는 현관에서 기다렸다. 남자아이는 안으로 들어오려고 하지 않을지도 모른다. 도망치려고 할지도 모른다.

"어서 와요."

수없이 연습했던 말을 다시 한번 확인하듯 되풀이했다.

그 순간 문이 열렸다. 가자마와 남자아이가 서 있었다.

이제 곧 열두 살인 아이치고는 덩치가 작았다. 근처 초등학교로 또래 학년 아이들을 보러 가서 상상했던 모습보다 두 살쯤 작고 어려 보였다.

남자아이는 후미코를 똑바로 쳐다보았다. 후미코는 미소를 지으려 했지만, 뺨이 굳어서 뜻대로 되지 않았다.

"어서 와……."

말문이 막힌 순간, 가자마가 남자아이의 등을 밀었다.

안으로 들어온 남자아이가 미소를 지었다. 후미코가 지으려던 미소였다.

"다카노 가즈히코입니다. 오늘부터 신세를 지겠습니다. 잘 부탁드립니다!"

또랑또랑하게 인사했다. 예의 바르게 야구 모자를 벗고 고개를 깊이 숙였다.

팽팽하게 당겨졌던 긴장의 끈이 툭 끊어졌다. 후미코는 하마터면 그 자리에 주저앉을 정도로 긴장이 풀려서 "어서 와요. 피곤하죠?"라고 말을 건넸다.

남자아이의 웃는 얼굴은 억지로 지은 표정처럼 보이지는 않았다. 복도 안쪽을 들여다보는 그 눈빛은 새로운 환경에 대한 호기심으로 가득한, 건강한 사내아이의 눈빛이었다.

그러나 다음 순간, 후미코는 알아차렸다. 남자아이의 손이 심상치 않을 정도로 몹시 떨리고 있었다. 손에 쥔 야구 모자가 찌부러져버릴 것 같았다.

*

새벽 2시가 지나 호텔 큰 방 곳곳에서 친구들의 잠든 숨결과 코 고는 소리가 들려왔다. 그런 어스름한 방에서 다카노가 몸을 일으켰다.

하루 종일 도쿄 구경을 즐기고 온 아이들은 깰 기미가 보이지 않았다. 아와모리 술로 잔뜩 신이 났던 어젯밤과는 달리 오늘 밤에는 취침 시간도 되기 전에 조용해졌다.

이불에서 빠져나온 다카노는 큰대자로 누워 있는 다이라의 몸을 넘어 방에서 나가려고 했다. 그런데 다이라가 벌떡 일어나 앉더니 "어디 가?"라고 갑자기 말을 건넸다.

"화, 화장실." 당황한 다카노가 대답했다.

"됐다, 이제."

"어?"

다이라는 그대로 다시 잠들어버렸다. 아무래도 잠꼬대 같았다. 다카노는 휴 하고 한숨을 내쉬었다.

복도에 있는 화장실에서 옷을 갈아입었다. 벗은 옷을 청소용 도구함에 감추고, 비상계단으로 내려왔다.

비상계단에서 신주쿠의 고층 빌딩이 보였다.

지하 주차장으로 가자, 가자마의 차가 기다리고 있었다. 다카노가 조수석에 올라타자마자 바로 출발했다.

"그렇게 어려운 침입은 아니야. 마음 편하게 가."

가자마가 말을 건네서 "네" 하고 다카노가 고개를 끄덕였다.

차는 바로 수도 고속도로로 접어들었다. 새벽 2시인데도 교통량이 많아서 도로는 환했다.

다카노는 주머니에서 소형 카메라를 꺼내 흘러가는 야경을 담았다.

"뭐 해?" 가자마가 미간을 찡그렸다.

"죄송해요. 도쿄 견학 선물이에요. 지금 절 보살펴주시는 아줌마에게 드릴 선물."

고속도로를 내려온 차가 멈춘 곳은 도쿄 역에서 조금 떨어진 장소였다. 사무실 지역이라 그 시간에는 드넓은 거리에 띄엄띄엄 밝혀진 편의점 조명뿐이었다.

"동선은 머릿속에 전부 담았니?"

"네."

다카노가 조수석에서 내렸다.

빌딩과 가로수가 일직선으로 늘어서 있었다. 도로 신호기만 밝았다.

다카노는 한 블록 앞에 있는 '와쿠라 토지' 본사 빌딩으로 걸음을 내디뎠다. 오전에 갑자기 가자마에게 임무를 들었을 때의 긴장감은 이제 없다. 머릿속에 있는 것은 명령받은 임무의 순서뿐이다.

도쿄 역 야에스 출구에서 아주 가까운 '와쿠라 토지'의 본사 빌딩은 1967년에 지은 5층짜리 건물이라 노후화가 두드러졌다. 그런데도 당시로서는 참신한 디자인이라 지금은 오히려 타일을 붙인 외관이나 예스러운 실내장식이 쇼와 시대(1926~1989년까지의 일본 연호)를 그린 영화나 드라마의 촬영지로 사용될 때도 있다.

이 빌딩 1층에는 작은 상점들이 입점한 아케이드 상가가 있다. 여행사, 문구점, 미용실 등이 늘어서 있는데, 이 시간에는 모두 셔터가 내려진 상태였다. 다카노는 어둑한 아케이드에는 들어가지 않고 곧장 뒤쪽 문으로 돌아갔다.

빌딩을 에워싼 산울타리가 끊기는 곳에 경비실 창문이 보였다. 이 시간은 경비원이 세 명. 그중 한 사람은 현재 매시간 정각에 도는 순찰을 나갔을 게 틀림없다.

방문객이 보이도록 설치해둔 거울을 피한 다카노는 일단 출입구의 임시 주차 공간으로 숨어들었다.

"경비원이 지금 5층에 도착했다."

인터콤을 낀 귀에서 가자마의 목소리가 들렸다. 실내를 비추며 움직이는 경비원의 손전등 불빛을 가자마가 확인한 모양이다.

다카노는 나무가 심겨진 안쪽으로 들어가서 쇠창살로 에워싸인 비상계단까지 갔다.

5층까지 외부 계단이 이어져 있고, 그 끝으로 도쿄의 환한 밤하늘이 보였다.

쇠창살 문에는 옛날식 숫자 자물쇠를 달아놓아서 경비실과는 연동되지 않았다. 가자마가 알려준 대로 네 자리 번호를 누르자, 문은 바로 열렸다.

"비상계단으로 들어왔습니다."

다카노의 보고에 가자마의 대답은 없었다.

다카노는 소리 나지 않게 외부 계단을 올라갔다. 주위 빌딩에서 불어오는 바람에 낡은 쇠창살에서 소리가 났다.

5층까지 뛰어 올라갔을 때, "경비원이 4층으로 내려갔다"라는 가자마의 지시가 들어왔다.

5층 비상문은 낡았고, 손잡이에 열쇠 구멍이 있는 타입이었다.

"문을 열겠습니다."

다카노는 철사 두 줄로 간단히 문을 열었다.

문 너머에는 어스름한 복도가 뻗어 있었다. 비상구를 표시한 조명 외에는 불빛이 없었다. 복도를 곧장 걸어가자, 엘리베이터 홀이 나오고 조명이 밝혀진 자동판매기에서 나지막한 소리가 울리고 있었다.

목표 지점인 사무실은 복도 막다른 곳에 있었다. 부사장실 겸 사업기획부장이 사용하는 공간인데, 가자마가 보여준 도면에 따르면, 작은 응접세트와 책상이 있을 뿐이었다.

다카노는 묵직한 문을 열었다. 큰길 쪽으로 난 사무실이라 실내는 밝았다. 벽에 걸어둔 창업 당시의 사옥 빌딩 흑백사진도 또렷하게 보였다.

다카노는 침입하자마자 책상에 있는 컴퓨터부터 켰다. 바로 비밀번호 입력 화면이 떴다.

들고 간 소형 단말기를 접속시켰다. 계획했던 순서대로 비밀번호를 찾았다. 예정대로라면 첫 번째 예측이 10초 이내에 떠야 하는데, 좀처럼 확정되지 않았다.

다카노는 창으로 다가가 큰길을 내려다봤다. 인도의 가로수가 코앞에 보였다. 그러나 나란토에서는 볼 수 없는 살풍경한 나무였다.

컴퓨터 모니터의 불빛을 감추려고 다카노가 재킷으로 덮는 순간, 예측 비밀번호가 떴다.

번호를 입력하자 바탕화면으로 바뀌었다.

"한 방에 열렸어요."

다카노는 맥이 빠진다는 듯이 가자마에게 알렸다.

좀 더 시간이 걸릴 거라고 예상했던 터라 자기도 모르게 마음이 가벼워져서 의자에 앉았다.

"'V. O. 에퀴' 관련 자료를 찾아."

귀에 들린 가자마의 목소리에 "어?" 하며 다카노가 놀랐다.

"……그건."

전에 도쿠나가가 건네준 자료에 나온 회사였다.

"혹시 회사 이름으로 검색이 안 되면, 자료에 있었던 인명, 사업명 뭐든 괜찮으니까 기억나는 대로 계속 파일을 찾아내."

"네."

다카노는 바로 'V. O. 에퀴'로 검색해봤지만, 해당되는 파일은 하나도 없었다. 너무 갑작스러운 명령이라 머릿속이 하얘져서 분명히 읽었던 'V. O. 에퀴' 자료의 어떤 문장도 떠오르지 않았다.

다카노는 일단 자리에서 일어섰다. 크게 심호흡을 하고 눈을 감았다.

자료를 읽었던 나란토의 자기 방을 떠올렸다. 창밖으로 내

려다보이는 도도로키 마을. 모기장을 친 침대. 불빛으로 모여
드는 날벌레를 노리는 도마뱀붙이.

그쯤에서 마치 사진이라도 찍은 것처럼 자료의 지면이 떠올
랐다. 떠오른 지면을 머릿속에서 넘겼다. 키워드가 될 만한 단
어가 거기에서 떠올랐다.

다카노는 의자로 돌아와서 떠오른 단어들을 잇달아 입력했
다. 아무런 소득 없는 단어가 많았지만, 이따금 파일 한두 개가
발견되었다. 그리고 '블루 플래닛 프로젝트'라고 입력한 순간,
모니터에 파일이 대량으로 떴다.

"블루 플래닛 프로젝트……." 다카노가 중얼거렸다.

그때 귓가에 "그거야"라는 가자마의 목소리가 들렸다.

"복사하는 데 얼마나 걸릴 것 같나?"

"대략 2, 3분 정도." 다카노가 대답했다.

"복사해."

"네."

복사를 시작한 다카노는 의자에서 벗어나 다시 창가로 다
가갔다. 예상보다 순조로워서 콧노래라도 부르고 싶은 심정
이었다.

커튼 뒤에 몸을 감추듯이 서서 도쿄 거리를 내려다보았다.
아마 바로 앞에 서 있는 커다란 빌딩 하나의 부지가 도도로키
마을 전체와 크게 다르지 않을 것이다. 그렇다면 도쿄라는 도

시의 광활함을 짐작할 수 있다.

"어……."

바로 그 순간, 가자마의 목소리가 들렸다. 한순간 인터콤의 잡음인가 했는데, "어, 어어! 누가 비상계단으로 올라가고 있어!"라며 당황하는 가자마의 목소리가 이어졌다.

"네?"

"복사, 아직 안 끝났나?"

가자마의 목소리에 다카노가 책상으로 달려들었다. 남은 시간은 1분이라고 나왔다.

"금방 돼요."

"이봐, 누가 올라가고 있어. 대체 누구지?"

또다시 인터콤에서 가자마의 긴박함이 전해졌다.

"지금 2층…… 3층…… 어, 어어, 저 녀석, 대체 뭘 하는 거지."

가자마의 목소리만으로는 상황을 파악할 수 없었다.

"……저 멍청한 자식, 3층으로 들어갔어. 경비원이랑 마주칠 텐데. ……이봐, 아직이야?"

"조금만 더!"

"서둘러. 끝나면 바로 도망쳐!"

다음 순간, 경비원의 고함 소리가 들렸다. 누군가가 계단을 뛰어 올라오는 소리가 들렸다.

"수상한 침입자 발견! 남자가 4층, 아니 5층으로 올라갑니다!"

무선으로 연락하는 경비원의 떨리는 목소리가 가까이 다가왔다.

그때 복사가 완료되었다. 다카노는 단말기 케이블을 잡아 뽑았다. 바로 방에서 나가려고 했지만, 발소리는 이미 문 너머까지 와 있었다.

"누가 와요!" 다카노가 엉겁결에 소리를 질렀다. 그와 동시에 밖에서 찬 발길질에 문이 부서졌다.

거기에 남자가 서 있었다.

다카노는 단말기를 넣은 가방을 끌어안고, 창가로 몸을 피했다. 남자가 한 발짝 안으로 들어왔다. 창가 불빛에 그 얼굴이 흐릿하게 보였다.

체격이 좋은 젊은 남자였다. 아니, 젊은 정도가 아니라 다카노 또래인 열일곱, 열여덟으로밖에 안 보였다. 남자가 다카노를 뚫어져라 쳐다보았다.

"그거…… 이리 넘겨. 복사는 이미 끝났겠지?"

억양에서 미묘한 위화감이 느껴졌다.

다음 순간, 귀에 가자마의 목소리가 들렸다.

"이쪽 무선이 도청된 모양이야……."

다카노는 앞으로 한 발짝 내디딘 후 "넌 누구냐?" 하고 남자에게 물었다.

쫓아오는 경비원의 발소리는 들리지 않고, 대신 비상벨이 울리기 시작했다.

"너, 젊네."

상대도 꽤 놀랐는지 고개를 갸웃거리며 슬금슬금 간격을 좁혀왔다.

"야, 뭐 해? 빨리 나와!"

또다시 귀에 가자마의 고함 소리가 울려 퍼졌다. 곧이어 우악스럽게 덤벼드는 남자를 다카노가 가까스로 피했다. 그러나 그 반동으로 벽에 등을 부딪치는 바람에 숨이 막혔다.

"내놔."

가까이 다가오는 남자의 배를 다카노가 걷어차려 했다. 그런데 오히려 상대가 그 다리를 밀쳐내서 바닥에 나뒹굴었다. 다카노는 남자의 목덜미를 움켜잡았다. 잡아당기는 자기 힘과 떨쳐내려는 상대의 힘이 막상막하였다.

다카노는 남자의 허리를 걷어차고 바닥으로 구르며 빠져나왔다. 곧바로 남자가 몸을 날리며 달려들었다.

"야! 뭐 해! 비상계단은 이제 안 돼! 경비원들이 깔렸어! 경찰도 오고 있다고!"

작았던 경보 소리가 차츰 커졌다. 다카노는 덮치며 공격해 오는 남자를 다시 걷어찼다. 뒤로 날아간 남자가 대리석 탁자에 어깨를 세게 부딪쳤다.

그 틈을 이용해 일어선 다카노가 창문을 열었다. 창틀에 다리를 걸쳤다.

다카노는 인도의 가로수까지 거리를 가늠해봤다.

낙하하면서 잡을 수 있을 만한 굵은 가지를 재빨리 찾아내고, 두 손으로 창틀을 잡으며 도움닫기를 했다. 다카노는 5층 창에서 뛰어내렸다.

뒤에서 "야!" 하는 남자의 목소리가 들렸다.

뛰어내린 순간, 가로수가 눈앞으로 성큼 다가왔다. 다카노는 무아지경으로 손을 뻗으며 온몸을 내맡기듯 굵은 가지에 매달렸다.

나뭇잎들이 우수수 도로로 떨어졌다. 나무가 크게 휘청거렸다. 매달린 가지의 밑동 부분이 우지끈거리며 섬뜩한 소리를 냈다.

다카노가 굵은 가지로 다리를 뻗은 순간, 별안간 등 뒤에 충격이 가해졌다. 다카노를 따라 뛰어내린 남자가 발버둥을 치듯 같은 나뭇가지에 매달린 것이다.

"야! 안 돼……."

소리치려는 순간, 가지가 부러졌다.

다카노는 재빨리 남자의 몸을 차내며 다른 가지로 손을 뻗었다. 남자가 부러진 가지와 함께 떨어졌고, 또 다른 가지에 허리를 부딪치며 멈췄다.

다카노는 인도까지의 거리를 가늠해보았다. 여전히 상당한 높이였지만, 다카노는 과감하게 뛰어내렸다. 착지하는 순간, 발목을 훑는 격통이 느껴졌다.

그런데도 다카노는 바로 달리기 시작했다. 등 뒤에서 묵직한 소리가 들렸다. 남자도 뛰어내린 모양이다.

다카노는 뒤를 돌아보았다. 인도에 나뒹군 남자가 바로 일어서려 했지만, 그 발걸음이 휘청휘청 불안했다.

다카노는 다시 달렸다. 가자마의 차를 향해 달렸다. 그런데 분명 서 있어야 할 장소에 차가 보이지 않았다. "가자마 씨, 어디예요?"라고 물어봤지만 대답도 없었다.

경비 회사의 차 두 대가 달려왔다. 다카노는 반사적으로 빌딩 그늘로 몸을 숨겼다.

*

바닥 난방을 끈 탓에 발이 냉랭했다. 식탁에서 꿈짝 않고 전화를 기다리던 후미코는 털실로 짠 양말을 신었다.

바깥 기온은 1도까지 내려갔다. 만약 추위에 소리가 있다면, 그 소리는 외풍처럼 실내로도 숨어들 것이다.

이미 새벽 5시 반이 지났다. 벌써 두 시간 전에 끓인 뜨거운 생강 홍차는 찻잔 속에서 싸늘하게 식었다.

혹시 가자마에게 전화가 온다면 이때쯤일 거라고 후미코

는 멋대로 예상했다. 다카노가 첫 임무로 어디서 무슨 일을 하는지 후미코는 물론 알 수 없지만, 그런데도 날이 밝기 전에는 '무사히 끝났습니다'라는 연락이 올 거라고 굳게 믿고 있었다.

물론 가자마는 "꼭 연락하겠다"라는 말은 하지 않았고, "약속은 못 합니다"라고 했을 뿐이다. 그러나 지금 드디어 날이 밝아오자, 후미코는 그 말에 매달리기 시작했다.

첫 임무는 이미 완료했다. 다만, 가자마가 아직 연락하지 않을 뿐이다.

그렇게 믿고 싶으면서도, 그럼 됐다고 포기하고 자기 방의 침대로 돌아갈 수가 없었다.

여기서 살게 된 후로 다카노는 첫인상과 다르지 않게 예의 바른 아이였다. 매일 아침 6시 반이면 스스로 일어났고, 7시에 먹는 아침 식사까지 옷을 갖춰 입고 "안녕히 주무셨어요!"라며 활기차게 식당에 나타났다.

초등학교도 별다른 문제 없이 다니기 시작했고, "학교는 어때?"라고 후미코가 물으면 "재미있어요"라며 웃는 표정을 지었다.

"친구는 생겼니?" 하고 물으면, 전학한 날에 친해졌다는 친구들 서너 명의 이름을 들려주었고, "애들이 야구부에 들어오래서 나도 들어가고 싶긴 한데……"라며 조심스럽게 자기 희망도 입에 담았다.

후미코가 갠 옷은 자기 손으로 방으로 옮겼고, 가지런하게 정돈해서 서랍장에 넣었다. 그리고 사소한 일에도 "고맙습니다"라는 인사를 절대 잊지 않았다.

다카노가 오기 전에 자기가 품었던 불안은 기우였다고 생각하는 한편, 처음 왔을 때 얼굴에는 아이다운 미소를 지으면서도 심상치 않게 떨었던 손을 후미코는 결코 잊을 수가 없었다.

이 아이는 무리하고 있다.

눈에 보이는 다카노가 제아무리 밝고 건강해도 후미코는 그런 마음을 도무지 떨쳐낼 수 없었다.

한편, 가자마는 처음부터 다카노를 방임했다. 보호자인 양 다정한 말을 건네지도 않았고, 그렇다고 감시자 역할로 엄격하게 대하지도 않았다. 거실 소파에서 같이 텔레비전을 볼 때가 있는가 하면, 다카노에게 행선지도 안 밝힌 채 며칠씩 집을 비울 때도 있었다. 반대로 다카노 역시 가자마가 집을 비워도 걱정하며 "어디 갔어요?"라고 물어본 적도 없었다.

그랬던 다카노에게 변화가 생긴 것은 이 집에서 생활한 지 3주쯤 지난 무렵이었다. 때마침 그 무렵 가자마가 집을 비우는 날이 이어졌다.

그날 아침, 평소 시간에 다카노가 식당에 내려오지 않았다. 늦잠을 자나 싶어서 후미코는 그냥 기다리기로 했다. 가끔은 빠듯한 시간까지 푹 재워주고 싶었다.

15분쯤 지난 무렵이었다. 계단을 뛰어 내려오는 소리가 들렸다. 허둥거리는 그 모습에 후미코는 무심코 웃음이 나왔다. 역시 늦잠을 잤구나 싶어서.

그런데 식당으로 뛰어 들어온 다카노의 분위기가 평소와 달랐다.

"죄송해요! 죄송해요! 죄송해요!"라며 새빨갛게 달아오른 얼굴로 계속 사과했다.

너무 심하게 겁에 질린 그 모습에 후미코까지 무서워졌다.

"괘, 괜찮아. 늦잠 정도로 뭘……."

다카노는 창백하기 이를 데 없는 얼굴로 사과만 되풀이했다. 그 목소리가 심하게 떨렸다.

그날 밤, 다카노가 저녁을 먹고 싶지 않다고 했다. 몸이 아픈 건 아니라고 해서 후미코는 다카노의 기분을 존중해주기로 했다.

그런데 다음 날 아침에도 다카노가 방에서 내려오지 않았다. 15분을 기다리고, 30분을 더 기다리다 후미코가 부르러 올라갔다.

분명 자물쇠가 없는데도 문이 열리지 않았다. 노크를 몇 번쯤 하자, "오늘은 학교 쉬고 싶어요"라는 말이 안에서 들렸다.

"어쨌든 문 좀 열어봐." 후미코가 부탁했다.

"어젯밤에 무서운 꿈 때문에 잠을 못 자서 조금만 더 여기 있고 싶어요."

어린애다운 핑계였지만, 그 말을 전하는 다카노의 목소리가 여느 때와는 달랐다.

후미코는 안 좋은 예감이 들어서 몸으로 부딪치며 문을 밀었다. 몇 번쯤 부딪치자, 안쪽에서 찍 하고 뭔가가 뜯기는 소리가 들렸다. 후미코가 몸으로 더 세게 문을 밀었다.

찍찍 소리를 내며 문이 열렸다. 후미코는 온몸에서 핏기가 가셨다. 문은 안쪽에서 테이프로 밀폐되어 있었다.

방 안도 마찬가지였다. 창문도 테이프로 막아놓았다.

"다카노……."

다카노는 이불 속에 있었다.

"오늘만, 오늘 하루만! 여기 있게 해줘요!"

비명 같기도 하고, 울음소리 같기도 했다.

후미코는 어떻게 해야 할지 난감했다. 머릿속으로는 꼭 껴안아줘야 한다는 걸 알지만, 몸은 단 한 걸음도 뗄 수 없었다.

그날부터 밝고 예의 바른 남자아이는 사라졌다. 그 대신 모든 것에 격렬하게 반항하는 남자아이와의 공동생활이 시작되었다.

벽시계는 이미 6시가 다 되었다. 후미코는 의자에서 일어선 후, 부엌에서 물을 끓였다. 생강 홍차를 한 잔 더 마시고, 침대로 돌아가기로 마음먹었다.

가스 불에 올린 주전자를 바라보며 그 아이에게 내가 뭔가를 해줄 수 있었을까 하는 생각을 문득 떠올렸다. 이곳에서 함께 산 몇 년 동안 좀 더 해줄 게 있지 않았을까…….

그러나 나 따위가 해줄 게 있을 리 없다. 학교 친구들이 도쿄 구경을 즐기는 동안, 그 애는 위험한 일에 노출되었다. 만약 내가 그 아이에게 해줄 수 있는 게 있다면, 그런 인생에서 그 애를 구해냈을 것이다. 그러지도 못하면서 이제 와서 그 아이를 위해…… 그 애가 무사하기를…… 그런 걸 바라는 자기 자신이 한심했다. 진심으로 부끄러웠다.

정신을 차려보니 물이 끓고 있었다. 후미코는 불을 껐다. 등 뒤에서 전화벨이 울린 것은 바로 그 순간이었다.

후미코는 몸이 굳었다. 만약 다카노가 무사하다면, 저 벨소리는 틀림없이 세 번 만에 멈춘다.

"한 번…… 두 번……."

후미코는 기도하듯이 숫자를 헤아렸다.

전화가 왔다는 것은 무사하다는 의미다. 그건 알지만, 세 번째 벨이 울렸을 때 '멈춰, 멈춰!'라고 속으로 외쳤다.

벨소리는 세 번 만에 멈췄다.

후미코는 그 자리에 털썩 주저앉았다. 그리고 무언가에 감사하듯 눈을 감았다.

5장
단 하루만이라면

누가 창문을 열었는지, 교실로 바람이 흘러들었다. 시오리는 창밖으로 시선을 던졌다. 창가 자리에서는 다카노가 또 책상에 엎드려 자고 있었다.

앞자리에 앉은 다이라가 돌아보며 다카노에게 장난을 쳤다.

"아야!"

튀어 오르듯이 벌떡 일어난 다카노가 뺨을 감쌌다. 다카노의 뺨에는 아직도 아물지 않은 상처가 남아 있었다.

"아, 미안, 미안. 아직도 아프냐?"

"당연히 아프지. 보면 몰라? 아직 아물지 않았잖아."

시오리는 자기 뺨을 만져보았다. 마치 자기 뺨에도 상처가 있고, 그곳이 확 달아오르는 느낌이 들었다.

시치미 뗀 얼굴로 서 있던 다이라가 또다시 다카노의 상처를 만지려 했다.

"야, 아프다니까!"

"그건 그렇고, 잠이 덜 깨서 나무에 오르다니……. 그러다 떨어지고……. 호텔 정원에 있던 그 나무지?"

다이라가 어처구니가 없다는 듯이 웃기 시작했고, 가까이 있던 다른 학생들도 따라 웃었다.

도쿄로 떠났던 여행이 시오리에게는 이미 오래전 일처럼 느껴졌다. 그러나 다카노의 몸에는 그때 난 상처가 생생하게 남아 있었다.

그날 밤, 시오리는 호텔을 빠져나가는 다카노를 목격하고 말았다.

우연히 화장실에 가려고 복도로 나왔는데, 그 화장실에서 평상복으로 갈아입은 다카노가 나왔던 것이다. 시오리는 엉겁결에 몸을 숨긴 후, 비상계단으로 내려가는 다카노를 쫓아갔다.

자기도 모르게 다리가 저절로 움직였다. 순간적으로 머릿속에 떠오른 것은 다카노가 향하는 목적지에 같은 반의 누군가가, 다카노가 좋아하는 여자애가 기다리는 광경이었다.

다카노는 비상계단으로 지하 주차장까지 내려갔다. 그런데 그곳에서 기다리고 있던 것은 같은 반 여자애가 아니라, 중년 남성이 운전하는 자동차였다.

다카노는 인사도 없이 조수석에 바로 올라탔다. 시오리에게는 그 중년 남성도 그 차도 눈에 익었다. 오늘 아침에 다카노를 데리러 왔던 친척이었다.

차는 바로 출발했다.

이런 시간에 나가는 걸 보면 친척 집에 무슨 불행한 일이라도 생겼나 싶어 걱정이 됐지만, 어쨌든 다른 여학생이 아니었다는 사실에 시오리는 마음이 놓였다.

그 후 방으로 돌아온 시오리는 잠을 이룰 수가 없었다. 결국 다카노가 돌아오길 기다리듯 창가에 서서 밖을 내다보았다.

자동차가 돌아온 것은 밤이 희끄무레하게 밝아오기 시작한 무렵이었다. 시오리는 서둘러 지하로 내려갔다. 우연을 가장하고 마중을 나가려고 했던 것이다.

그런데 조수석에서 내린 다카노를 본 시오리는 숨을 집어삼켰다. 얼굴은 피범벅이고, 다리를 질질 끌며 걸어왔다.

"알겠지, 담임선생한테는 '잠결에 정원 나무에 오르다가 떨어졌다'고 해. 붕대 감아서 돌려보낼 순 없으니까."

운전석의 남자 목소리가 들렸다. 다카노는 다리를 끌면서 걸어왔다. 시오리는 무서운 마음에 부리나케 뛰어서 자기 방으로 돌아갔다.

그 후, 다카노는 담임의 방으로 찾아간 모양이다. 그때 아마 잠이 덜 깼을 담임선생님은 "너, 섬에서도 잠결에 나무에 올라갔니?"라고 물었고, 다카노가 "네, 가끔"이라고 진지하게 대답했다는 에피소드가 다음 날 아침 반 전체에 퍼졌다.

"오늘 보트 청소 아르바이트하는데, 너도 갈래?"

도쿄에서 있었던 일을 멍하게 떠올리던 시오리의 귀에 별안간 다이라의 목소리가 날아들었다. 시선을 돌리자 "몇 시부터?"라고 다카노가 물었다.

"학교 끝나고 바로."

"얼마 주는데?"

"한 척에 8000엔."

"그럼, 갈게."

다카노가 늘어져라 기지개를 폈다. 장난칠 다른 아이를 찾았는지, 다이라는 복도로 뛰어나갔다.

점심시간에 매점에 갔더니 다카노가 샐러드빵을 사고 있었다. 거스름돈을 받을 때까지 못 기다리겠다는 듯이 그 자리에서 봉지를 뜯어서 먹었다.

"그렇게 맛있게 먹어주면, 그 샐러드빵도 기쁘겠지." 시오리가 말을 건넸다.

"배고파서." 다카노가 씁쓸하게 웃었다.

"그건 그렇고, 그 상처 아직도 아파 보여."

"목욕할 때는 펄쩍 뛰어오를 만큼 아파. ……이제 점심이야?"

"다케미야 선생님이랑 할 얘기가 좀 있어서."

"기말시험 망쳤니?"

"덕분에 기말시험은 그럭저럭 봤어."

"그럼 왜?"

그렇게 물으며 다카노가 샐러드빵을 입으로 욱여넣었다.

"진로. 음, 난 너희랑 달라서 지금까지 상담을 안 했잖아."

시오리는 우유와 달콤해 보이는 빵 두 개를 샀다.

"졸업하면 대학?"

돌아보니 다카노가 기다리고 있었다.

"일단은 그럴 생각이야." 시오리가 고개를 끄덕였다.

"도쿄?"

"아마도."

자연스럽게 둘이 같이 걸음을 내디뎠다.

"넌 어떻게 할 거야? 졸업하면?"

"나야 뭐, 어디든 취직하겠지."

"도쿄?"

"아마도."

피범벅이 돼서 돌아온 다카노의 그날 밤 모습이 떠올랐다.

"혹시 그 친척분 회사에서 일하니?" 시오리가 무심코 물었다.

"그 친척이라니?"라고 묻는 다카노의 얼굴이 경직되었다.

한밤중에 불려 간 다카노는 어쩌면 그 친척이라는 남자에게 맞았을지도 모른다고 시오리는 생각했다. 그리고 잇달아 떠오른 상상은 며칠 전에 텔레비전에서 봤던 매를 맞아주는 직업이었다. 길에서 고객에게 돈을 받고, 자기를 때리게 해주는 직업이 이 세상에는 존재한다고 한다.

"그 왜, 우리 숙소로 널 데리러 왔던 사람 있었잖아. 멋진 아저씨." 시오리가 일부러 밝게 물었다.

"아."

"그 사람 회사에서 일해?"

"왜?"

"아니 그냥, 별다른 이유는 없어……. 근데, 뭐랄까, 직업은 일생이 달린 문제니까 진지하게 고려하는 게 좋잖아? 친척은 처음에는 좋을지 몰라도 가까운 만큼 오히려 더 성가신 문제가 생길 수도 있고."

시오리는 당황스러웠다. 다카노가 그 친척 남자에게 맞았다는 확신은 없었다.

다카노는 왠지 마음이 편치 않은 기색이었다.

"나 실은"이라며 시오리가 목소리를 낮췄다. "……도쿄에서 봤어. 네가 새벽에 피범벅이 돼서 숙소로 돌아왔을 때. ……우연히 본 거야."

시오리는 다카노의 반응을 살폈다. 자기는 상상조차 할 수 없는 어떤 진실을 다카노가 말하겠지 하고 예상하며 마음의 준비를 했다.

그런데 다카노는 한순간 멍한 표정을 짓더니, 별안간 폭발하듯 웃음을 터뜨렸다.

"시오리, 너 혹시 내가 삼촌이랑 싸워서 그렇게 됐다고 생각했니?"

너무 어처구니가 없다는 듯이 다카노가 배를 잡고 웃었다.

"그, 그야……."

"네 상상력, 대단하다."

"그, 그럼, 왜 그랬어? 정원 나무에 오르다가 다쳤다는 건 거짓말이잖아, 안 그래?"

"음, 싸움은 싸움이었지. 그런데 지금부터 하는 말은 비밀로 해줘. 실은 그날 밤에 숙소에서 빠져나와서 삼촌이랑 같이 술 마시러 갔었어. 삼촌이 '너도 빨리 밤 문화 정도는 배워둬야지'라고 해서. 삼촌은 성장한 조카랑 술 마시는 게 간절한 꿈이었나 봐."

"어머…… 술 마시러 간 거야?"

"응. 삼촌 단골 가게로. 그런데 거기서 다른 손님이랑 싸움이 나서 그 모양이 됐지. 병원에 가서 치료를 받으면 숙소를 몰래 빠져나간 사실이 들통날 테니까 그냥 돌아온 거야."

얘기를 듣다 보니 시오리도 어이가 없었다. 매 맞는 직업까지 상상해버린 자기가 바보스럽게 느껴졌다.

"음, 시오리, 너 혹시 세이류 폭포 알아?"

다카노가 갑자기 화제를 바꿨다.

"무슨 폭포?"

"세이류 폭포, 안라쿠곶에서 걸어가면 나오는데……."

"아, 그거라면 알아. 할머니가 굉장히 아름답다고 했어."

"오늘 학교 끝나고 시간 있니?"

다카노가 느닷없이 얼굴을 들여다봐서 시오리는 얼른 시선을 피했다. 다카노의 이런 어린애 같은 몸짓에 시오리는 가끔 숨이 멎을 정도로 놀라곤 한다. 이런 걸 순진무구하다고 표현할 테지만, 예를 들어 "죽어"라고 하면 정말로 눈앞에서 죽어버릴 것 같은 위태로움도 느껴졌다.

"시간은 있긴 한데……." 시오리가 대답했다.

"그럼, 내가 데려가줄까?"

"그 폭포에?"

"그래. 걸으면 멀지만, 스쿠터로 가면 금방이야."

"가보고 싶긴 해……. 그런데 갑자기 왜?"

"딱히 이유는 없는데……."

다카노 자신도 그 이유를 찾는 듯했다. 그러나 결국 못 찾겠는지, 그냥 "가자!"라고 못을 박듯 말했다.

"어, ……응." 시오리도 결국 고개를 끄덕였다.

세이류 폭포는 섬의 북쪽, 안라쿠곶에서 지나미산으로 향하는 지나미 고도(古道)라 불리는 산책로 옆에 있었다.

곶에서 폭포까지는 거리로 치면 3킬로미터 남짓, 계곡 옆으로 난 산길을 걸어가면 한 시간쯤 걸린다. 산책로에는 가드레일도 없고, 폭이 3미터 정도인 그 길의 한쪽 면은 낭떠러지였다.

기본적으로는 자동차나 오토바이 진입이 금지되어 있지만, 스쿠터만은 통행할 수 있다는 암묵적인 승인이 있었다. 섬 주민들은 굳이 찾아가지는 않지만, 관광객을 태운 스쿠터가 오갈 때는 있다.

안라쿠곶에서 지나미 고도로 들어선 스쿠터는 그쯤에서부터 속도를 낮췄다. 시오리는 다카노의 허리에 두른 손에서 힘을 뺐다.

"꽉 잡는 게 좋을걸." 다카노가 웃었다.

여기까지 오는 길에, 지나미 고도는 폭이 좁은 낭떠러지 절벽 길이라며 다카노가 필요 이상으로 시오리에게 겁을 주었다.

"속도 내지 마!"

시오리가 다시 다카노의 허리를 꽉 껴안았다.

"벌써 여러 번 다녀봤으니 안심해도 돼. 아슬아슬한 저 벼랑 쪽으로도 달릴 수 있어."

"됐어, 그러지 마! 제발 산 쪽으로 붙어!"

발밑은 낭떠러지였다. 시오리는 무서워서 먼 산으로 시선을 돌렸다.

"그 아래 쳐다볼 수 있니? 봐, 저 강 빛깔, 놀라울 정도로 파랗지? 그래서 파란 용 폭포, 세이류(靑龍)라고 이름 붙였대."

다카노가 자상하게 설명해줘도 시오리는 도저히 낭떠러지 쪽으로 고개를 돌릴 수가 없었다.

15분쯤 달리자 현수교가 나타났고, 다카노가 스쿠터를 멈췄다.

현수교 너머로 폭포가 보였다. 새파란 물줄기가 용소로 곤두박질치며 쏟아져 내렸다.

"⋯⋯응. 아름답다."

시오리가 무심코 중얼거렸다.

"자, 간다."

다카노의 말에 시오리는 당황했다.

"뭐? 이 다리를 스쿠터로 건넌다고?"

"당연하지. 균형이 흐트러지면 강으로 다이빙하니까 다 건널 때까지 1밀리미터도 움직이면 안 돼." 다카노가 웃었다.

시오리는 더는 조심스러워할 여유가 없어서 다카노의 등을 꽉 끌어안으며 매달렸다.

다카노가 천천히 액셀러레이터를 밟았다. 앞바퀴가 서서히 현수교로 접어들었다.

현수교를 건넌다기보다 줄타기를 하는 감각이었다. 숲과 폭포, 그 경치 속에 자기들이 탄 스쿠터가 붕 떠 있는 것 같았다.

조금씩 다리 위로 전진한 앞바퀴가 맞은편 기슭에 올라선 순간, 시오리는 크게 심호흡을 했다. 정신을 차려보니 줄곧 숨을 멈추고 있었다.

스쿠터를 세우고, 그곳부터는 바위와 바위를 타고 넘듯이 용소로 내려갔다.

다카노도 오랜만에 온 듯했다. 순순히 신비로운 푸른 용소 빛깔에 빠져들었다.

"어때?"

다카노가 물어서 시오리가 "응" 하고 고개를 끄덕였다.

"물은 역시 대단하지."

다카노가 순수하게 감동했다.

"있잖아, 지난번에 네가 '단 하루만' 얘기 해줬지?"

시오리가 갑자기 화제를 바꿨다.

"……그 왜, 지난번에 우리 둘이 온천에 들어간 할머니 기다릴 때, '단 하루만이면 살아갈 수 있다. 앞일 따윈 생각할 필요 없다. 단 하루만. 그걸 매일 반복하면 된다'고. 네가 얘기했었잖아."

다카노가 "응, 기억나"라고 고개를 끄덕이고, 파란 용소로 시선을 돌렸다.

"그 후로 난 그 말을 자주 떠올려. 처음에 들었을 때도 많이 놀랐지만, 생각하면 할수록 정말 그 말이 맞구나 싶어."

다카노가 돌을 주워서 용소로 던지자, 파란 물보라가 일었다.

"……나, 도쿄에서 명문 사립학교에 다녔어. 친구도 꽤 많았고, 그럭저럭 즐겁게 지냈는데……."

시오리는 스스로도 무슨 얘기를 꺼내려는 건지 알 수가 없었다. 다만, 다카노라면 이 얘기를 들어줄 것 같은 기분이 들었다.

"나 말이야, 학교에 좋아하는 선배가 있었거든. 무지 좋아해서 복도에서 마주치기만 해도 심장이 멎을 정도로 긴장했었어. 그런데 고등학교 2학년이 끝나갈 무렵에, 졸업하는 그 선배한테 데이트 신청을 받았어. 난 뛸 듯이 기뻤지……."

시오리는 눈을 감았다. 역시 더 이상은 얘기할 수 없을 것 같았다.

"……그런데 난 분명 남자 보는 눈이 없나 봐. 그 선배, 좋은 사람이 아니라서 굉장히 안 좋은 경험을 했거든. 그래서 학교에 더 이상 갈 수 없게 돼서 이 섬으로 온 거야."

시오리는 다카노의 옆얼굴을 바라보았다. 무슨 말이든 해줄 줄 알았는데, 다카노는 그냥 파란 용소만 바라보았다.

"……그래서 말인데, 지난번에 네가 '단 하루만'이라는, '그 하루를 매일 반복하면 된다'는 말을 해줘서, 뭐랄까 마음이 갑자기 정말 가벼워졌어."

돌을 주워서 일어선 다카노가 또다시 용소를 향해 던졌다.

다카노의 손을 떠난 돌을 시오리가 눈으로 좇았다.

"……그 '단 하루만'이라는 얘기 말인데."

다카노가 불쑥 입을 열었다.

"응." 시오리가 고개를 끄덕였다.

"그 얘기, 어떤 사람한테 들은 거야. 그리고 나도 그 말을 들었을 때, 시오리랑 똑같이 왠지 갑자기 마음이 아주 가벼워졌어."

전하고 싶은 말은 하나도 전하지 못했는데도 시오리는 왜그런지 무척 행복했다. 다카노와 자기 마음이 말이 아니라 다른 어떤 걸로 하나가 되었다는 느낌이 들었다.

"난 그때부터 장래를 상상하게 됐어."

"장래?"

"응. 안 그래? 하루, 그리고 또 하루를 이어가면 그게 장래잖아?"

다카노의 설명에 시오리가 "그러네"라며 고개를 끄덕였다.

"그래서 하루, 또 하루를 이어간 앞일을 상상하지."

"어떤 장래야? 너의 장래는?"

"내 장래? 시시한 얘기야. 단순한 꿈이지, 뭐."

자기가 먼저 말을 꺼냈으면서 다카노가 새삼스레 얼버무리려 했다.

"뭐 어때, 말해봐."

시오리는 주위를 둘러보았다. 다카노와 자신, 그리고 숲과 폭포만 이 세상에 존재하는 것 같았다.

"……음, 뭐라고 해야 하나, 예를 들면 말인데, 스파이 집단 같은 비밀조직이 있다고 하자." 다카노가 얘기를 시작했다.

"뭐? 스파이 집단? 아, 진짜, 진지하게 들으려고 했더니."

시오리가 과장스럽게 어이없는 표정을 지었다. 한순간 매맞는 직업이 떠올랐다. 이젠 너무 바보 같아서 스스로도 웃음이 나왔다.

"뭐 그럼, 용병 부대도 괜찮아." 다카노가 입을 삐죽 내밀었다.

"용병 부대라니?" 시오리가 얘기에 흥미를 보였다.

"그 왜, 사설 군인 같은 사람들로 형성된 군대."

"아, 진짜! 무슨 소리야, 그게."

시오리가 웃음을 터뜨렸다.

"뭐, 아무튼 나는 장래에 거기 들어갈 거야. 물론 혹독한 훈련과 임무, 매일같이 생사를 넘나드는 날들이 이어지겠지. 그러니 아무래도 오늘이랄까, 현재 일로만 머리가 꽉 차겠지. 내일 일은 생각할 여유조차 없어. 하루하루를 필사적으로 살아내야 하니까. 그런데 그 조직에는 규칙이 있어. 서른다섯 살이되면 임무는 완료돼. 모든 임무에서 해방돼서 자유로운 몸이되지. 물론 그냥 자유로워지기만 하는 건 아니야. 조직과 우리 사이에는 약속이 있어. 만약 그 나이까지 무사히 가혹한 임무를 다 해내면, 퇴직금 대신 원하는 한 가지를 뭐든 다 받을 수 있다는 약속."

거기까지 단숨에 쏟아놓은 다카노가 걱정스러운 눈길로 시오리를 바라보았다.

너무 어린애 같은 공상을 비웃지는 않을까 걱정하는 기색이었다.

"원하는 걸 뭐든 받을 수 있어?" 시오리가 되물었다. 안심이 된 듯이, "그래. 계약이 그러니까"라며 다카노가 고개를 끄덕였다.

"그럼, 넌 뭘 받아?"

"그건 아직 안 정했어."

"그래도 대강은 정했을 텐데?"

"뭐, 그렇지. 서른다섯 살이라고 하면 지금 생각에는 그냥 아저씨지만, 인생은 아직 그보다 두 배 이상은 남았을 테니까. 역시 돈일까? 돈만 있으면 뭐든 살 수 있고 원하는 곳에도 갈 수 있잖아."

"돈이라면 얼마 정도?"

"10억 엔." 다카노가 바로 대답했다.

"뭐? 10억 엔?"

"그 정도만 있으면 여유롭게 살 수 있어."

"그야 그렇겠지. 그럼, 10억 엔을 갖고 어디서 살 거야?"

시오리의 질문에 다카노가 진지하게 고민하기 시작했다. 거기까지는 생각해보지 않은 모양이다.

"카리브⋯⋯."

그때 불쑥 뭔가를 떠올린 듯이 다카노가 중얼거렸다.

"뭐?"

"⋯⋯카리브해. 그 언저리 섬에서 젊은 푸에르토리코 미녀들에게 둘러싸여 낚시나 하면서 느긋하게 살아야지."

"아, 싫다. 발상이 완전 아저씨네."

시오리가 웃어넘겼다. 그러자 다카노가 "그럼, 어디가 좋을 것 같아?"라고 진지하게 물었다.

"10억 엔이나 있어서 생활비 걱정도 없다며?"

"맞아. 어디든 원하는 곳에서 원하는 대로 살 수 있어."

"음, 나라면⋯⋯."

시오리가 진지하게 생각해봤지만, 좀처럼 이렇다 할 장소가 떠오르지 않았다.

"⋯⋯난 아직 도쿄랑 이곳 나란토밖에 모르잖아. 서른다섯 살까지 여러 곳을 여행해보고 결정할래. 그러면 안 되나?"

"그래도 되겠지?"

다카노가 불쑥 물어서 시오리가 더 당황했다.

"⋯⋯여기보다 훨씬 좋은 곳, 분명히 있겠지?" 다카노가 되풀이했다.

"있겠지, 많이. 우리가 아직 모를 뿐이야."

대답은 그렇게 했지만, 자신은 없었다.

*

세이류 폭포에서 아오토 해변으로 돌아오는 길에 수평선으로 뉘엿뉘엿 해가 기울었다.

핸들을 잡은 다카노도, 그 허리에 팔을 두른 시오리도 왜 그런지 기운이 없었다. 여기보다 훨씬 좋은 곳이 이 세상 어딘가에 있을 거라고 얘기하면서도 그 말에 확신을 가질 수 없어 여전히 꺼림칙한 기분이 남았다.

'라 레지던스 나란토'에 시오리를 바래다주고, 다카노는 도도로키 마을로 돌아왔다.

이미 날은 완전히 저물었다. 컴컴해진 마을로 들어서자, 별안간 스쿠터 라이트 속으로 남자의 모습이 떠올랐다.

다카노는 허둥지둥 브레이크를 잡았다.

불빛 속에서 실눈을 뜨고 있는 사람은 도쿠나가였다. 다카노는 긴장했다. 농담처럼 말은 했지만, 조금 전에 세이류 폭포에서 조직의 규칙을 시오리에게 말해버린 걸 도쿠나가에게 들킨 듯한 기분이 들어서였다.

"도쿠나가 씨……."

기색을 살피듯이 다카노가 말을 건넸다.

"어디 갔었어?"

도쿠나가의 말투는 평소와 다르지 않았다.

"친구랑 세이류 폭포에."

"잠깐 우리 집으로 와."

그렇게 말한 도쿠나가가 걸음을 내디뎠다. 다카노는 그 발밑을 스쿠터 불빛으로 비춰주며 따라갔다.

도쿠나가가 사는 황폐한 집은 밤이 되면 더욱 초라해 보였다.

"들어와."

도쿠나가가 불러서 안으로 들어갔다. 모래와 먼지로 거슬거슬한 다다미에 다카노가 책상다리를 하고 앉았다.

"결국, '와쿠라 토지'는 피해 신고를 하지 않았다고 한다."

도쿠나가가 우뚝 선 채로 무슨 자료를 읽으며 말했다.

"……엄밀하게 말하면, 한 번 했던 피해 신고를 취하했다더군. 네가 훔쳐낸 'V. O. 에퀴' 관련 파일의 존재를 세상에 알리고 싶진 않았던 모양이야."

"그때 불청객으로 나타난 젊은 남자는?" 다카노가 끼어들었다.

"그 녀석도 네 또래로 어렸지? 이번에 피해 신고가 취하된 이유에는 그 녀석이 경비원에게 목격된 덕도 있지. 이번 침입 소동은 대외적으로나 대내적으로나 어느 애송이 하나가 장난삼아 사무실 빌딩에 침입한 선으로 마무리 지은 모양이야."

도쿠나가가 그렇게 말하며 사진 한 장을 건넸다. 사진에는 그 남자의 얼굴이 찍혀 있었다.

"이 녀석이에요." 다카노가 고개를 끄덕였다.

"가자마 씨가 찍은 사진이야. 일본어 억양에서 위화감이 느껴졌을 텐데?"

"네. 아주 조금이지만."

"한국인이야. 통칭은 데이비드 김. 아직 어느 조직 소속인지, 어떤 역할을 맡고 있는지 상세한 사항은 몰라. 아무래도 그 나이에 벌써 프리는 아닐 테지만, AN 통신의 서울 지국에서도 아직 정확한 정보를 파악하지 못한 모양이더군."

"우리 같은 조직이 한국에도 있다는 뜻인가요?"

너무나 소박한 다카노의 질문에 도쿠나가가 "돈벌이를 생각하지 않는 기업이 있을까?" 하며 웃었다.

"죄송합니다."

다음 순간, 다카노는 불현듯 어떤 생각이 떠올랐다.

"음, 우리 같은 조직이 외국에도 있다면, 그쪽의 젊은 녀석도 저처럼 프랑스의 필리프한테 가서 여러 가지를 배우나요?"

"아아, 물론 가능성은 있지. 단, 그곳은 언제 누가 어떤 목적으로 왔는지 외부에는 일절 누설하지 않아."

단순한 우연일지도 모른다. 한국인 중에 김이라는 성을 가진 젊은이는 얼마든지 많다. 다만, 프랑스의 숲에 있었던 대저택,

그곳에서 묵었던 방의 흙벽에 한글로 써놓은 낙서가 있었다.

'형제에게, 필리프는 게이다. 밤에 문은 잠그고 자라, 김.'

다카노는 '와쿠라 토지'에서 드잡이했던 데이비드 김이라는 남자의 얼굴을 떠올렸다.

그 녀석은 냉정했다. 분명 자기보다 냉정했고, 절대 포기하려 하지 않았다. 가로수에서 떨어져서 다리를 질질 끌면서도 끝까지 쫓아오려 했다.

"왜 그래?"

도쿠나가가 묻는 말에 다카노는 퍼뜩 정신이 들었다.

"아니, 필리프가 내가 가기 조금 전에 한국에서 젊은 녀석이 다녀갔다고 했던 말이 떠올라서."

"이 녀석이야?"

도쿠나가가 손가락으로 사진을 톡톡 두드렸다.

"몰라요. 다만, 만약 그렇다면…….."

그쯤에서 말문이 막혔다.

"만약 그렇다면?"

"……아뇨, 아무것도 아니에요. 그냥 앞으로 그런 녀석을 상대해야 하나 싶어서."

솔직하게 대답했지만, 도쿠나가는 아무런 대꾸도 하지 않았다. 그 대신 이미 볼일은 끝났다는 듯이 목욕탕에 갈 준비를 시작했다.

"갈게요." 다카노가 일어났다. 그런데 툇마루에서 내려선 순간, 도쿠나가가 "이봐"라며 불렀다.

"왜요?" 다카노가 물었다.

"혹시 알고 있으면 솔직히 말해. 너로서는 어쩔 수 없는 일이야."

다카노는 고개를 갸웃거리며 다음 말을 기다렸다.

"야나기한테 무슨 연락 온 거 없나?"

"야나기?"

엉겁결에 목소리가 커졌다.

"아무 연락 없었으면 됐어."

"야나기…… 야나기한테 무슨 일 있어요?"

"연락은 없는 거지?"

"네. 없어요. 섬을 떠난 후로는 전혀."

"야나기가 종적을 감췄어."

"어? ……어?"

핏기가 싹 가셨다. 손끝이 냉랭해졌다.

"혹시 무슨 연락이 오면, 바로 내게 알려. 알았지?"

대답할 수가 없었다. 야나기가 도망쳤다…….

"야!"

"네."

"알았지! 야나기한테 연락 오면 바로 내게 알려. 잘 들어, 너희가 헤쳐나갈 수 있는 문제가 아니야."

도쿠나가가 그만 가라고 손사래를 쳐서 다카노는 밖으로 나오려고 했다. 그런데 그 다리가 멈췄다.

"저, 간타는? 간타는 어떻게 되죠? 그 녀석은 아무 관계 없어요!"

엉겁결에 다시 달려간 다카노가 애원했다.

"네가 걱정할 일이 아니야. 아무튼 야나기한테 연락 오면 바로 알려. 너에게 할 말은 그것뿐이야."

도쿠나가는 그 말만 하고 안쪽 방으로 모습을 감췄다. 다카노는 그 자리에 우두커니 서서 소리 나게 닫힌 더러운 장지문을 바라볼 수밖에 없었다.

그만 가라고 해서 집으로 돌아오긴 했지만, 당연히 야나기가 머릿속에서 지워지지 않았다.

사정을 모르는 도모코 아줌마는 빨리 저녁을 먹으라며 몇 번이나 부르러 왔다.

야나기가 정말로 저질렀다. 정말로 배신하고 도망쳤다.

말로는 할 수 있지만, 그것이 어떤 의미인지 머릿속에서 상상이 되지 않았다.

"지금부터는 농담이라 여기고 들어줘"라고 그때 야나기는 말했었다. 돈이 될 만한 정보 한두 개를 훔쳐서 간타랑 같이 도

129

망치겠다고.

그러나 그것이 불가능하다는 건 야나기도 분명 알고 있을 터였다.

"혹시 나한테 무슨 일이 생기면, 간타를 부탁한다."

야나기는 그런 말도 했다. 진지한 표정이었다. 다카노는 "어" 라고 대답했다. 그러자 야나기가 "고마워. 약속했다"라고 말했다. 금방이라도 울음을 터뜨릴 것 같은 얼굴이었다.

다카노는 방에서 사다리를 뛰어 내려왔다. 놀란 도모코 아줌마가 들고 오던 된장국을 엎을 뻔했다.

"어디 가니?"

불러 세우는 아줌마에게 다카노는 "금방 올게요"라며 현관을 박차고 나갔다.

뭔가 할 일이 있을 거라고 스스로를 다잡으며 도쿠나가의 집으로 달려갔다. 인사도 없이 집 안으로 뛰어 들어가자, 도쿠나가는 방석을 베개 삼아 누워 있었다.

숨을 헐떡이며 우뚝 서 있는 다카노를 도쿠나가가 "뭐야?" 라며 노려보았다.

"야나기가 그냥 도망쳤나요? 아니면 뭘 훔쳐서……."

단단히 벼르고 달려온 다카노를 따돌리듯이 도쿠나가가 돌 아누웠다. 돌아누운 등은 대화를 완전히 거부했다.

"도쿠나가 씨! 알려주세요! 야나기는 저 말고는 의지할 녀석이 없어요. 만약 정말로 도망쳤다면, 틀림없이 저한테 연락할 거예요. 그러면 제가 꼭 설득할게요. 약속해요. 그러니까 야나기가 무슨 일을 저질렀는지 알려주세요!"

도쿠나가는 대답하지 않았지만, 이쪽으로 돌린 등에서 아주 살짝 망설이는 기미가 느껴졌다.

"도쿠나가 씨! 야나기가, 그 녀석이 이미 간타가 있는 곳으로 갔나요? 간타는 아직 어느 시설에 있나요? 그것만이라도 알려주세요! 야나기는 절대 간타를 버리지 않아요. 무슨 일이 있어도 간타를 데리러 갈 거예요!"

다카노가 이마를 바닥에 붙이며 애원했다.

"……간타가 있는 곳에는 아직 나타나지 않았어."

긴 침묵 후, 도쿠나가가 처음으로 대답했다.

"도쿠나가 씨! 부탁이에요!" 다카노가 다시 고개를 숙였다.

"야나기는 그냥 도망친 게 아니야."

도쿠나가의 목소리에는 힘이 없었다. 야나기를 여전히 같은 편이라고 생각하는 것처럼도 들리고, 이미 적으로 돌린 것처럼도 들렸다.

"……그 녀석은 단독으로 어떤 임무를 맡았지. 최종 시험 같은 거야. 그게 끝나면…… 알지?"

"네." 다카노가 고개를 끄덕였다.

"그 녀석은 무사히 임무를 끝내고, 곧바로 AN 통신의 정식 구성원이 될 예정이었지. 가슴에 예의 그걸 삽입하고……."

"그럼, 야나기는 아직……."

"음, 아직은. ……야나기가 어떤 임무를 맡았고, 어떤 정보를 빼냈는지는 말할 수 없다. 다만, 웃고 넘길 수 있는 문제는 아니야."

"간타는 지금 어디에?"

"지바의 시설에 있어. 야나기한테 그에 관해 무슨 얘기를 들었나?"

"큰 농장이 있어서 간타가 마음에 들어 할 거라고 했어요. 간타는 밭일을 좋아하니까요."

"혹시 야나기한테 연락이 오면 녀석에게 전해. 지바의 시설로 간타를 데리러 가도 소용없다고. 간타는 이미 다른 장소로 옮겼어."

"그럼, 만약에 야나기가 훔친 걸 돌려주면……."

"돌려주면 뭐? 아무 일도 없었던 걸로 하고, 처음부터 다시 시작할 수 있나? 넌 그렇게 생각하나?"

지칠 대로 지친 듯한 도쿠나가의 말투에 "아뇨, 그렇게 생각하지 않습니다"라고 다카노는 대답할 수밖에 없었다.

"어쨌든 야나기는 이미 끝났어. 더는 쓸데가 없지."

"무슨 뜻이죠?"

"지금 말한 대로야. 우리 조직은 자선사업으로 너희를 키운

게 아니야. 보나 마나 야나기는 훔친 정보를 팔아넘길 상대를 찾으려 하겠지. 난 그 녀석한테 그런 능력까지 있다고 보진 않아. 하지만 인간이 죽을 각오로 덤벼들면 가능성이 전혀 없다고는 할 수 없겠지. 어쩌면 평생 도망치면서 살 수 있을지도 몰라. 다만, 그 녀석에게는 간타가 있지. 내가 보기에 그 녀석은 간타를 버리진 못해."

문득 도쿠나가가 그러길 기대하는 것처럼 보였다. 설마 하면서도 야나기가 간타를 구출해서 둘이 도망치길 도쿠나가가 마음속 한구석으로 기대하는 것처럼 느껴졌다.

"……아무튼 이 건에서 네가 할 수 있는 건 없다. 네가 할 수 있는 건 단 하나. 혹시 야나기가 너에게 연락하면 곧바로 내게 알려. 알겠나?"

"네."

다카노는 고개를 끄덕일 수밖에 없었다.

도모코 아줌마에게 봉투를 건네받은 것은 다음 날 아침이었다. 결국 한숨도 못 자고 아침을 맞은 다카노가 방에서 내려가자, 아침밥을 짓고 있던 아줌마가 "얘, 거기 야나기가 두고 간 편지 있다"라고 말했다.

다카노는 놀라서 밥상 위에 놓인 봉투로 달려들었다.

"섬을 떠나기 조금 전에 야나기가 주고 간 거야. 오늘이 아줌마 생일이잖니."

다카노가 봉투를 쥔 채 부엌에 있는 아줌마를 쳐다보았다.

"……아줌마한테 주는 생일 선물이라면서, 봐라, 저기 보이지? 전동 마사지기."

방석 위에 어깨 마사지용 기구가 놓여 있었다.

"이걸 아줌마한테요?"

다카노가 마사지기를 집어 들었다.

"어, 글쎄 '생일날까지는 열지 마라, 절대 열지 마라'라고 몇 번이나 다짐을 두기에, 약속을 지키고 오늘 아침에야 열어봤더니 그런 게 들어 있지 뭐냐. 세상에, 얼마나 기쁘던지."

"거기에 이 편지가?"

"그래. 포장 속에 같이 들었더라."

다카노는 평범한 갈색 봉투를 뜯었다. 안에서 편지지 한 장이 나왔다.

'언제 또 여자 엉덩이나 보러 가자.'

편지지에는 그렇게 쓰여 있었다. 그러나 그것 말고는 다른 말은 없었다. 이별의 인사치고는 너무나 매정했다.

6장
크리스마스 파티

1교시 수업이 끝나고, 다카노는 복도로 나왔다. 창을 열고 심호흡을 했다. 결국 어젯밤에도 한숨도 못 잤다.

'언제 또 여자 엉덩이나 보러 가자.'

이별 편지치고는 너무나 매정했다. 이 편지를 썼을 때, 야나기는 이미 도망칠 결심을 굳혔을까.

눈을 감으면, 야나기가 처형당하는 상상만 자꾸 떠올랐다. 그러나 실제로 처형 같은 게 가능할까 하는 의구심도 들었다.

어릴 때부터 조직을 배신하면 처형당한다는 말을 자장가처럼 듣고 컸다. 사실은 그런 위협을 순진하게 믿는 것뿐인지도 모른다. 예를 들면 평범하게 자란 아이가 거짓말을 하면 코가 길어진다고 믿듯이.

다시 한번 심호흡을 하려는 순간, "어제는 고마웠어"라고 불쑥 말을 건네는 소리가 들렸다. 돌아보니 체육복으로 갈아입은 시오리와 유카리가 서 있었다.

"어제라니, 무슨 소리야?"

그냥 흘려들을 수 없다는 듯이 유카리가 두 사람 사이로 끼어들었다. 호리호리한 유카리와 나란히 서자, 시오리의 큰 가슴이 더욱 두드러졌다.

"어제 다카노가 세이류 폭포에 데려가줬어."

시오리가 솔직하게 대답하자, 유카리가 "어머머"라며 의미심장한 미소를 지었다.

"다카노도 드디어 남자 냄새를 풍기기 시작했나."

유카리가 가슴을 획 밀치는 바람에 다카노의 등이 유리창에 부딪쳤다.

"……하긴 너, 순식간에 컸잖아. 이 섬에 왔을 때는 초등학생인 줄 알았는데."

유카리가 옛날을 그리워하듯 말했다.

"다카노가 그렇게 작았구나."

"나보다도 작았지? 늘 야구 모자를 써서 어린애 같은 느낌이었는데."

"시끄러워."

다카노가 웃었다.

"야나기랑 늘 같이 다녔는데, 부모 자식 같았다니까. 안 그

래? 야나기는 그때부터 수염도 나고 살짝 아저씨 분위기였잖
아."

야나기의 이름이 나오자, 다카노의 얼굴에서 웃음기가 사라
졌다.

"얘, 이제 그만 가자."

다카노의 변화를 알아챘는지 시오리가 재촉했다.

"아, 정말이네. 정렬 시간에 못 맞추면 턱걸이야!"

다카노는 복도를 달려가는 두 사람의 뒷모습을 바라보았
다. 모퉁이를 도는 순간, 뒤를 돌아본 시오리가 미소를 지었다.
다카노도 허둥지둥 한쪽 손을 들어 응했지만, 이미 늦었다.

여학생들이 모두 옷을 갈아입으면, 교대하듯 남학생들이 교
실로 들어간다. 다카노는 옷을 벗었다. 또다시 야나기가 남긴
편지 문장이 떠올랐다.

'언제 또 여자 엉덩이나 보러 가자.'

그 순간 불현듯 어떤 광경이 떠올랐다. 올여름, 야나기랑 간
타랑 셋이 훔쳐보러 갔던 비치 하우스의 샤워장 광경이었다.

그날 수업이 끝났을 무렵에는 예감이 확신으로 바뀌었다.

다카노는 수업 종료를 알리는 종소리와 동시에 교실에서 튀
어 나가 선셋 비치로 향했다.

시즌이 끝난 비치 하우스에는 셔터가 내려져 있었다. 테라
스에는 의자가 겹겹이 쌓여 있었다. 다카노는 뒤로 돌아가 울

타리를 넘어갔다.

그 편지는 단순한 이별 편지가 아니다. 야나기는 처음부터 모든 것을 계획했다. 계획대로 행동에 옮겨서 도망친 것이다. 그리고 그것이 발각되는 날까지 계산해서 우연히 그 직후였던 도모코 아줌마의 생일날을 이용해 뭔가를 알리려고 한 게 틀림없다.

만에 하나 도쿠나가에게 그 편지가 발견돼도 '언제 또 여자 엉덩이나 보러 가자'는 문장만으로는 아무 눈치도 챌 수 없다.

뒷산으로 들어간 다카노는 숲의 샘물을 모으는 수로로 내려갔다. 수북이 쌓인 낙엽을 밟으며 비치 하우스 뒤편으로 걸어갔다.

오는 도중에는 아무것도 없었다. 발밑의 낙엽을 발로 헤집어봤지만 축적된 진흙이 드러날 뿐이고, 다시 그 자리에 공중으로 솟구쳐 올랐던 낙엽들이 떨어졌다.

수로에서 나가면 야나기랑 간타랑 훔쳐봤던 벽의 구멍이 나온다. 응급처치로 함석판이 붙어 있었다. 다카노는 그 함석판을 떼어내려 했다. 힐끗 옆을 보니, 빗물 홈통 파이프 뒤에 뭔가가 붙어 있었다.

손톱으로 뜯어보니, 비닐봉지 속에 담긴 봉투였다.

다카노는 주위를 둘러보고, 바닥에 웅크려 앉아 비닐봉지를 뜯었다. 도모코 아줌마가 건네준 야나기의 편지와 똑같은 갈색 봉투였다.

다카노는 다시 한번 주위를 둘러보고 봉투를 찢었다. 안에 편지지 한 장이 들어 있었다.

잘 지내니? 놀랐지? 내가 진짜로 저질러버렸다, 하하.
그건 그렇고, 내년 2월 14일, 너는 서울에 있을 거야.
내가 반드시 널 만나러 갈 거고. 그때 간타가 어디 있는지
알려줘.
네가 이 편지를 발견하길 기원한다.

다카노는 편지를 두 번 읽었다. 틀림없는 야나기 글씨였다.
지금 자기가 뭘 읽었는지 이해하는 데 시간이 한참 걸렸다.

내년 2월이면, 아직 두 달이나 남았다. 그때 내가 서울에 있다? 야나기가 그곳으로 만나러 온다?

혼란스러웠다. 혼란스럽지만, 야나기의 문장에 망설임이라곤 없었다.

2월 14일, 서울, 간타가 있는 곳.

그렇게 속으로 중얼거린 다카노는 편지지를 찢어버렸다. 복원할 수 없을 정도로 갈기갈기 찢어서 낙엽이 수북한 수로 위에 흩뿌렸다.

그 후, 스쿠터를 타고 집으로 돌아오는 길에 다카노는 문득

안 좋은 예감이 들었다.

야나기의 편지 얘기를 도쿠나가에게 알려야 하나 자문해봤을 때였다.

물론 그럴 마음은 없었다. 조직의 규율을 깨는 게 무슨 의미인지는 안다. 알지만, 야나기를 배반할 생각은 털끝만큼도 없었다.

안 좋은 예감이 든 것은 그런 생각을 되풀이하던 중이었다.

도모코 아줌마가 건네준 편지, 그리고 비치 하우스에 있었던 편지도 도쿠나가가 꾸민 계획이 아닐까 하는 생각이 불현듯 들었기 때문이다. 그렇다면 이것은 자기가 조직에게 시험당하는 셈이다.

의심하기 시작하자, 끝이 없었다. 야나기가 종적을 감췄다는 얘기 자체가 거짓이고, 일련의 흐름이 모두 나를 시험할 목적으로 꾸며진 거라면?

그러나 거기까지 생각이 미친 다카노는 그럴 리가 없다며 고개를 저었다. 도모코 아줌마에게 받은 편지도, 비치 하우스에 있었던 편지도 틀림없는 야나기의 필체였다. 야나기가 간타에게 글씨를 가르쳐줄 때 늘 썼던, 오른쪽이 살짝 올라간 꾹꾹 눌러쓴 특징이 있는 글씨체였다.

다음 순간, 이번에는 문득 야나기도 한패가 아닐까 하는 생각이 들었다. 도쿠나가의 부탁으로 야나기가 쓴 편지일지도 모른다.

다카노는 엉겁결에 스쿠터를 세웠다. 도도로키 마을로 향하는 동로에는 낙석이 뒹굴고 함몰된 곳도 있었는데, 그것이 흡사 지금의 자기 마음 상태와 겹쳐졌다.

자기 자신 이외의 인간은 누구도 믿지 마라. 그런 말을 들으며 성장했다. 그 결과가 이 길의 상태와 같은 마음이다.

그러나 자기 자신 이외의 인간은 누구도 믿지 말라는 말에는 아직 도망갈 길이 남아 있다. 오직 한 사람, 자기 자신만은 믿어도 된다는 뜻이다.

다카노는 핸들을 다시 잡았다.

그 편지는 야나기가 썼다. 야나기가 죽을 각오로 나에게 써 보낸 편지다.

나 자신을 믿는다면, 그것 외에 다른 답은 없다.

그날, 다카노는 학교에서 돌아오는 길에 다이라가 청해서 다마노 지구의 로가이에 갔다.

가는 길에 해가 저물며 가랑비가 내렸다. 핸들을 쥔 손이 싸늘해졌다. 나란토는 겨울철에도 10도를 밑도는 날이 거의 없지만, 그런데도 습기가 많은 탓인지 축축하게 젖은 듯한 냉기가 독특한 추위로 섬을 덮친다.

성수기가 지난 로가이는 포장마차들이 대부분 휴업 중이라

광장에는 간이 테이블과 의자가 비에 젖은 채 방치되어 있었다.

광장 끝자락에서 쓸쓸히 영업하는 포장마차에서 다카노와 다이라가 소고기 국수와 고기만두를 사서 스쿠터에 앉은 채 먹기 시작했다.

그래도 겨울은 겨울이라 추위를 피하러 온 본토 관광객이 없지는 않았다. 광장 한구석에는 호텔의 소형 왜건 두 대가 서 있었고, 옛 문묘라도 견학하러 갔는지 승객들의 모습은 보이지 않았다.

"너, 시오리랑 사귀냐?"

고기만두를 베어 먹던 다이라가 불쑥 물었다.

"뭐?"

다카노는 뜨거운 소고기 국수 국물을 한 모금 마셨다.

"둘이 세이류 폭포 갔었다며?"

"어어, 갔지."

"시오리가 '좋아하는 녀석이 있다'고 하던데, 그게 혹시 너야?"

"설마."

"그럼, 넌 어떤데?"

"나? 어떻긴? 뭐가?"

"뭐긴 뭐야, 시오리를……."

물론 다이라가 뭘 묻는지는 알지만, 그것이 좋아하느냐는 질문이라면 솔직히 어느 쪽이라고도 말할 수가 없었다. 좋은지 안 좋은지를 모르는 게 아니라, 좋아하는 게 어떤 감정인지 다카노는 확신할 수 없었다.

"난 신경 쓸 거 없어."

"어?"

한순간 다이라가 무슨 말을 하는지 이해하지 못했는데, "글쎄, 난 신경 쓸 거 없다니까"라는 말을 듣고서야 간신히 의미를 알았다.

"어, 어어." 다카노가 고개를 끄덕였다.

"'어, 어어'라니, 그건 또 뭐야."

"음, 너 말이야, 시오리를 좋아했잖아?" 다카노가 진지한 표정으로 물었다.

"왜 이래, 갑자기."

"아니 그게, 어떤 느낌인가 해서."

"뭐가?"

"뭐긴, 그 기분 말이야."

"넌 가끔 진짜 꼬맹이 같은 소릴 하더라. '누군가를 좋아하는 건 어떤 기분이냐?'고 묻는 거지, 지금?"

다이라가 어이없다는 듯이 웃음을 터뜨렸다.

"진지하게 대답해. 진지하게 묻는 거야." 다카노가 노려보았다.

"그럼, 대답해주지, 간단해. 누군가를 좋아하는 건 어떤 기분이냐는 거지? 아마도 성욕."

"성욕?"

"그래. 그것뿐이야."

"하지만 성욕은 누구한테나 생길 수 있잖아?" 다카노가 다시 진지한 표정으로 물었다.

"자식 참, 노골적으로 말하네. 하긴 뭐, 그렇긴 하지. 그런데 그거겠지, 성욕을 느끼는 와중에도 제일 예쁜 애한테 느끼는 기분 아닌가? ……이렇게 말하면, 좀 그렇긴 하지만."

다이라도 대답하면서 헷갈리기 시작했는지, 고기만두를 베어 먹으며 고개를 갸웃거렸다.

"……아, 그래, 지금 료타랑 이노랑 사귀지."

다이라가 문득 생각이 떠오른 듯이 말했다.

"어, 사귀지."

"그 애들, 매일 질리지도 않고 같이 집에 가잖아. 오토바이 세워둔 곳까지 손잡고 가고, 그러고는 둘이 같이 타고."

"그렇지."

"그래서 내가 전에 료타한테 물어봤어. '그렇게 매일 붙어 다니는 거 질리지도 않냐?'라고. 그랬더니 그 녀석이 '전혀 안 질려'라는 거야. 매일 같이 다녀도 '시간이 너무 부족해'라고."

"어째서?" 다카노가 무심코 물었다.

"그치? 나도 '무슨 시간이 부족해?'라고 물었지. 그랬더니 '얘기할 시간'이라고 해서 '무슨 할 얘기가 그렇게 많냐?'고 물었더니 '내 얘기 해'라더라."

"내 얘기?"

"그래. 료타의 표현을 빌리자면, 소재는 뭐든 상관없나 봐. 예를 들면 텔레비전 오락 프로그램이든, 어릴 적 얘기든, 학교 얘기든, 뭐든 좋은 모양인데, 자기 생각은 이렇다고 얘기하는 게 즐겁대. 그리고 이노도 똑같이 자기 생각은 어떻다고 얘기하는데, 료타는 그 얘기를 듣는 것도 즐겁대. ……정말 그럴까?"

다이라가 믿기 힘들다는 듯이 다카노의 얼굴을 들여다보았다. 물론 다카노도 그게 뭐가 즐거운지 전혀 이해할 수 없었다.

짧은 침묵 후, "근데, 역시 성욕 아닐까?"라고 다이라가 결론을 내렸다. "……료타 자식, 괜히 폼 잡는 것뿐이겠지."

그때부터 말없이 소고기 국수를 먹었다. 문묘를 견학하러 갔던 여행객들이 돌아와서 광장은 조금 활기를 되찾았다.

"이건 그냥 소문일 뿐인데."

다이라의 목소리가 갑자기 어두워졌다. 다카노는 소고기 국수를 먹다 멈췄다.

"시오리가 그쪽 학교에서 강간당할 뻔했나 봐."

다이라가 담담히 그렇게 말했다. 감정이 동요되지 않는 게 아니라, 감정의 동요를 억제하려는 것 같았다.

"······강간까지는 아니고, 좋아했던 선배 집에 놀러 갔는데 친구들 몇 명이 더 있어서 시오리가 바로 도망쳐 나온 모양인데, 그때부터 학교에 못 갔대."

다이라는 한층 더 담담하게 얘기했다. 다이라가 필사적으로 동요를 억누르는 감정이 분노가 아니라 슬픔이라는 걸 다카노는 알아차렸다.

"누구한테 들었어?" 다카노가 물었다.

"응? 아, 뭐, 그냥 떠도는 소문으로······."

다이라는 더는 얘기할 마음이 없는 듯했다. 시트를 열고 비옷을 꺼내더니, 말없이 돌아갈 채비를 시작했다.

로가이에서 돌아오는 길, 선셋 거리의 슈퍼마켓 앞에서 시오리와 할머니가 보였다.

방금 얘기를 들었는데 바로 마주치는 바람에 다카노는 당황해서 핸들을 제대로 못 꺾었다. 하마터면 넘어질 뻔했던 다카노에게 시오리와 할머니가 시선을 돌렸다.

그냥 지나칠 수는 없는 노릇이라 다카노가 다이라와 함께 두 사람 앞에 스쿠터를 세웠다.

"어머, 잘됐네. 우리 집까지 좀 태워다 주렴."

시오리의 할머니가 바로 다이라의 스쿠터에 올라타려 했다.

"괜찮아?"

시오리가 물어서 "응" 하며 다카노도 뒷좌석을 비워주었다.

'라 레지던스 나란토'까지 두 사람을 데려다주자, "다음 주 크리스마스에 너희는 뭐 하니? 혹시 시간 되면 놀러 오렴"이라며 시오리의 할머니가 초대했다.

예정 따윈 없었던 다카노는 순순히 "네"라고 고개를 끄덕였지만, 다이라는 괜한 배려를 하듯이 "난 데이트가 있어서"라며 속이 훤히 들여다보이는 거짓말을 했다.

"유카리도 데이트한다던데, 혹시 그 상대가 너였니?"

시오리가 진담으로 받아들인 듯이 놀라워했다.

"나랑 유카리랑? 아냐, 아냐."

다이라는 온몸을 비틀며 부정했다.

그날 밤, 다카노가 방에서 브루스 리의 자서전을 팔랑팔랑 넘기고 있는데 "안에 있나?"라며 도쿠나가가 사다리에서 얼굴을 내밀었다.

요 며칠, 도쿠나가는 섬에 없었다. 다카노가 먼저 "야나기가 어디 있는지 알아냈어요?"라고 물었다.

그러나 도쿠나가는 대답하지 않고 "파리에서 만났던 세라라는 여자애랑 연락하고 있지?"라며 방으로 들어왔다.

침대에서 내려간 다카노가 책상 서랍에서 엽서 두 장을 꺼냈다.

두 장 다 파리를 무대로 한 옛날 영화 엽서였다. 다카노가 짧은 메시지를 적어서 보낸 가쓰시카 호쿠사이의 엽서에 대한 세라의 답장인데, 첫 번째 엽서에는 그녀의 남동생이 지역 유도대회에서 준우승을 했다는 소식, 그리고 다른 한 장에는 최근 남자 친구와 싸웠다는 내용이 적혀 있었다.

"이것뿐이야?"

도쿠나가가 물어서 "이쪽에서는 네 장 보냈어요"라고 대답했다.

"다음 주에 홍콩에 다녀와."

도쿠나가가 그렇게 말하며 엽서를 던지듯이 내려놓았다.

"홍콩?" 다카노가 되물었다.

"그쪽에 이치조도 와 있어. 이치조는 파리 공항에서 만났을 텐데."

공항에서 여행 책자와 샌드위치를 건넨 후, 바로 모습을 감춘 이치조의 얼굴이 떠올랐다.

"홍콩에서는 이치조의 지시에 따르고."

"거기서 세라를 만나나요?"

"아무튼 이치조가 시키는 대로 움직이면 돼."

도쿠나가가 방에서 나가려고 했다. 다카노가 "저"라며 불러세웠다.

"야나기에 관한 소식은……."

사다리 중간에서 동작을 멈춘 도쿠나가가 "무슨 움직임이 있으면 알려주지. 그때까지는 야나기 얘기는 더 이상 입에 올리지 마. 알겠나?"라고 말했다. 몹시 엄한 말투였다.

다카노는 벽에 걸린 달력을 쳐다봤다.

다음 주 목요일이 크리스마스다. 시오리의 집에서 보낼 크리스마스를 기대했던 건 아니다. 그러나 그것 말고는 아무 메모도 없는 달력에 '크리스마스 파티(선물 준비)'라고만 빨간 펜으로 적혀 있었다.

문득 다이라의 얘기가 떠올랐다. 반 친구인 료타와 이노 얘기다.

"료타의 표현을 빌리자면, 소재는 뭐든 상관없나 봐. 예를 들면 텔레비전 오락 프로그램이든, 어릴 적 얘기든, 학교 얘기든, 뭐든 좋은 모양인데, 자기 생각은 이렇다고 얘기하는 게 즐겁대. 그리고 이노도 똑같이 자기 생각은 어떻다고 얘기하는데, 료타는 그 얘기를 듣는 것도 즐겁대."

세이류 폭포에서 봤던 시오리의 옆얼굴이 떠올랐다. 그때 시오리는 무슨 얘기를 하려다가 말았다. 어쩌면 다이라가 말했던 예전 학교에서 있었던 일을 자세히 얘기하려고 했을지도 모른다. '나는 이렇게 생각해'라며 시오리는 뭔가를 전하고 싶었던 것이다. 그리고 자기는 '나는 이렇게 생각해'라고 말해줬어야 했다.

다카노는 '크리스마스 파티(선물 준비)'라고 적힌 달력의 빨간 글씨를 뚫어져라 쳐다봤다.

*

"어머, 다카노? 시오리랑 약속 있었니?"

인터폰에 대고 얘기하는 할머니의 목소리를 듣고 시오리가 자기 방에서 나왔다. 귓가에 "아뇨, 약속은 아니에요"라고 대답하는 다카노의 목소리도 들렸다.

"시오리! 다카노 왔다."

할머니가 불렀을 때는 이미 그 옆에 서 있었다. 모니터에 다카노가 보였다.

"다카노, 웬일이야?"

"응, 잠깐……."

"들어오라고 해라."

할머니가 건물 출입문을 열어주었다.

"괜찮아?"라며 모니터 속의 다카노가 머뭇거려서 "응" 하며 시오리가 고개를 끄덕였다.

시오리는 욕실로 들어가서 머리를 가다듬었다. 잠시 후, 현관에서 벨이 울렸다.

시오리는 서둘러 복도로 나가 문을 열었다. 다카노가 웬일 인지 어두운 얼굴로 서 있었다.

"왜 그래?"

"저, 미안해." 다카노가 뜬금없이 사과부터 했다.

"미안하다니?"

"저기, 크리스마스……. 그때 못 오게 됐어."

"그 얘기하러 일부러?"

"응, ……미안."

그때 안에서 "시오리, 들어오라고 해"라는 할머니 목소리가 들렸다.

"일단 들어와." 시오리가 뒤로 물러섰다.

다카노가 좁은 현관으로 들어와서 운동화를 벗었다.

거실에서는 할아버지가 소파에 누워서 마라톤 중계를 보고 있었다. "실례하겠습니다"라고 인사하는 다카노를 힐끗 쳐다 본 할아버지가 "어서 와라"라고 고개를 끄덕이고, 다시 텔레비 전으로 시선을 돌렸다.

"홍차라도 끓일까?"

부엌에서 할머니가 물어서 시오리는 다카노의 얼굴을 쳐다 보았다. 다카노는 "아냐, 됐어"라며 고개를 저었다. 그런데 시 오리가 대답하기도 전에, "……갖다줄 테니, 시오리 방에 가서 얘기하지 그러니?"라고 할머니가 말했다.

"갈래?" 시오리가 물었다.

"어, 으응."

복도로 돌아와 현관 옆에 있는 문을 열었다. 세 평쯤 되는 방에 침대와 책상이 있고, 여기저기 인형이 놓여 있었다.

의자에 앉은 시오리가 빙그르르 돌며 다카노 쪽을 바라보았다. 다카노는 입구에 우두커니 서 있었다.

"거기 앉아."

다른 의자가 없어서 침대를 가리켰다.

"……응."

다카노는 꽃무늬 이불에 걸터앉았다. 왠지 편치 않은지, 허리와 손 위치를 몇 번이나 바꿨고, 이유는 잘 모르겠지만 옆에 있던 곰 인형을 꽉 움켜쥐었다.

"방해되지? 저쪽으로 던져버려." 시오리가 웃었다.

그러나 다카노는 다시 "응" 하고 고개를 끄덕이면서도 어찌된 영문인지 곰 인형을 자기 허벅지 위에 앉혔다.

"역시 여자 방이네."

"어?"

방에 들어와서 처음 한 말이었다.

"그런가?"

시오리도 방을 둘러보았다.

다카노는 곰 인형의 눈을 잡아당겼다 튕겼다 했다.

자기가 맨발인 걸 알아챈 시오리는 왠지 부끄러워졌다.

"음, 다카노 방은 어떤 느낌이야?"

"내 방? 사다리로 올라가는 다락 같은 방이야. 많이 낡았고, 밤에는 도마뱀붙이가 모여들어."

도마뱀붙이라는 말에 시오리는 한순간 발가락을 꽉 오므렸다.

"도마뱀붙이 싫어해?" 다카노가 믿기지 않는다는 듯이 물었다.

"이 섬에 와서 그런 것에도 차츰 익숙해지긴 했는데, 아무래도 잘 때 벽에서 그런 걸 본다면 소동을 좀 부리겠지."

시오리의 표현이 재미있었는지 긴장했던 다카노의 얼굴에 처음으로 미소가 깃들었다.

"시오리, 홍차."

부엌에서 부르는 소리를 듣고, 시오리가 바로 가지러 갔다.

"다카노, 크리스마스에 못 온대."

시오리가 할머니에게 말하자, 할머니는 "그 얘기하러 일부러 온 거니?"라며 놀라워했다.

"이 섬 애들은 정말 착실하다고 해야 할지 뭐라고 해야 할지……."

홍차 쟁반을 옮기는 시오리 뒤를 할머니도 따라왔다. 방을 들여다보며 "무슨 다른 일이라도 생겼니?"라고 할머니가 다카노에게 물었다.

"……크리스마스에 못 온다며? 방금 시오리한테 들었단다. 할머니가 모처럼 지라시즈시(생선, 달걀부침, 양념한 채소 등을 얹은 초밥)라도 만들어볼까 벼르고 있었는데."

"죄송해요. 볼일이 좀 생겨서 다음 주에 섬에 없어요."

사과하는 다카노에게 "어디 가는데?"라고 이번에는 시오리가 물었다.

"도쿄 친척 집. 취직을 도와주기로 해서 상담하러."

다카노는 왠지 별로 내키지 않는 표정이었다.

"그럼, 역시 도쿄에서 취직해?"

"아직 결정 난 건 아니고."

"그럼, 천천히 얘기해라"라고 웃으며 할머니가 거실로 돌아갔다.

"시오리, 나한테 무슨 할 얘기 있니?"

너무 돌발적인 말이라 시오리는 그 진의를 탐색하듯 다카노를 빤히 쳐다보았다.

"하고 싶은 얘기? 너한테?"

"그래. 없어?"

"무슨 뜻이야?"

"아냐, 없으면 됐어."

자리에서 일어선 다카노가 또다시 불쑥 "그만 가볼게"라고 말했다.

시오리는 "어, 어" 하며 고개를 끄덕일 수밖에 없었다.

현관까지 배웅하러 나가자, "벌써 가니?"라고 거실에서 묻는 할머니 목소리가 들렸다.

"안녕히 계세요!"

다카노가 현관 밖으로 나갔다. 시오리는 뭐가 뭔지 영문을 모른 채, 그저 그 뒷모습을 배웅할 수밖에 없었다.

*

호텔 창문으로 홍콩섬의 야경이 한눈에 내려다보였다. 유리창 안쪽에는 좁은 호텔 객실도 비쳤다.

이쪽 주룽반도에서 홍콩섬으로 건너가는 페리의 불빛을 다카노는 벌써 30분 가까이 바라보고 있었다.

어제 오후, 다카노는 홍콩에 도착했다. 준비되어 있던 숙소는 해안가에 서 있는 YMCA라는 호텔이었다. 홍콩의 랜드마크 중 하나인 '더 페닌슐라 홍콩'이라는 식민지 양식의 호텔이 바로 옆이라, 정문 임시 주차 공간에는 롤스로이스가 늘어서 있었다.

YMCA는 고등학생 혼자 숙박해도 딱히 눈에 띄지 않는 호텔이라 선택됐지만, 옆에 있는 페닌슐라와는 숙박 요금 자릿 수가 하나 달라도 방에서 보는 야경은 손색이 없다고 조금 전에 심심풀이로 읽은 안내 책자에 나와 있었다.

다카노는 체크인을 한 뒤로 아직 방에서 한 번도 나가지 않았다.

출발 전에 도쿠나가에게 "체크인하고 방에서 이치조의 연락을 기다려"라는 지시를 받았다. 그러나 이미 서른 시간이 지나도록 이치조에게서는 아무런 연락도 없었다.

그동안 다카노는 룸서비스로 허기를 달랠 수밖에 없었다.

완탕면, 새우볶음밥, 등심스테이크…… 따분함을 달래려고 주문했다. 배가 고파서가 아니라 뭐라도 먹지 않으면 마음이 안정되지 않아서 몇 시간 간격으로 룸서비스에 전화를 걸었다.

조금 전에 치즈버거를 들고 온 나이가 지긋한 보이가 "몸이 안 좋나?"라고 물었다.

그가 식사를 가져오는 게 벌써 세 번째였고, 도착한 후로 전혀 외출하지 않는 다카노가 아무래도 좀 이상해 보인 듯했다.

항구를 오가는 창밖의 페리를 구경하는 것도 싫증이 나서 다카노는 다시 침대로 돌아갔다. 차갑게 식은 감자튀김을 한 움큼 쥐었다. 탁자에는 그것 말고도 식어버린 요리가 남아 있었다.

침대에 벌렁 드러누운 다카노는 손가락 사이로 비어져 나온 감자튀김을 한 개씩 먹었다. 너무 많이 마신 콜라 때문에 트림이 나왔다.

드디어 전화벨이 울린 것은 바로 그때였다.

"다카노니?"

귀에 익은 목소리였다.

"네."

"이치조다. 파리에서 만났지."

"네."

"지금 불러주는 주소에 'WAX'라는 클럽이 있어. 지금 바로 그쪽으로 가."

"네."

다카노는 감자튀김을 쓰레기통에 버리고 기름이 번들거리는 손가락으로 펜을 쥔 후, 이치조가 불러주는 주소를 받아 적었다.

"그 클럽에 네가 파리에서 알게 된 세라라는 여자애가 있을 거야. 아마 세라 외에도 세라 오빠와 친구들이 있을 테고. 내일 세라의 집에서 크리스마스 파티가 열리니까 거기 초대받을 수 있도록 해. 알겠나?"

"네."

전화가 끊겼다. 이치조가 이곳 홍콩에 있는지 없는지조차 알 수 없었다.

다카노는 시계를 보았다. 10시가 가까운 시간이었다.

욕실로 뛰어 들어가 손가락을 입에 넣고 토했다. 빵빵했던 위가 비면서 기분이 상쾌해졌다. 자기도 모르게 극도의 스트레스를 받고 있었는지, 나란토에서 살면서부터는 단 한 번도 없었던 과식 구토를 했다.

작은 비누 포장지를 뜯어서 손을 씻었다. 거울에는 잠결에 머리가 눌린 자기 모습이 비쳤다. 젖은 손가락으로 머리를 매만지고, 새 셔츠로 갈아입었다. 곧바로 방에서 나오려다 문득 생각이 나서 1930년대의 파텍 필립 손목시계를 찼다.

지루함을 달랠 겸 안내 책자의 지도를 살펴봐둔 덕분에 이치조가 불러준 주소가 어느 지구에 있는지도 알았다.

호텔에서 나온 후, 바로 택시를 잡으려다 얼른 손을 내렸다. 택시로 해저터널을 건너갈 게 아니라, 창밖으로 내다봤던 페리를 타고 홍콩섬에 가보고 싶었다. 설마 이치조가 감시할 것 같지는 않았다. 다카노는 바로 옆에 있는 페리 선착장으로 달려갔다.

때마침 선착장에는 곧 출발할 배가 정박해 있었다. 어스름한 통로를 지나 페리로 뛰어들었다. 다카노는 갑판으로 나왔다. 맞은편 항구의 고층 빌딩 불빛이 바닷물 표면에 드리워져 살랑살랑 흔들렸다.

바로 출항한 페리의 갑판으로 뜨겁고 눅눅한 바람이 불어왔다.

녹이 슨 난간에서 몸을 내밀고, 하얀 물보라가 이는 바다를 들여다봤다. 밤하늘을 올려다보며 저공비행으로 내려오는 여객기를 바라보았다. 거리의 조명과 여객기 불빛과 별들이 하나로 어우러져 쏟아지는 것 같았다.

맞은편 항에서 페리를 내리자마자 잡아탄 택시가 향한 곳은 가파른 언덕길이 이어지는 지역으로, 세련된 카페와 레스토랑이 줄지어 있었다. 백인들이 눈에 많이 띄었고, 택시의 차창을 내리자 높은 음량으로 틀어놓은 댄스 음악이 흘러들었다.

택시에서 내려 언덕길을 조금 내려간 곳에 그 'WAX'라는 클럽이 있었다.

입구에 딱히 경비원도 없었고, 거대한 알루미늄 문을 통과하자 길게 뻗은 통로가 보였다. 어스름한 통로에는 향을 피워놔서 그 연기와 강렬한 냄새에 기침이 날 것 같았다.

통로로 걸어가자 갑자기 시야가 탁 트이고, 수많은 사람들이 춤추는 무대가 내려다보였다. 무대로 내려가는 계단에도 손님들이 넘쳐나서 걸어갈 공간조차 없었다.

다카노가 옆에 서 있던 여자에게 VIP룸이 어디냐고 물었다. 젊게 꾸민 백인 여성이었지만, 눈가에 주름이 보였다.

여자는 이상할 정도로 빤히 다카노를 쳐다본 후, 알아도 가르쳐줄 마음이 없다는 듯이 얼굴을 홱 돌렸다.

다음 순간, 사람들로 북적이는 계단에서 작은 소동이 벌어졌다. 계단으로 올라오려는 젊은 남자를 만지려고 여자들이 앞다퉈 손을 뻗어서 남자가 이리저리 치이며 곤혹을 치르고 있었다.

유명한 젊은 배우인 모양이다. 다카노는 왠지 좋은 예감이 들어서 금방이라도 끌려 내려갈 것 같은 남자의 손을 끌어당겨주었다. 남자는 다행히 빠져나올 수 있었지만, 다카노의 손을 거칠게 뿌리치며 인사도 없이 걸어갔다.

다카노는 그 뒤를 따라갔다. 무대로 내려가는 계단과는 별개로 위로 올라가는 또 다른 계단이 보였고, 남자가 그곳으로 뛰어 올라갔다. 도중에 경비를 서고 있는 남자의 어깨를 툭 두드렸다.

다카도도 뒤따라 올라가려 했지만, 경비원이 가로막았다. 그러나 500달러 지폐를 슬쩍 쥐여주자, 다카노의 어깨에서 바로 손을 뗐다.

계단 위에는 개별 룸 몇 개가 있었다. 방마다 이미 손님들로 가득했다. 조금 전 배우를 찾아 앞으로 걸어가자, 역시나 배우가 들어간 그 방에 세라가 있었다. 가죽 소파의 팔걸이에 앉아 친구인 듯한 여자와 즐겁게 대화를 나누고 있었다.

다카노는 일부러 티가 나게 개별 룸을 들여다봤다. 조금 전 배우가 바로 알아채고, 뭐라고 중얼거리며 성가시다는 표정을 지었다. 그런데 그 기미가 실내에 전해졌는지, 세라의 시선이 다카노 쪽으로 향했다.

　다카노가 유리문에 찰싹 들러붙듯이 서서 과장스럽게 놀란 척을 했다. 눈을 휘둥그레 뜨고 "어!" 하고 소리치며 세라를 손가락으로 가리켰다. 그녀도 바로 생각이 난 듯했다. 놀란 표정으로 사람들을 헤치며 방에서 나왔다.

7장
홍콩섬의 고급 별장

오늘 아침, 가루이자와는 기온이 영하 5도까지 내려갔다. 이 집에는 중앙난방 시설이 설치되어 있지만, 아무래도 오늘 아침에는 후미코도 추위에 눈을 떴다.

그래도 일어나자마자 바로 지핀 장작 난로 덕분에 집 안은 차츰 따뜻해졌고, 유리창에 이슬이 맺히면서 뿌옇게 흐려졌다.

가자마가 이제 슬슬 일어날 시간이었다. 후미코는 아침 식사 준비를 시작했다.

가자마의 아침 식사는 늘 똑같이 정해져 있다. 달걀프라이 두 개와 햄 두 조각, 토스트는 살짝 타게 바짝 굽고, 요구르트에는 블루베리잼을 뿌린다.

후미코는 토스트를 구우려던 손길을 문득 멈췄다. 가루이자와에 있는 오래된 빵집에서 늘 사다 먹는 식빵인데, 웬일인지 오늘 아침에는 다카노 생각이 떠올랐기 때문이다.

이 집에 온 초기에 다카노는 착한 아이처럼 굴었다. 그러다 어느 날부터 학교를 빠지게 되면서 방에 틀어박히는 날이 많아졌다. 그 후 다카노는 후미코가 공포를 느낄 정도로 느닷없이 집에서 난동을 부리는 참담한 시기를 맞게 되는데, 그러기 직전에는 집에 있는 식재료를 닥치는 대로 먹어치우기 시작했다.

그 행동을 처음 알아챘을 때, 후미코는 성장기 남자아이는 식욕이 이토록 대단한가 하며 무사태평하게 놀랐다. 그런데 한동안 그 모습을 지켜보자, 아무래도 그 먹는 방식이 심상치 않았다.

오후에 학교에서 돌아오면, 후미코가 준비해둔 간식을 먹었다. 그 양이 어마어마했다. 사과 케이크를 구우면 남김없이 통째로 먹어치웠고, 1리터짜리 우유도 단숨에 비워버렸다. 그 직후에 먹는 저녁 식사도, 예를 들면 스테이크 한 조각으로 밥공기 하나를 비우는 속도여서 솔직히 보고 있는 후미코가 속이 울렁거릴 정도로 마구 먹어댔다.

그래도 식탁에서만 끝나면 다행이다. 그런데 다카노는 저녁 식사 자리에서 일어서면 부엌에 들러 식빵 한 덩어리를 통째로 들고 자기 방으로 올라갔다. 다음 날 아침에 후미코가 다카노의 방을 청소하러 들어가면, 식빵 테두리만 남기고 먹어치운 잔해가 쓰레기통에 버려져 있었다. 그 잔해는 배가 고파서 먹었다기보다 싫은데도 억지로 먹은 것처럼 보였다.

그 밖에도 거의 매일 밤중에 부엌으로 내려와서 냉장고에 든 음식을 먹었다. 조리가 필요 없는 음식이면 푸딩, 어묵, 사과, 오이, 뭐든 다 먹어치웠다. 언젠가는 잼 한 통을 다 먹어버린 적도 있었다.

먹는 것뿐이면 괜찮은데, 한밤중에 화장실에서 괴롭게 토하는 소리가 들렸다.

물론 주의를 줘야 한다는 건 알지만, 후미코는 도저히 그럴 수가 없었다. 다카노가 어떤 상황에서 돌봄을 받았는지 알기 때문이다.

다카노는 엄마에게 버림받은 방에서 아사 직전에야 구조됐다. 죽은 남동생을 꼭 끌어안고, 자기 오물에 더럽혀진 상태로 구조된 것이다. 후미코에게는 음식을 찾아 냉장고를 뒤지는 어린 다카노가 보였다.

처음에 가자마는 태연하게 대처했다.

그런데 어느 순간, 다카노가 무지막지하게 먹어대는 건 자기 방에 혼자 있을 때뿐임을 후미코는 알아차렸다. 하루 세끼 식사와 간식은 식탁에서 먹지만, 그 외에는 거실에서 뭔가를 입에 넣지는 않았다. 더 자세히 말하면, 실제로 다카노가 간식과 식사 시간 외에 뭔가를 먹는 모습을 후미코는 단 한 번도 본 적이 없었던 것이다.

후미코는 다시 가자마에게 상의했다. 후미코의 진지함이 전해졌는지 가자마도 그제야 무거운 엉덩이를 들고 전문가와 상담해주었다.

"혼자 있으면, 긴장 상태에 빠질 수 있다고 합니다." 가자마가 알려주었다. "……어쩌면 스스로는 먹는 감각이 없을지도 모른다고 전문가가 말하더군요. 늘 음식이 있어서 먹고 싶으면 언제든 먹을 수 있다는 안도감을 주라고 했어요. 구체적으로는 음식을 얼마든지 방에 가져가게 해주세요. 그러면 아마도 그런 아이는 음식을 먹는 대신 자기 가까이 두게 된다고 합니다. 손이 닿는 곳, 보이는 곳에 음식이 항상 있으면 차츰 나아질 가능성도 있다더군요."

그날부터 후미코는 슈퍼마켓에서 필요 이상으로 많은 식재료를 사 왔다. 그때까지는 사지 않았던 과자 종류를 한꺼번에 듬뿍 사다 부엌에 놔뒀다.

다카노는 사다 놓은 것은 모두 먹었다. 그런데 한 상자씩만 자기 방으로 들고 갔고, 그것을 다 먹으면 또 다른 걸 가지러 왔다.

"귀찮지 않니? 그냥 한꺼번에 가져가지." 후미코가 말을 건넸다.

그런데도 처음에는 조심스러운지 두 개, 세 개만 들고 갔는데, 서서히 그 양이 늘어났다. 그리고 마침내 슈퍼마켓 봉지를 통째를 들고 가게 됐을 무렵, 후미코가 청소하러 들어가면 아직 뜯지 않은 봉투가 방에 남아 있곤 했다.

날이 갈수록 뜯지 않은 봉투의 숫자가 늘어났다. 침대 베갯머리에 죽 늘어놓은 과자를 볼 때가 많아졌다.

다카노가 갑자기 나란토로 옮겨 갔을 때, 후미코가 가장 걱정스러웠던 게 바로 그 점이었다. 익숙지 않은 곳에서 또다시 폭식을 되풀이하지는 않을까 염려스러웠다.

그런데 가자마가 들려준 소식에 따르면, 나란토에서는 이제 더 이상 옛날처럼 마구잡이로 먹지는 않는다고 했다. 후미코는 마음이 놓였다.

아침을 막 차렸을 때, 가자마가 거실로 들어왔다.

"안녕히 주무셨어요?"

후미코가 방금 내린 커피를 가져다주었다.

지난밤에 거의 잠을 못 잤는지, 가자마의 눈이 붉게 충혈되어 있었다.

"안녕히 주무셨어요?"

커피를 받아 들면서 가자마가 문득 생각이 떠오른 듯이 인사를 받았다.

"오늘 아침에 방 춥지 않았어요?" 후미코가 물었다.

"아, 네. 오늘 아침에는 얼음이 얼었을까요?"

가자마가 햇볕이 쏟아지는 정원으로 눈을 돌렸다.

"올해는 유난히 춥게 느껴지네요."

후미코가 부엌으로 돌아가려 하자, "후미코 씨는 여기 온 지 몇 년이나 됐죠?"라며 웬일로 가자마가 대화를 이어갔다.

매일 아침 짧게 날씨 얘기를 주고받을 때는 있어도 대화가 그 이상 이어지지는 않았다.

"벌써 6년째네요." 후미코가 대답했다.

"다카노가 여기 오기 두 달 전쯤이었나요?"

"네, 맞아요."

갑자기 다카노의 이름이 나와서 후미코는 안 좋은 예감이 들었다. 가자마도 후미코의 표정을 읽었는지, "아니, 아니, 다카노는 아무 문제 없어요"라며 웃었다.

"그렇군요."

후미코는 가슴을 쓸어내리며 부엌으로 가려고 했다. 그런데 오늘 아침에는 웬일인지 가자마가 다시 대화를 이어가려 했다.

"후미코 씨, 어젯밤에 다카노의 정식 임무가 결정 났어요."

후미코는 걸음을 멈췄다.

"……늦어도 2월 중순에는 지금 사는 나란토에서 나올 겁니다."

"그럼, 다카노는 졸업식에 참석할 수 없겠네요. 조금 안쓰러운 마음이 들어요."

"다카노 자신도 이미 각오하고 있었겠죠."

가자마의 말투가 매우 차갑게 울려 퍼졌다.

"그런데…… 그렇게 중요한 일을 왜 저에게 알려주시죠?"

가자마가 조직에 관한 얘기를 하는 경우는 거의 없다.

"후미코 씨는 알 권리가 있다는 생각이 들어서."

"저는 한낱 가사 도우미일 뿐이에요."

"그 말씀은 맞지만, 만약 당신이 없었다면 다카노는 절대 쓸 만한 물건이 못 됐을 겁니다."

물건이라는 말이 후미코의 마음을 더욱 심란하게 흩뜨려놓았다.

"다카노가 최종적으로 받아들일 거라고 생각하세요?" 후미코가 물었다.

명확하게 표현하지는 않았지만, 조직에 충성을 맹세하기 위해 가슴에 장착하는 폭파 장치를 받아들이겠느냐는 의미였다.

"막판까지 가보지 않으면 모릅니다. 마지막 순간에 받아들이지 않는 녀석도 많아요. 그렇지만 내가 보기에는 다카노가 이미 각오를 다진 것 같은 기분이 듭니다."

가자마가 창밖의 정원을 물끄러미 바라보았다. 그 눈에서 감정을 읽어내긴 어렵다.

"후미코 씨, 이런 질문은 처음인데……." 가자마가 갑자기 시선을 되돌렸다. "……후미코 씨는 이 일을 시작한 게 후회되지 않으세요?"

어떻게 대답해야 할지 알 수가 없었다. 아니, 후회 따윈 없다고 대답해야 한다는 건 알지만, 그 말이 순순히 나오지 않았다. 그렇다면 후회되는지 자문해보았다. 다카노와 여기서 지낸 3년의 세월이 머릿속을 스치고 지나갔다.

"……모르겠어요. 다만, 만약 그때 가자마 씨가 말을 건네주지 않았다면……."

그쯤에서 말문이 막혔다.

가자마는 그 이상 깊숙이 들어오지 않고, 포크로 달걀프라이의 노른자를 깼다.

후미코는 복도로 나갔다.

가자마가 "같이 일해보시겠습니까?"라고 제안했을 때, 외아들인 요시노리를 잃은 지 5년이 지난 후였다. 그러나 5년이나 지났어도 후미코에게는 아직도 어제 일이나 마찬가지였다. 여전히 자기 안에서 무엇 하나 정리되지 않았고, 받아들일 수조차 없이 살아가고 있었다.

막으려고 했으면, 막을 수 있는 죽음이었다. 후미코는 자기 목숨보다 소중한 요시노리를 자신의 그릇된 판단으로 말미암아 잃어버린 것이다.

그날 밤, 후미코는 새근새근 잠든 요시노리를 방에 남겨두고 일하러 나갔다. 그날 밤만은 지금까지 무리를 해서라도 지불했던 휴일 심야의 놀이방 비용 몇천 엔을 아꼈다. 평상시라면 아침까지 잠에서 깰 일이 없는 시간대였다.

그날 밤, 요시노리가 잠자리에 들기 전에 무슨 얘기를 했는지 후미코는 도무지 기억이 나지 않았다. 요시노리가 마지막으로 했던 말을 떠올리려고 필사적으로 애쓰다 보니 어느새 5년이라는 세월이 훌쩍 지나가버렸다.

*

맥도널드로 들어간 다카노는 길게 늘어선 줄 끄트머리에 섰다. 주룽이라는 장소 특성상 관광객이 많다 보니, 주문할 때 대화가 잘 통하지 않는 탓에 줄은 좀처럼 줄어들지 않았다. 아직 오지 않았는지, 가게 안에는 이치조의 모습이 보이지 않았다.

스페인 언어권에서 온 관광객으로 보이는 중년 여성들이 붙임성이라곤 없는 점원에게 끊임없이 말을 걸었다. 젊은 점원은 그들이 하는 영어를 이해하는지 못하는지, 너무 불친절하다고 에둘러 표현한 불평에 대꾸조차 하지 않았다.

"인생, 재미있니?"

빨간 머리 손님이 그렇게 말을 건넸지만, 점원은 응대하지 않았다.

"즐거울 리가 없지. 매일 이렇게 일만 하는데."

다른 한 사람이 그렇게 말하며 쟁반을 받아 들고 떠났다.

자기 순서가 된 다카노가 그 점원에게 치즈버거와 콜라를 주문했다. 역시나 점원은 방긋도 하지 않았다.

자리를 찾아 2층으로 올라가 간신히 빈 테이블을 발견했지만, 의자에 케첩이 묻어 있었다. 종이 냅킨으로 의자를 훔치고 있는데, 이치조가 나타났다.

"약속은 했나?"

이치조가 인사도 없이 불쑥 물어서 "네. 파티에는 초대받았어요"라고 다카노가 대답했다.

이치조가 멋대로 컵에 빨대를 꽂고 다카노의 콜라를 마셨다.

파리에서 만났을 때는 삼십대 후반인 도쿠나가와 동년배로 보였는데, 실제로는 조금 더 젊을지도 모르겠다.

다카노는 치즈버거를 베어 물었다.

"지난번에 야에스에 있는 '와쿠라 토지'에서 데이터를 빼냈지?"

이치조가 소리를 내며 콜라 잔을 비웠다.

"……이번에도 요령은 그때랑 같아. 엄청나게 큰 집이긴 한데, 인터콤 지시대로 따르면 돼."

이치조가 무선 키트와 소형 도청기를 테이블에 내려놓았다. 다카노가 재빨리 주머니에 넣었다.

"오늘 밤에 그 도청기를 장착해. 사용법은 알겠지?"

이치조가 물어서 "네"라고 고개를 끄덕였다.

테이블 쪽으로 몸을 내밀고 있던 이치조가 뒤로 휙 물러나며 등받이에 기댄 순간, 셔츠 옷깃이 살짝 벌어졌다. 단추를 두세 개 풀어놔서 가슴이 훤히 드러났다.

"너, 혹시 아직 본 적 없어?"

다카노의 시선을 알아챈 이치조가 단추 하나를 더 풀며 가슴을 보여주었다.

정확히 심장 부분의 피부에 오그라든 조그만 상처가 있었다.

"실제로 보니까 별것 아니지. 만져볼래?"

"아뇨, 됐습니다."

다카노는 그 상처에서 눈을 돌렸다.

"오늘 파티, 몇 명 정도 온다는 얘기는 들었나?"

화제를 바꾼 이치조에게 "인원수까지는 모르겠지만, 매년 크리스마스 파티는 성대하게 한다고 했어요"라고 다카노가 대답했다.

"성대해봤자 꼬맹이들 파티지. 어젯밤에 무슨 문제는 없었고?"

"네, 딱히 없었습니다. 2시까지 클럽에 있었고, 세라는 마중 온 차로 돌아갔어요."

"오빠랑 같이 갔지?"

"네, 오빠라는 분은 아마 그 후에 같이 왔던 여자랑 어딘가로……."

다카노는 그쯤에서 말끝을 흐렸다. 세라의 오빠 매트가 데려온 여자에게서 느껴졌던 왠지 모를 위화감이 떠올랐기 때문이다.

"왜 그래?"

"아뇨, 아무것도 아니에요. 다만, 매트의 여자 친구, 아시아계통 미국인인 것 같은데 왠지 좀 이상해서."

"매트의 새 여자 친구 정보는 아직 안 들어왔어. 매트라는 녀석은 툭하면 여자를 갈아 치우지. 이쪽에 정보가 들어왔을 때는 이미 다른 여자야. 보나 마나 유학 간 미국에서 낚아챘겠지. 무슨 약이라도 한 거 아닐까?"

"아뇨. 그런 느낌은 아니고."

위화감을 느낀 건 분명했지만, 뭐라고 설명할 수가 없었다.

"너, 돈은 있니?"

자리에서 일어선 이치조가 다카노의 대답도 기다리지 않고, 고무줄로 묶은 지폐 뭉치를 테이블에 던졌다.

"이걸로 옷을 갖춰 입어. 꼬맹이 주제에 칵테일파티잖아. 이 매장의 창 씨라는 사람에게 부탁하면 시간 안에 해줄 거야."

이치조가 명함을 내려놓고 밖으로 나갔다. 명함에 적힌 양복점은 페닌슐라 호텔 안에 있었다.

홍콩섬 남부, 리펄스 베이 주변에는 고급 별장들이 늘어서

173

있다. 홍콩을 개척한 영국인이나 홍콩인은 물론이고, 반환 후에 중국공산당 간부가 소유한 호화로운 별장도 늘어났다.

다카노가 탄 택시는 야자나무가 늘어선 해안도로에서 나무가 많은 가파른 언덕길로 접어들었다. 구불구불한 돌바닥 길은 세라의 가족이 소유한 저택의 사설도로인지, 모퉁이를 돌 때마다 감시 카메라가 붙어 있었다.

"안에까지 들어갈 수 있나?" 운전기사가 아까부터 몇 번이나 물었다. 다카노는 그때마다 "들어갈 수 있어요"라고 대답했다. 그런데도 모퉁이를 돌면 운전기사는 또다시 불안한 듯이 똑같은 질문을 던졌다.

한참 올라가자, 거대한 철문이 나타났다. 격자문 너머로 길은 더 이어져 있었다. 택시가 가까이 다가가자, 자동으로 문이 열렸다.

뛰어온 경비원에게 다카노가 이름을 밝혔다. 무선으로 확인이 되어서 택시는 안으로 더 달려갔다. 도착한 곳은 일본인 건축가가 설계했다는, 목재와 유리의 대비가 아름다운 대규모 호화 저택이었다. 입구에는 이미 도착한 손님들의 고급차가 줄줄이 늘어서 있었다.

달려온 보이에게 안내를 받으며 다카노가 집 안으로 들어갔다. 현관을 통과하자 커다란 홀이었고, 그 앞에 있는 안뜰에서는 이미 파티가 시작되었다.

다카노가 안뜰로 들어갔다.

하얀 식탁보가 덮인 긴 테이블에 요리가 가득하고, 얼음통에 담긴 샴페인 병이 몇 개나 있었다.

그곳에 모인 젊은이들은 형식적인 파티에는 흥미를 보이지 않고, 테이블에 다리를 걸치거나 소파에 비스듬히 누워서 시끄럽게 떠들고 있었다.

세라는 소파의 중심에 있었다. 다카노를 알아채고 손짓을 했다. 북적이던 소파의 옆자리를 살짝 비워주며 거기 앉으라는 듯이 바닥을 두드렸다.

다카노는 가까이 있던 웨이터에게 샴페인 잔을 받아 들고 가까이 다가갔다.

"저 남자가 좀 전에 얘기했던 사람이니?"

세라 옆에 있던 아가씨가 그렇게 물은 순간, 옆에 있던 여자들이 일제히 다카노에게 의미심장한 시선을 보냈다. 다카노는 조심스럽게 미소를 살짝 머금었다.

나쁜 얘기를 한 것 같지는 않았다. 평가를 내리는 듯한 여자들의 시선을 받으며 다카노가 세라의 옆자리에 앉았다.

"이쪽은 다카노 가즈히코 씨. 내 남동생이 그쪽에서 유도를 배웠죠, 선생님?"

세라가 장난을 쳐서 다카노도 미소를 지었다.

가까이서 세라를 보니, 가무잡잡한 피부가 더욱 요염해서 사막 같은 눈동자 빛깔이 훨씬 더 두드러졌다.

문득 시선을 느낀 다카노가 얼굴을 들었다. 어젯밤에도 만났던 세라 오빠의 여자 친구가 싸늘한 눈빛으로 이쪽을 쳐다보고 있었다. 다카노가 살짝 목례를 했지만, 그녀는 무시하고 자리를 떠났다. 그러고는 커다란 꽃병에 꽂힌 꽃을 집어 들고 빙글빙글 돌리며 저택 안쪽으로 들어갔다.

"다카노 씨는 여자 친구 없어?"

세라의 여자 친구 중 한 명이 당돌하게 물어서 다카노는 "없어요"라고 대답했다.

"좋아하는 타입은?"

또 다른 친구의 질문에 다카노는 말없이 세라를 가리켰다. 곧바로 놀리는 소리가 터져 나왔고, 당황한 세라가 "거짓말쟁이!"라며 다카노의 어깨를 때렸다.

이치조에게 신호가 들어온 것은 그 후 얼마 지나지 않아서였다. 다카노는 자리에서 일어나서 화장실에 가는 척하며 저택 안으로 들어갔다.

"세라의 아버지와 어머니가 예정보다 일찍 들어올 것 같다. 지금 바로 움직일 수 있나?"

이치조의 질문에 다카노는 "네"라고 작은 목소리로 대답했다.

"지금 어디야?"

"현관홀입니다."

"주위에 누가 있어?"

"웨이터 두 사람."

"홀 안쪽에 화장실이 있어."

"네. 지금 그 앞입니다."

"안으로 들어가."

다카노는 문을 밀어서 열었다. 일반 가정의 화장실과는 확연히 달랐다. 남녀 구별은 물론 있지만, 안으로 들어가자 일본인 건축가가 디자인해서 그런지 모형 정원처럼 꾸며져 있었고, 아마 건축가는 반대했을 테지만 돌을 파낸 소변기 옆에는 시시오도시(죽통에 물이 차올랐다 쏟아지면서 떨어지는 반동으로 돌을 때려 소리를 내게 만든 장치)까지 설치되어 있었다.

"그곳 창문을 통해 밖으로 나와서 벽을 타고 2층으로 올라가."

이치조가 지시한 대로 다카노는 창을 열었다. 시시오도시를 디딤대 삼아 창밖으로 나갔다.

벽에 있는 통기구를 타고, 눈 깜짝할 새에 2층 창문에 손을 걸었다.

"이 창문은?" 다카노가 물었다.

"깨지 마! 그 앞에 있는 발코니까지 이동해!" 당황한 이치조의 목소리가 들렸다.

빗물받이를 타고 발코니로 돌아들었다. 몸을 웅크리지 않으면 안뜰 손님들에게 훤히 보인다.

"거기 잠긴 문을 열어."

벽 한가득 담쟁이덩굴이 뻗어 있었고, 그 안에 유리문이 보였다. 다카노는 간단히 잠긴 문을 열고 실내로 들어갔다. 그 안은 드넓은 서재였는데, 벽 한 면에 책장이 설치되어 있었고, 마호가니 책상 위에는 어울리지 않게 팩스 기능이 딸린 전화기가 있었다.

"책상 위의 전화 말인가요?" 다카노가 물었다.

"맞아. 할 수 있겠나?"

"네, 3분이면."

다카노는 재빨리 수화기의 송화구를 열고 도청기를 장착시켰다. 실내는 고요해서 벽에 걸린 시계 소리까지 들렸다.

'완료했습니다'라고 말하려는 순간, 방문 너머에서 소리가 들렸다. 자물쇠를 열려고 했다. 다카노는 수화기를 내려놓고, 재빨리 발코니로 도망치려 했다. 그러나 한발 앞서 문이 먼저 열렸다.

다카노는 몸에서 힘을 뺐다. 몸뿐만 아니라 표정에서도 긴장감을 감췄다.

다카노가 살짝 멍한 얼굴로 돌아봤다. 서 있는 사람은 세라 오빠의 여자 친구였다.

다카노 못지않게 그녀도 매우 놀랐다.

"어, 어디로 들어온 거야?"

서둘러 안으로 들어와서 손을 뒤로 뻗어 문을 닫은 그녀가
말했다.

"그쪽으로." 다카노가 시치미 뗀 얼굴로 문을 가리켰다.

"여기서 뭐 해?"

여전히 상황 파악이 안 되는지, 그녀의 눈동자가 미세하게
흔들렸다.

"이 집, 일본 사람이 설계했대. 평소 건축에 흥미가 있어서
어슬렁어슬렁 구경하다 보니 여기까지 와버렸네."

"허락도 없이?"

그녀의 질문에 "그쪽은?"이라고 다카노가 되물었다.

그녀는 아무 대답도 하지 않았다. 그러나 방에서 나가려고
하지도 않았다.

"이름, 아직 안 물어봤지?" 다카노가 물었다.

실내를 둘러본 그녀가 다카노 혼자라는 걸 알았는지, "일본
어로 해도 돼. 난 미키. 도야마 미키"라며 갑자기 일본어로 말
했다.

"일본인이야?" 다카노가 놀랐다.

"국적은 미국. 일본에서 살았던 적은 없어."

완벽한 일본어였다.

침묵이 흐르고, 안뜰에서 솟구친 웃음소리가 조용한 방 안
까지 어렴풋이 들려왔다.

"음, 너, 진심으로 세라를 노리니?"

미키라고 이름을 밝힌 여자가 누드 컬러의 드레스 자락을 잡고 걸어가 큰 소파의 팔걸이에 앉았다.

"무슨 뜻이야?"

다카노가 그 모습을 눈으로 좇았다.

"목적이 뭔데?" 미키가 깔보듯이 웃었다.

"목적?" 다카노가 놀라는 척했다.

"그 나이에 벌써부터 돈 많은 여자를 노리나? 미리 말해두겠는데, 네가 이 파티에 올 만한 수준의 인간이 아니란 건 알아."

"무슨 의미야?"

"너는 세라나 매트 주위에 있는 부잣집 애들이랑은 달라. 그건 아무리 감추려 해도 냄새가 풀풀 풍기거든. 예를 들면 그렇게 보란 듯이 복고풍 파텍 필립을 손목에 차도 그 냄새는 절대 지워지지 않아."

"너랑 같은 냄새가 난다는 뜻인가?"

다카노는 얘기를 계속하는 미키의 말문을 가로막듯 받아쳤다.

"네가 그렇게 생각하고 싶으면, 그래도 상관없어."

말투는 냉랭했지만, 진심으로 화가 난 것 같지는 않았다.

"아무튼 둘 다 노력해보자. 세라나 매트에게 사랑받으면, 우리 인생도 바뀔 테니까."

다카노는 아무 대꾸도 하지 않고, 평범하게 문을 통해 나가려고 했다. 그 순간 "저기, 잠깐"이라며 그녀가 말을 건넸다.

"……우리, 서로 협력할래?"

그렇게 제안하는 미키의 눈을 다카노가 똑바로 쳐다보았다.

"협력이라니?"

"우리 둘 다 목적이 같은 건 분명하잖아. 너는 세라. 나는 매트."

진지한 제안 같기도 하고, 놀리는 것 같기도 했다.

"난 너처럼 누군가를 타산적으로 사랑하려고 한 적은 없어." 다카노가 웃었다.

"아군이 될 수 없다면, 앞으로도 우린 적이네." 미키도 웃었다.

다카노는 아무 말 없이 방에서 나와 문을 닫았다. 닫힌 문 너머에서 미키의 큰 웃음소리가 들렸다. 다카노도 왠지 방금 자기가 뱉은 대사에 웃음이 솟구쳤다.

안뜰로 돌아가자, 조금 늦게 도착한 세라의 남자 친구가 와 있었다. 그의 부모는 해운업으로 성공한 싱가포르 화교이며, 본인은 작년에 케임브리지대학을 졸업하고 현재는 홍콩에서 영국 자본의 텔레비전 방송국에서 일하는 듯한데, 나중에는 가업을 잇기로 예정되어 있다.

가서 보니 붙임성 있는 남자로, 세라를 데리고 초대한 손님들을 돌며 인사를 건넸고, 그들이 가는 곳마다 웃음꽃이 피었다.

그 후, 이치조로부터 "장착한 도청기가 문제없이 작동한다. 밖으로 나와"라는 연락이 들어왔다.

다카노가 세라에게 인사하러 가자, 그녀는 남자 친구를 놔 두고 현관까지 배웅을 나와주었다.

"왜 이렇게 일찍 가. 무슨 다른 예정이라도 있어?"

사라의 질문에 "지금부터는 가족이랑 크리스마스 파티야" 라고 다카노가 대답했다. "……하긴 뭐, 이미 후식 시간이겠지 만, 마지막에 살짝 들어가면 세이프. 크리스마스 정도는 착한 아들 노릇도 해줘야지."

다카노의 거짓말에 세라는 호감을 느끼는 것 같았다.

저택 부지에서 나오자마자 인터콤을 귀에 꽂았다. "나왔어 요"라고 보고한 순간, "조금 전 미키라는 여자, 어떻게 생각해?" 라며 이치조가 웬일로 다카노의 의견을 구했다.

"신데렐라를 꿈꾸는 흔하디흔한 여자 아닐까요." 다카노가 걸어가며 대답했다.

해안도로로 나왔을 때, 눈앞에 이치조가 탄 아우디가 다가 오더니 옆에 와서 멈췄다. 다카노는 조수석에 올라탔다.

"정말로 그렇게 생각하나?"

액셀러레이터를 밟는 동시에 이치조가 물었다.

"네?"

"미키라는 그 여자 말이야."

"아아, 네. 딱히 문제는……."

"다카노, 중요한 걸 하나 알려주지. 앞으로 네게 도움이 될 거야."

자동차 속도가 더 빨라져서 라이트에 비친 흰색 차선이 차 안으로 달려드는 것 같았다.

"……너는 그 미키라는 애를 속였다고 생각하겠지. 돈 많은 여자를 노리는 지골로로 보이면 그만일 테니까. 그런데 말이야, 아무래도 이 말은 해줘야겠어. 자기가 속이는 상대에게는 반드시 자기도 속아. 꼭 명심해둬."

세라의 집에서 1킬로미터쯤 떨어진 장소에서 자동차가 멈췄다. 바닷가에 자리 잡은 쇼핑센터인데, 건물은 물론이고 주차장까지 크리스마스 조명으로 장식되어 있었다.

"저기 오토바이가 있어. 여기서 옷을 갈아입고, 세라 집 앞에서 미키라는 그 여자를 감시해. 나오면 뒤를 밟아. 그 여자도 무슨 목적을 갖고 서재에 들어간 게 틀림없어. 그 목적을 알아내."

자동차 라이트가 앞 유리 너머에 있는 BMW 오토바이를 비추었다.

"하지만 저는 그 여자가 뭘 숨기는 것 같진 않았어요. 단지 자기랑 같은 목적으로 그 가족에게 접근하는 나를 경계하는 것 같은데."

"잔말 말고 시키는 대로 해."

그렇게 대꾸한 이치조의 말투에서는 절대적인 자신감이 묻어났다.

그날 밤, 미키를 태운 자동차는 자정이 지난 무렵에 저택 부지에서 나왔다. 운전하는 사람은 세라의 오빠였고, 몹시 취했는지 차가 크게 비틀거렸다. 다카노는 거리를 상당히 벌린 후 추적하기 시작했다.

차는 끝없이 이어지는 바닷가 외길을 지나 서서히 시내로 접어들었다.

몇 번이나 교통체증에 막히면서도 결국 차는 중환(中環)에 있는 만다린 오리엔탈 호텔로 들어갔다. 미키와 세라의 오빠는 차를 맡기고 호텔 안으로 들어갔다. 다카노도 오토바이를 세운 후, 그 뒤를 따라갔다.

두 사람은 바로 20층 스위트룸으로 모습을 감췄다. 방 번호를 확인한 후, 종업원용 로커 룸으로 숨어들어 룸서비스 담당자의 유니폼을 훔쳤다. 곧장 20층으로 돌아가 방문이 보이는 비상계단에 몸을 숨겼다.

미키가 방에서 나온 것은 그로부터 두 시간쯤 지난 후였다. 청바지에 하얀 셔츠를 받쳐 입은 편안한 차림새였고, 세라의 오빠는 나올 기미가 없었다. 이미 새벽 2시가 지나 있었다.

그런데 미키가 탄 엘리베이터는 로비로 내려가지 않았고,

어찌 된 영문인지 한 층 아래인 19층에서 멈췄다.

다카노는 비상계단을 뛰어 내려갔다.

19층 복도로 나가자, 미키가 복도로 걸어가고 있었다. 다카노는 제모를 깊이 눌러쓰고, 그 뒤를 쫓았다.

미키는 복도 중간에서 걸음을 멈췄다. 어느 방의 문을 노크했다.

다카노는 바로 앞에서 몸을 숨겼다.

미키가 다시 노크했다. 그 묵직한 소리가 복도에 울려 퍼졌다. 문이 열린 순간, 다카노는 다시 걸음을 내디뎠다. 고개를 숙인 채로 차츰 속도를 높였다.

미키를 맞아들인 사람은 남자였다.

"매트는 잠들었어"라는 미키의 말에 "이 방에서는 못 잔다"라며 웃는 남자 목소리가 들렸다.

문이 닫히기 직전, 다카노는 방 앞을 스쳐 지나갈 수 있었다. 10센티미터쯤 벌어진 문틈으로 실내가 보였다.

남자는 이쪽으로 등을 돌리고 있었다. 그러나 그 얼굴이 방의 유리창에 비쳤다.

문이 닫혔다. 다카노는 엉겁결에 "어?" 하고 소리를 흘렸다.

유리창에 비친 사람은 야에스의 '와쿠라 토지'에서 싸우고, 같이 가로수로 뛰어내려 도망친 데이비드 김이라는 남자였다.

8장
기리시마산의 수원(水源)

다음 날 아침, 먼저 호텔에서 나온 사람은 세라의 오빠와 도야마 미키라고 이름을 밝힌 일본인 여자 친구였다.

두 사람은 입구에 세워진 차에 장난을 치듯 올라타더니 곧장 상환(上環) 방면으로 달려갔다.

2층 라운지에서 감시하고 있던 다카노는 두 사람을 쫓아가지 않았다. 그런데 한 시간쯤 지나니 예상했던 대로 데이비드 김이 트렁크를 끌고 나왔다.

다카노는 먼저 무선으로 이치조에게 알렸다.

택시를 타겠느냐고 묻는 도어맨에게 고개를 저은 데이비드가 큰길로 걸어 나갔다.

"걸어가네요."

다카노가 보고했다.

"오토바이는 거기 두고 가." 인터콤에서 이치조의 목소리가 들렸다.

다카노는 라운지에서 계단을 뛰어 내려와 데이비드 뒤를 쫓았다. 밖으로 나온 순간, 거리의 소음에 휩싸였다. 정체된 큰길에서는 경적 소리가 계속 울려 퍼졌다.

데이비드는 첫 번째 모퉁이에서 호텔을 감싸듯이 돌아들며 뒤편으로 걸어갔다. 다카노도 적정한 거리를 확보하며 그 뒤를 쫓았다.

똑같이 모퉁이를 돌아서려는 순간, 바로 앞에 멈춰 선 데이비드가 프랑크 뮐러 진열장을 구경하고 있었다. 다카노는 허둥지둥 몸을 숨겼다.

"왠지 여유롭네요. 손목시계를 구경하고 있어요." 다카노가 무심코 보고했다.

"트렁크를 들고 호텔에서 나온 걸 보면 어딘가로 이동하겠지. 공항으로 가면 택시일 테고, 아무튼 혹시 그 녀석이 홍콩에 마련해둔 보금자리로 간다면 그 장소만이라도 알아내."

"도야마 미키라는 여자랑 한패인 걸 보면 저 녀석도 세라의 집이랄까, 'V. O. 에퀴'의 홍콩 지사를 캐고 있다는 뜻이겠죠?"

다카노의 질문에 이치조의 대답은 없었다.

"이치조 씨, 한 가지 질문해도 돼요?" 다카노가 다시 말을 걸었다.

"······우리 일이라는 게 항상 이런 느낌인가요?"

"이런 느낌이라니, 그게 무슨 말이야?"

"이렇게 자기가 뭘 하는지 모른다고 할까, 그저 지시받은 대로 할 뿐이고, 그것이 어떤 정보인지, 무슨 도움이 되는지도 모른 채로 움직인다고 할까······."

다카노는 말을 하면서 데이비드를 확인했다. 여전히 진열장을 바라보고 있었다.

"내가 아무것도 모르고 널 움직인다고 생각하나? 너도 차츰 여러 가지를 알게 될 거야. 그리고 그때는 네 판단으로 모든 걸 하게 돼. 단, 아무도 가르쳐주지 않지. 스스로 생각하는 거야. 내가 지금 뭘 하는지, 뭘 위해 하는지, 작은 실마리에서 스스로 알아내야지."

다카노는 대답하지 않았다. 그 대신 하늘을 올려다봤다. 금방이라도 이쪽으로 무너질 것 같은 고층 빌딩이 자신을 에워싸고 있었다.

지금 이치조가 한 말을 나는 원하는가, 원하지 않는가.

다카노가 다시 얼굴을 내밀었다. 그런데 거기에 데이비드의 모습은 보이지 않았다.

허둥지둥 달려가 다음 모퉁이에서 걸음을 멈췄다. 좌우를 확인해봤지만, 역시나 데이비드는 보이지 않았다.

"없어요. 놓쳤어요."

다카노는 이치조에게 보고하며 손목시계 진열장까지 돌아왔다. 옆에 호텔로 들어가는 문이 보였다. 혹시 안으로 들어갔을지 몰라서 확인하려고 문을 민 순간, 누군가가 어깨를 낚아챘다.

유리문에 시치미 뗀 표정을 한 데이비드가 비쳤다.

"너, 미행이 너무 서툴다."

유리문에 코웃음을 치는 얼굴이 비쳤다.

다카노는 어깨에 놓인 손을 거칠게 뿌리쳤다.

"나한테 무슨 용건이야? 뻔뻔하게 뒤를 쫓은 걸 보면 뭔가 용건은 있겠지? ……너, 다카노지? 도쿄의 '와쿠라 토지'에서 만났잖아?"

그렇게 말한 데이비드가 손을 뻗어 인터콤을 뽑으려 했다.

다카노가 그 손을 난폭하게 뿌리쳤다.

"……야, 넌 아직도 베이비시터가 붙어 있냐?"

데이비드가 인터콤을 가리키며 웃었다.

다카노가 귀에서 인터콤을 뺐다. 둘 사이로 여행객인 듯한 백인 노부부가 걸어갔다.

"대체 알고 싶은 게 뭐야? 뭐든 알려주지."

데이비드가 그렇게 말하며 또다시 웃어젖혔다.

"너, 필리프한테 귀여움 좀 받았던 것 같은데." 다카노가 처음으로 입을 열었다.

"필리프?"

"랭스의 필리프 말이야."

다카노의 말에 순식간에 얼굴이 일그러진 데이비드가 "무, 무슨 소리야?"라며 당황했다.

"뭐, 그런 얘기는 아무래도 상관없어. 그보다 왜 내가 가는 곳마다 항상 네가 나타나는지 알려줘."

데이비드는 필리프 얘기가 여전히 마음에 걸리는지, "야, 말 조심해. 난 그런 놈하고는 아무 관계 없어"라며 침을 튀겼다.

당황해하는 모습을 보며 다카노가 소리 내어 웃었다. 랭스의 수도원 벽에 있었던 낙서는 역시나 눈앞의 남자가 쓴 듯했다.

"방금 네가 뭐든 알려준다고 했지?" 다카노가 물었다. 동요하는 데이비드를 앞에 두고 주도권을 잡았다.

"……그럼, 알기 쉽게 간단히 말해. 네가 지금 어디로 가는지. 혹시 이곳 홍콩에 은신처가 있다면, 그 장소. 그것만 알면 네 뒤는 더 이상 밟지 않아."

데이비드는 하얀 셔츠 한 장 차림이었다. 찬찬히 보니 오른쪽 어깨가 부자연스럽게 올라와 있었다. 탈골이라도 됐는지 붕대로 고정시켜둔 것 같았다. 설마 '와쿠라 토지' 5층에서 뛰어내릴 때 입은 부상이 아직까지 남아 있을 것 같지는 않았다. 그렇다면 눈앞의 남자는 그 후에도 다시 어딘가에서 그때랑 비슷한 일을 했다는 뜻이다.

"그런 건 바로 알려주지. 이곳 홍콩에 은신처 같은 건 없어. 난 지금부터 서울로 돌아가. 못 믿겠으면 항공기와 편명이 뭔지 비행기표라도 보여줄까?"

그렇게 말한 데이비드가 거리로 시선을 돌리고 달려오던 택시를 향해 손을 들었다.

"어차피 어디서든 또 만나겠지? 아, 참. 야나기라는 녀석도 네 동료지? 안부나 전해줘라."

데이비드가 멈춰 선 택시의 문을 열었다.

"야!" 다카노가 무심코 불러 세웠다.

"……너, 야나기를 알아? 언제, 어디서 만났어?"

"그런 건 그 녀석한테 물어봐."

이상하다는 듯이 고개를 갸웃거린 데이비드가 택시에 올라탔고, 차는 좁은 골목길을 벗어나 큰길로 달려갔다.

야나기의 이름이 나온 사실에 몹시 동요되어 몸이 움직이지 않았다. 택시가 시야에서 사라진 후, 다카노는 허둥지둥 인터콤을 귀에 꽂았다.

"드, 들렸어요?"라고 묻자, "너, 지금 그 녀석이랑 아는 사이야?"라고 오히려 이치조가 물었다.

"아니, 뭐 어림짐작이긴 한데, 예의 그 랭스의 수도원에 녀석이 쓴 것 같은 낙서가 있었어요. ……그보다 야나기도 이 임무에 참여했나요?"

"야나기?"

"네. 방금 녀석이 말했잖아요."

"모르겠는데. 누구야?"

"저랑 같이 얼마 전까지 나란토에서 살았던 녀석인데……."

"흠, 글쎄……. 난 안 맡았어."

다카노는 무심코 주위를 둘러보았다. 있을 리 없겠지만, 북적거리는 거리 한 모퉁이 어딘가에 야나기가 서 있을 것 같은 기분이 들었다.

"방금 그 데이비드라는 녀석이 'V. O. 에퀴'의 홍콩 지사와 '와쿠라 토지'를 캐는 걸로 봐선 우리와 목적이 같군. 뭐 하긴, 어느 쪽이 먼저 정보를 잡느냐에 달렸지."

귀에 닿는 이치조의 목소리에 다카노는 야나기를 찾는 걸 포기했다.

"그 녀석도 AN 통신 같은 어떤 조직에 들었겠죠?"

다카노가 질문하자, "너랑 별 차이 안 나는 젊은 녀석이지? 그렇다면 아직 혼자는 아닐 거야. 어떤 조직 혹은 배후에서 누군가가 조종하는 흑막이 있을 테고, 그쪽을 위해 일하겠지"라고 이치조가 알려주었다.

다카노는 자기가 길 한복판에 서 있는 걸 그제야 알아차리고, 허둥지둥 건물 기둥 쪽으로 비켜섰다.

"넌 바로 호텔로 돌아가고, 오늘 비행기로 일본으로 돌아가."

"나란토로요?"

"달리 갈 곳이 있나?"

"아뇨, 없는데요."

"자, 그럼."

어이없이 통신이 뚝 끊겼다.

다카노는 이어폰을 빼고, 하늘을 다시 올려다봤다. 주위를 둘러싼 초고층 빌딩들의 간격이 아까보다 더 좁혀진 것처럼 보였다. 그대로 서 있다가는 빌딩들에 뭉개져버릴 것 같아서 다카노는 허겁지겁 걸음을 내디뎠다.

그러나 골목에서 차터 로드로 나가도 사방을 에워싸는 고층 빌딩들은 변함이 없어서 차츰 숨이 막혔다. 빌딩과 빌딩 사이를 이어주듯 넓은 중앙 광장이 펼쳐지고, 도로는 지하터널로 향해서 지금 자신이 있는 곳이 지상인지 지하인지도 알 수가 없었다.

"……야나기라는 녀석도 네 동료지? 안부나 전해줘라"라고 데이비드는 말했다. 야나기는 데이비드를 만났다.

다카노는 걸음을 멈췄다. 때마침 신호가 바뀌고, 스크램블 교차로에서는 수많은 보행자들이 복잡하게 얽히고설키며 지나갔다. 혼자만 멈춰 선 다카노는 째깍째깍 시끄럽게 울려대는 신호기를 바라보았다. 급히 걸어가는 사람이 다카노의 등에 부딪쳤다. 저쪽에서 건너온 보행자들은 다카노 따윈 없는 것처럼 획획 스쳐 지나갔다.

야나기는 나랑 같은 임무를 맡은 게 아닐까. 그런 와중에 종적을 감추지 않았을까. 아니, 단순히 종적만 감춘 게 아니라, 이임무 중에 얻은 정보를 훔쳐서 달아난 것이다.

이치조는 야나기를 모른다고 했다. 이치조가 나를 감독하듯이, 야나기에게도 분명 이치조 같은 감독자가 있었겠지.

눈앞으로 홍콩의 빨간 택시가 몇 대나 달려갔다.

첫 시작은 도쿠나가가 건네준 'V. O. 에퀴'의 자료였다. 모두암기하라고 시켰고, 그것이 도쿄 야에스에 위치한 '와쿠라 토지'에 침입했을 때 도움이 되었다. 'V. O. 에퀴'의 자료를 의무적으로 읽었을 때는 물론이고, 명령받은 방법대로 '와쿠라 토지'에 몰래 침입하고, 명령대로 데이터를 빼내고, 난데없이 나타난 데이비드와 격투를 벌이고, 급기야 5층 창문에서 뛰어내릴 때조차도 자기가 뭘 위해 그런 일을 하는지 전혀 생각해보지 않았다.

그냥 시키는 대로 한다.

단지 그런 이유로만 몸이 움직였다. 그리고 그러면 된다고생각했다.

그러나 당연한 얘기겠지만, 거기에는 목적이 있다. 아마도 'V. O. 에퀴'와 '와쿠라 토지'의 관계를 알게 됨으로써 이익을얻는 사람이 있을 것이다. 그 누군가를 위해 나는 두툼한 자료를 읽고, 낯선 남자와 격투를 벌이고, 5층 창문에서 뛰어내렸다.

정신을 차려보니 또다시 신호가 바뀌어 있었다. 귀에 거슬리는 째깍째깍 소리가 울려 퍼지고, 수많은 보행자들이 횡단보도를 건너갔다.

다카노도 걸음을 내디뎠다.

야나기는 무엇을 손에 넣었을까. 문득 야나기도 이곳 홍콩에 있을 것 같은 기분이 들었다. 이 도시를, 아니 이 횡단보도를 건너는 야나기의 모습이 보였다.

야나기가 어떤 정보를 손에 넣었는지 알아내면, 뭔가가 보일지도 모른다. 적어도 야나기가 얻은 정보를 원할 만한 사람이 드러날 것이다. 그렇다면 야나기는 틀림없이 그쪽과 접촉을 시도할 것이다.

신비롭고 묘한 감각이었다. 갑자기 시야가 탁 트이는 느낌이었다.

다카노는 왠지 체육대회 준비 때 응원 깃발에 그렸던 별이 총총한 밤하늘이 떠올랐다.

그때 봤던 것은 노란색 물감을 묻힌 붓 끝이었다. 그런데 그 붓은 커다란 응원 깃발 위에 있었다. 그리고 그 응원 깃발은 떠들썩한 교실 바닥에 펼쳐져 있었고, 교실은 어스름한 학교 안에 있었고, 학교는 훨씬 더 어둑한 나란토의 숲으로 에워싸여 있었다. 남쪽 바다에 떠 있는 그 섬은 그 순간, 눈이 부실 듯이 빛나는 진짜 밤하늘 아래 있었던 것이다.

지극히 당연한 그런 사실을 난생처음 깨달은 것 같았다.

*

"구름이 심상치 않은데요."

핸들로 몸을 내민 이치조가 앞 유리 너머로 하늘을 올려다봤다.

조수석에서 지도를 펼치고 있던 가자마도 잔뜩 흐린 눈구름을 올려다봤다. 눈구름은 규슈 남부의 기리시마산 하늘에 무겁게 드리워져 있었다.

"이런 산중에서는 눈이 오기 시작하면 눈 깜짝할 새에 쌓여요. 이 차, 트렁크에 체인 없었죠? 규슈 렌터카라 그런 게 있을리 없겠지. 다른 자동차도 그럴 테니, 눈이 쌓이기 시작하면 오도 가도 못하고 난리가 날 겁니다."

이치조는 불안해서 그런지 말이 많아졌다. 액셀러레이터를 밟으며 느긋하게 달리는 왜건을 추월하려 했다. 그러나 결코 전망이 좋은 직선 도로가 아니어서, 바로 앞에서 오른쪽으로 도는 급커브가 가까워졌다. 이치조는 커브에 도착하기 직전에야 왜건을 추월했다. 곧이어 맞은편 차선에서 대형트럭이 달려왔다.

바로 옆에서 엇갈려서 그 풍압에 차가 붕 떠올랐다.

"그렇게 한 대씩 추월해봐야 달라질 것도 없어." 가자마가 이치조의 난폭한 운전을 나무랐다.

"어쨌든 눈 오기 전에 호텔에 도착해야죠."

이치조가 다시 앞 차를 추월하려 했다.

연휴 첫날인 오늘, 기리시마산의 드라이브 코스에는 수많은 차들이 꼬리를 물고 달렸다. 공교롭게 궂은 날씨라 전망이 좋지는 않았지만, 그런데도 가족 나들이 차량들은 관광하는 속도로 느긋하게 달렸다.

"얼마 전까지 홍콩에 있어서 그런지 훨씬 더 춥게 느껴지네요. 밖은 이미 영하로 떨어졌겠죠."

이치조가 난방을 세게 틀어서 따뜻한 바람이 가자마의 발밑에서도 뿜어져 나왔다.

"홍콩에서 다카노는 어땠나?" 가자마가 사무적으로 물었다.

"다카노요? 그 녀석, 우수해요. 이것저것 생각하지 않는 면이 특히 좋고."

"이것저것 생각하지 않는다?"

"네. 인간은 보통 어떤 행동을 할 때, 자기가 왜 그걸 하는지 조금은 생각하기 나름이잖아요. 예를 들면 저는 지금 차를 운전하는 중인데, 일단 눈이 내리기 전에 기리시마 호텔에 도착해야 한다는 의식이 있어요. 그런데 그 다카노라는 녀석한테는 그게 없는 것 같단 말이죠. 예를 들어 지금 그 녀석이 이 차를 운전한다면, 아마 녀석의 머릿속에는 차를 앞으로 운전하는 것, 오로지 그 생각뿐일 것 같은 기분이 들어요."

"단지 부리기 편하다는 뜻인가?" 가자마가 물었다.

"간단하게 말하면, 그렇긴 한데…… 연속성이란 게 없단 말이죠, 그 녀석한테는."

"연속성?"

"예를 들면 오늘, 어느 장소에 침입해서 도청기를 설치하라고 명령하잖아요? 그럼 녀석은 간단히 그걸 해내요. 그리고 다음 날에 이번에는 어떤 남자를 미행하라고 명령하죠. 녀석은 그것 역시 순종적으로 해냅니다. 일반적으로 인간이란 존재는 그 양자에 어떤 연관성을 부여하게 마련인데, 녀석에게는 그런 게 전혀 없어요. 거칠게 표현하자면, 녀석과 홍콩에서 며칠 같이 지냈는데, 오늘의 그 녀석과 어제의 그 녀석이 연결이 안 돼요. 마치 매일 다른 사람을 만나는 느낌이란 말이죠."

가자마는 말없이 그 얘기를 들었다.

해리성 정체장애. 가루이자와의 집에서 다카노를 맡기로 결정 났을 때, 담당 의사가 맨 처음 설명해준 말이다.

인간은 유아기에 극심한 학대 피해를 당하면, 분열된 인격이 형성된다.

혹독한 학대 속에서 살아갈 수밖에 없는 아이는 그 순간순간을 살아가게 된다. 시간을 잘게 구분함으로써 눈앞의 폭력을 견뎌내고, 그 회오리가 사라지는 동시에 바로 직전에 자기가 경험한 끔찍한 사건을 잊어버리려 한다.

그들은 무슨 일에서나 연속성에 공포를 느낀다. 시작된 것은 끝난다. 그것이 설령 공포의 연속일지라도 끝나지 않는 공포보다는 반복되는 공포로 인식함으로써 어떻게든 살아남으려고 발버둥을 치는 것이다.

"아, 드디어 내리기 시작하네요."

이치조의 목소리에 가자마는 제정신이 들었다.

흡사 하늘이 더는 못 견디고 터뜨려버린 눈물 같은 눈이었다. 기리시마산의 하늘에서 묵직해 보이는 함박눈이 춤을 추며 떨어졌다.

"이러면 순식간에 쌓여요."

이치조의 말대로 하늘에서 쏟아진 함박눈은 주위의 나무에 쌓여갔다. 산줄기의 숲이 불과 몇십 초 만에 은세계로 변했다.

"호텔까지 얼마나 남았지?" 가자마가 물었다.

"아직 5, 6킬로미터나 남았어요. 이렇게 쏟아지면 아마 그 전에 꼼짝 못 하게 될 겁니다."

앞 유리 너머는 벌써 눈보라로 바뀌어서 시야가 순식간에 좁아졌다.

가자마는 조수석에 앉은 자기가 당황해봐야 아무 소용 없을 테니, 들고 있던 지도로 시선을 떨어뜨렸다.

지도라고는 해도 시중에서 판매하는 도로지도 종류가 아니라 관청에서 발행한 '기리시마 긴코완 국립공원' 자료였고, 특히 기리시마산을 중심으로 반경 20킬로미터 정도의 범위가 나온 구역 지도였다.

상세한 구역 지도는 식물 채취도 금지된 특별보호지구에서부터 구축물 신축에 일정한 허가가 필요한 보통 지역까지 각각 다른 색깔로 자세히 표시되어 있었다.

"'와쿠라 토지'의 자료는 이미 봤지?" 가자마가 물었다.

다시 핸들로 몸을 내밀고 실눈을 뜨며 눈보라 속을 운전하던 이치조가 "아, 네. 다카노가 빼낸 자료 말이죠"라며 고개를 끄덕였다.

"어떻게 생각해?"

"다카노 일 말입니까?"

"아니, '와쿠라 토지'의 동향 말이야."

"'와쿠라'가 이 주변 삼림을 닥치는 대로 사들이는 건 틀림없어요. 기리시마의 특별보호지구와 특별 지역, 게다가 일부 보통 지역을 제외한 장소인데, 소유주가 확실한 곳은 별개지만, 이른바 계쟁지(係爭地)라 불리는 장소와 관련해서는 제 계산으로는 이미 40퍼센트 가까이 매수했습니다."

다카노가 '와쿠라 토지'에서 훔쳐낸 자료에는 이 주변 일대의 삼림 매수 계약서가 많이 들어 있었다.

지도로 보면 '와쿠라 토지'가 매수한 지역의 거의 대부분은 기리시마산의 남부에 위치하며, 기리시마강, 아모리강 등 주요 하천 상류에 점재한다.

물론 이들 하천은 모두 기리시마산에서 가고시마만(灣)으로 이어지며 가고시마 시의 수원(水源)이 된다.

"요즘 중국계 기업의 물 사재기 얘기가 가끔씩 귀에 들어오잖아요?"

이치조가 물어서 가자마는 "어" 하며 고개를 끄덕였다.

"중국이 이대로 발전을 계속하면, 틀림없이 가까운 장래에 절망적인 물 부족 사태를 맞을 테고, 그것을 예측한 투자가 행해지고 있다는 이야기……."

이치조의 얘기에 가자마는 말없이 고개를 끄덕였다.

"……실제로 이곳 기리시마뿐만 아니라 나가노나 도호쿠 쪽에도 비슷한 사안이 꽤 많은 듯한데, 저로서는 조금 납득이 안되는 점이 있어요."

"그 말은?"

"그렇잖아요, 잠깐만 생각해봐도 타산이 안 맞는 건 훤히 알수 있어요. 예를 들어 여기서 채취한 물을 본국으로 옮긴다 해도 석유가 아니니 당연히 비용 쪽이 더 높아지겠죠. 그렇다고 일본과 중국 사이에 가스처럼 파이프를 놓는 것도 현실감이 너무 떨어지고."

이치조가 군이 말하지 않아도 그 정도 지식은 가자마도 있다. 하지만 그렇다면 '와쿠라 토지'는 왜 이 주변 하천의 상류 지역을 갑자기 마구 사들일까. 또한 'V. O. 에퀴'라는 물 메이저 기업이 홍콩 지사를 통해 '와쿠라 토지'와 접촉을 시도하는 동향을 설명하기 어려워진다.

"만약……." 가자마가 입을 열었다.

자료에서 얼굴을 들자, 눈보라는 더욱 거세게 휘몰아치고 있었다. 눈이 쌓여서 바퀴 자국이 두드러져 보였다. 이대로라면 일반 타이어로는 달릴 수 없다.

"……만약에 말인데, 일본의 수도사업이 공공사업이 아니면, 어떻게 되지?" 가자마가 말을 이었다.

"무슨 뜻이에요?"

"지금 말한 그대로야."

"그건 만약의 가정은커녕…… 공상에 가깝지 않나요?"

"글쎄, 그건 충분히 알고 묻는 거야."

가자마의 짜증스러운 목소리에 이치조도 애써 진지한 표정을 지었다.

"뭐, 그러면 얘기가 완전히 달라지죠. 예를 들면 가고시마현(縣)이 독자적으로 수도사업을 어느 기업에 위탁하는 셈이니까, 조금 과장되게 위기를 부추기는 표현을 쓰면, 현 내부의 주요 하천 상류를 확보하는 건 그야말로 수도꼭지를 손에 넣는 거나 마찬가지죠. 그 수도꼭지를 언제 열 것인가, 얼마에 열 것인가는 당연히 그 기업이 결정하게 될 테고요. 하지만 설마 가자마 씨도 일본에서 그런 일이 벌어질 거라고 예상하진 않겠죠? 예를 들면 가고시마현만 단독으로 국가를 무시하는 그런 시스템을 채용할 순 없잖습니까."

"그렇지만 'V. O. 에퀴' 같은 물 메이저 기업이 실제로 움직이고 있어. 세계 각국에서 지금 자네가 말한 것 같은 일을 하고 있는 회사가 말이지."

"그건 그렇지만…… 아무래도 일본에서는 불가능한 얘기예요."

이치조가 어이가 없다는 듯이 웃음을 터뜨렸다. 그 웃는 방식이 어딘지 모르게 기분 나빠서 가자마는 문득 이렇게 웃는 남자였나 하는 생각이 들었다.

"아, 이런, 결국 멈춰버렸네요."

긴 오르막길에서 자동차가 몇 대나 꼼짝 못 하고 있었다.

앞 차가 브레이크를 밟아서 눈앞의 풍경이 한순간 빨갛게 물들었다. 앞 차를 추월할 수도 없는 상황이라 이치조도 브레이크를 밟았다.

긴 오르막길에서 이러지도 저러지도 못하는 자동차들이 다시 달려보려고 애를 써보지만, 체인 장비도 없고 스터드리스 타이어도 아니다 보니 언덕길을 올라가지 못했다. 액셀러레이터를 힘껏 밟을 때마다 뒷바퀴만 공허하게 미끄러지며 헛돌았다.

"어떻게 할까요?"

이치조가 포기했다는 듯이 핸들에서 손을 뗐다.

"호텔까지는 얼마나 남았지?" 가자마가 물었다.

"2킬로미터도 안 될걸요. 걸을까요?"

"차는?"

"그냥 두고 갈 수밖에 없죠."

"내일은 어떡하고?"

"어차피 내일도 못 써요. 길도 얼어버릴 테니까."

이치조는 이미 각오를 다졌는지 문을 열었고, "엇, 추위!"라고 한마디 외친 뒤 밖으로 나갔다.

얼음 같은 바깥 공기가 차 안으로 흘러들어서 가자마는 서둘러 옆에 있던 자료를 가방에 집어넣었다.

앞 차에 탔던 가족도 차를 놔두고 걸어갈 모양이다. 차를 갓길에 세운 후, 운전석에서 내린 아빠로 보이는 젊은 남자가 트렁크에서 짐을 꺼냈다. 뒷좌석에서 초등학생쯤 되는 사내아이 둘이 신이 난 듯이 튀어나왔다.

눈은 더 많이 쌓여갔다. 아스팔트 도로의 흰 선이 먼저 부옇게 흐려졌고, 그러다 이내 사라져버렸다. 숲은 흰색과 검정색만 남은 세상으로 변했다.

가자마와 이치조는 눈을 밟으며 걷기 시작했다. 긴 언덕길에는 오도 가도 못하는 자동차들이 줄 지어 있었고, 대부분의 사람들은 차를 놔두고 걷기 시작했다.

"가자마 씨는 어떤 경위로 AN 통신에 들어왔어요?"

앞에서 걸어가는 이치조의 어깨에도 눈이 쌓였다.

"……전에 어떤 사람한테 가자마 씨도 옛날에는 프리랜서 기자였다는 얘기를 들었는데."

가자마는 돌아보는 이치조에게서 시선을 피했다. 길에는 이치조가 밟은 발자국이 남아 있었다.

"……뭐 하긴, 가자마 씨는 저 같은 피라미 기자는 아니었겠지만."

"자네는 어떤 경위로 들어왔어?" 가자마가 되물었다.

"저요? 저는 뭐…… 스카우트 비슷하다고 할까요. 예전에는 흥미로운 소재만 있으면 그야말로 세계를 누비고 다녔는데, AN 통신에 들어올 마음이 없느냐는 제안을 받았을 때는 마닐라에서 썩고 있던 시기였고, 비자도 끊긴 불법체류 상태라 운신할 수도 없어서 일본인 관광객을 상대로 삐끼 같은 짓이나 했었죠."

긴 언덕길이 이어져서 가죽 구두를 신은 이치조의 발이 몇 번이나 미끄러졌다. 아무래도 더 이상은 걷기 힘들다고 판단했는지 이치조가 멈춰 서서 구두와 양말을 벗었다. 그리고 맨

발로 구두를 신고, 그 위에 양말을 덧신었다.

다행히 운동화였던 가자마는 그런 이치조를 앞질러서 계속 걸어갈 수 있었다.

언덕길 중턱에 허망하게 헛바퀴만 계속 돌리는 자동차가 있었다. 요란한 소리를 내며 헛도는 타이어 밑에서 이리저리 눈조각이 튀었다. 이 언덕을 넘어선다 해도 다음에는 내리막길이라 미끄러질 게 틀림없다.

가자마가 차 안을 들여다보았다. 노령의 남성이 핸들을 쥐고 있었고, 조수석에는 나이가 비슷해 보이는 부인이 파랗게 질린 얼굴로 앉아 있었다.

가자마가 운전석 창문을 두드렸다. 열린 창문으로 차 안의 후끈한 공기가 확 흘러나왔다.

"차로는 이제 힘들어요." 가자마가 말을 건넸다.

"아, 네. 그건 알지만, 할머니를 데리고 걸어갈 수도 없고……."

남자가 불안한 눈길로 조수석의 아내를 바라보았다. 뒷좌석에 지팡이가 있었다.

"저희는 이 앞에 있는 호텔까지 걸어가는데, 그곳 차로 데리러 와달라고 부탁해보겠습니다."

"그러시군요. 아, 그렇게 해주시면 정말 고맙죠. 그렇지, 여보?"

얘기를 나눠보니 그들도 가자마 일행과 같은 호텔로 가는 투숙객이었다. 그렇다면 호텔 측에서 마중을 나올 수 있을 것이다.

가자마는 차종과 번호를 외우고, 서둘러 가기로 했다.

"그렇게 한 사람씩 말을 건네다간 어느 세월에 호텔에 도착할지 몰라요." 이치조가 웃었다.

"도움이 필요한 사람과 그렇지 않은 사람 정도는 구별해." 가자마가 내뱉듯이 말했다.

언덕을 다 올라가자, 한순간에 시야가 탁 트였다.

일단 완성한 기리시마산의 아름다운 그림을 하얀 붓으로 대충 덕지덕지 칠해놓은 듯한 풍경이었다.

가자마는 자기 발밑에 밟히는 눈 소리만 들으며 묵묵히 걸음을 내디뎠다.

가자마 씨는 어떤 경위로 AN 통신에 들어왔어요?

조금 전 이치조가 했던 질문이 되살아났다.

그 당시, 가자마는 어떤 특종을 쫓고 있었다.

발단은 1980년대 초기, NHK에 영리사업에 대한 투자가 허가된 결정이었다. 그 후 NHK는 몇 년에 걸쳐 조직개편을 단행했다. 그 중심이 당시 회장의 주도로 진행된 GNN 계획이었다.

"제가 지금 중요하게 생각하는 것은 일본을 중심으로 아시아 정보를 우리 손으로 모으고, 그것을 미국이나 유럽으로 발신하는 시스템입니다. 그러기 위해서는 아시아 네트워크를 만들어야 합니다. 지구는 자전하니까 아시아의 정보는 NHK가, 유럽의 뉴스는 유럽 방송국이, 미국의 뉴스는 미국 방송국이 모아서, 매일 각각 여덟 시간씩 분담한다. 그렇게 하면 24시간 월드 뉴스가 완성됩니다. 저는 이것을 'GNN 계획'이라고 이름 붙였습니다. 현재 파트너를 찾고 있는 중입니다. CNN의 터너 씨를 험담할 의도는 없지만, 그것은 뉴스를 통해 미국의 가치관을 전 세계에 강요한다고 볼 수도 있겠죠. 아시아의 문제는 아시아 방송국이, 미국이나 유럽과 근접한 문제는 각각의 방송 진행자가 대등한 파트너로서 각각 소재를 내놓으며 24시간 월드 뉴스를 만들면 대단하지 않겠습니까? CNN의 독주를 허락할 게 아니라, 좀 더 다양한 뉴스 네트워크를 만들어가야 마땅합니다."

이것이 당시 회장의 유명한 담화였다.

그러나 이 매력적인 계획은 좌절되었다. 표면적인 계기는 회장의, 어떤 의미에서는 시시한 여자 문제 발각으로 되어 있지만, 실제로는 그 계획에 국산이 아닌 외국산 위성을 쓰려고 한 것에 대해 족의원(族議員)의 반발이 있었다는 소문이 떠돌았다.

국회 답변 후, 회장은 사임 위기에 내몰렸다. 새로운 체제는 전 회장의 방침을 전면 부정했다. 재해 시에는 힘 있는 보도가 있긴 하지만, 일상적으로는 오락으로 특화된 프로그램이 많은 현재의 방송 형태로 방향키를 크게 돌리게 되었다.

가자마가 쫓고 있던 특종은 그 일련의 흐름에서 파생된 내용이었다.

그때 GNN 계획을 위해 설립했던 어느 기업 명의의 '해외 비밀 계좌'의 존재가 가자마의 귀에 들어온 것이다.

그 액수는 10억 엔이라고도 100억 엔이라고도 추정되었다.

일련의 스캔들로부터 반년 후, 가자마는 그 해외 은닉 재산에 관한 기사를 어느 잡지에 기고했다. 기사로 다루기에는 아직 증거가 충분치 않았지만, 여론의 관심이 남아 있을 때 일단 첫 발을 쏘아 올리고, 그때부터 모든 흐름을 폭로해갈 계획이었다.

기사는 반향을 불러일으켰다.

관계자로부터 들어온 밀고도 있어서 싱가포르의 은행, 스위스의 기업 등등 점과 점이 이어지기 직전이었다.

그런 시점에 가자마에게 한 통의 전화가 걸려왔다. 남자는 AN 통신이라고 밝혔다. 며칠 후, 가자마는 방콕에서 그 남자와 대면하게 되었다.

그 대면에서 가자마는 예상을 뛰어넘는 정보를 손에 넣었다. 공개하면 일본은 물론이고 전 세계에 충격을 줄 만한 내용이었다.

그러나 가자마는 그 정보를 기사로 쓰지 않았다. 쓰지 않는 데서 그친 게 아니라, 그 후 이 AN 통신의 일원이 된 것이다.

9장
별을 그리는 소년

갑작스러운 눈보라에 가자마 일행이 도착한 호텔 로비는 공황 상태였다. 산중에 두고 온 차를 염려하는 사람, 돌아갈 길을 걱정하는 사람, 개중에는 일기예보를 좀 더 자세히 알려줬어야 한다며 직원에게 달려드는 사람도 있었다.

정신없이 뛰어다니는 젊은 직원 한 사람을 붙잡은 가자마는 눈보라 속에 차 안에서 마중 오길 기다리는 노부부가 있다는 말을 전했다. 직원 얘기로는 주변 호텔끼리 연대해서 지금부터 마중 버스를 출발시킨다고 했다. 직원은 손에 들고 있던 목록에 가자마가 불러준 차량번호와 차종을 적어 넣었다.

소란한 로비에서 벗어난 가자마와 이치조는 각자의 방으로 향했다. 그날 밤 그 지역의 부동산 브로커와 만날 예정이었지만, 이렇게 눈이 많이 내리면 상대가 나타날지 어떨지 알 수가 없다.

일단은 방에서 대기하기로 하고, 가자마는 혼자 싸늘한 객실로 들어섰다. 갑작스러운 폭설 때문에 객실 담당자도 경황이 없었는지 방이 얼어붙을 정도로 추웠다.

가자마는 외투를 입은 채로 창가에 서서 눈 풍경을 바라보았다. 아직도 운전을 포기하지 않은 차 한 대가 호텔 앞 언덕길에서 소리도 없이 헛바퀴만 돌렸다. 다행히 차는 가드레일에 부딪쳐 멈췄지만, 차체가 긁히는 기분 나쁜 소리가 실내까지 들렸다.

멍하니 눈 내린 산등성이를 바라보고 있으니, 또다시 옛날 일이 떠올랐다.

GNN 계획에 따른 해외 은닉 재산을 조사하던 중에 AN 통신이라고 밝힌 남자에게 전화를 받은 며칠 후, 가자마는 방콕에서 그 남자를 만났다.

남자는 나카마 시게오라고 이름을 밝혔다. 칠십대로 보이는 풍채 좋은 노인인데, 그 얼굴은 노회(老獪)와 자비가 잘 어우러지지 않아 언뜻 보기에는 어수룩한 느낌이었다.

그 노신사를 만난 곳은 짜오프라야강 가에 서 있는 명문 호텔의 라운지였다. 창밖에서는 탁한 강물이 석양빛을 받아 반짝였고, 수많은 보트들이 오갔다.

옆 테이블에서는 젊은 일본인 여성들이 즐겁게 떠들고 있었다. 나카마 시게오라고 이름을 밝힌 남자는 그런 여성들을 손녀라도 보듯 흐뭇하게 바라보았다.

"실례되는 건 알지만, 당신이 어떤 분인지 저 나름대로 조사를 좀 했습니다." 나카마가 먼저 입을 열었다.

"……결론부터 말씀드리면, 가자마 씨, 당신은 매우 훌륭한 기자예요. 특히 필리핀의 아키노 정권 수립까지를 추적한 기사나 개혁개방 이후에 급성장한 중국 기업을 조명한 시리즈 등은 웬만한 선견지명 없이는 쓸 수 없는 기사죠."

가자마는 긴장을 풀기 위해 커피를 마셨다. 코끝이 찡할 정도로 진한 커피였다.

"나카마 씨, 저의 옛날 기사를 칭찬해주시는 건 영광입니다만, 오늘 저는 다른 얘기를 듣는 걸로 알고 여기까지……."

"너무 서두르지 마세요."

재촉하는 가자마를 나카마가 제지했다. 그때까지와는 분위기가 완전히 바뀐 몹시 차가운 말투였다.

"……가자마 씨, 당신이 지금 조사하고 있는 GNN 계획 건은 진실이에요. 물론 어디까지 알아냈는지는 모르겠지만."

"진실이라고 하시면?"

"가자마 씨는 아마 이 언저리까지는 조사하지 않았을까요? 먼저 NHK에 GNN 계획이 있었고, 그것을 위해 설립된 회사가 있다. 그러나 당시 회장의 실각으로 GNN 계획 자체가 좌절되었다. 그런데 청산됐어야 마땅할 관련 기업이 막대한 자금을 축적한 채로 존속하고 있다."

"네, 그렇습니다. 제가 조사한 바로는 그 회사가……."

또다시 서두르는 가자마에게 "너무 서두르지 말라니까"라며 어이가 없다는 듯이 나카마가 또다시 말렸다.

"……아마 가자마 씨가 알아낸 회사는 'AN 통신'이라는 회사겠죠. 그리고 지금 당신은 실제로 그 회사 사람과 만나고 있어요. 당신이 그 AN 통신으로 흘러든 자금을 얼마라고 추정하는지는 모르겠지만, 만약 기사화될 경우, 큰 화제가 될 만한 금액인 건 확실합니다."

가자마가 허둥지둥 녹음기를 꺼냈다. "괜찮을까요?"라고 묻자, 나카마는 미소를 머금은 채로 "나는 오늘 당신 질문에 답해주러 왔으니 편하게 하세요"라며 고개를 끄덕였다.

"그럼, 질문을 드리겠습니다. 먼저 그 AN 통신이 이미 좌절된 GNN 계획을 비밀리에 계승하고 있다는 소문이 사실입니까?" 가자마가 물었다.

"그에 관해서는 '네'라고도 '아니요'라고도 말할 수 없습니다. 잠깐 얘기를 정리할 시간을 주시죠. 당신은 아마 GNN 계획이 좌절됐음에도 불구하고 청산되지 않은 AN 통신이라는 회사를 단순한 은닉 재산 관리 회사로 조사하기 시작하지 않았나요?"

"네, 맞습니다. 그 후 세간의 관심이 완전히 식어갈 무렵에 자금세탁된 그 돈이 대체 어디의 누구 주머니로 들어갔는지 조사하는 중이었습니다."

"그런데 실제로는 그게 아니었다?"

"네. 아직 아무 증거도 못 잡았지만, 저의 추측으로는 이 AN 통신이 실제로 아시아 각지의 정보를 모아서 누군가에게 팔고 있을 가능성이 있어요. 근본을 따지자면, 바로 GNN 계획이 하고자 했던 일이죠. 다만, 거기에는 결정적인 차이가 있습니다. GNN 계획으로 얻은 정보는 공공이익이 될 예정이었습니다. 그러나 AN 통신은 특정한 누군가를 위해 정보를 모으죠. 완전히 사적인 조직이에요."

"과연 내가 기대한 정도의 능력은 갖춘 분이군. 내 예상보다 많이 조사했어요. 다만, 두 가지만 정정하겠습니다."

가자마는 녹음기가 잘 작동되는지 확인했다. 아무 이상이 없는데도 왠지 안심이 되지 않았다.

"……먼저 첫 번째. 지금 가자마 씨가 말씀하신 '특정한 누군가'는 존재하지 않습니다."

"존재하지 않는다? 그럼, 누굴 위해서?"

"특정한 누군가가 아니라는 뜻입니다. AN 통신은 분명 정보를 모읍니다. 그리고 모은 정보를 팔죠. 그러나 파는 상대 역시 AN 통신이 선택합니다. 좀 더 설명을 덧붙이자면, 가장 비싸

게 사주는 상대를 선택한다는 의미입니다."

"하지만 그러면……."

"최종적으로 누구의 이익이 될지 알 수 없다. 그 말을 하고 싶은 거겠죠?"

"네. 물론 그런 시스템이 있을 순 있겠죠. 하지만 AN 통신을 만든 누군가가 있어요. 그 누군가는 역시 다른 누군가를 위해 만들었을 게 틀림없어요. 적어도 GNN 계획에서 흘러든 돈입니다. 거기에는 분명 이해관계자가 있겠죠."

"무슨 말씀인지는 압니다. 바로 그것이 정정하고 싶은 두 번째 사항입니다. 이렇게 생각해보세요. 만약 GNN 계획이 제안되기 전부터 아시아의 정보를 모았던 조직이 있었다면?"

"있었습니까? 그 조직이 GNN 계획의 자금을 이어받았다?"

"간단하게 대답하자면, 그런 조직이 원래 있었다고 할 수 있죠. 다만, 규모가 작았어요. 중견 상사(商社) 정도를 떠올리면 좋을지도 모르겠습니다. 상사라는 조직은 당연히 주재원이 얻어낸 정보를 반영해서 회사의 이익을 추구하죠. 그러나 우리는 얻어낸 정보를 특정한 기업이 아니라 모든 방면으로 팝니다."

"산업스파이 조직이라는 뜻인가요?"

"이미지를 떠올리긴 그게 가장 쉽겠죠."

나카마의 얘기를 들으면서 가자마는 이미 머릿속으로 기사의 틀을 잡았다. 더 큰 반향을 불러일으키려면 AN 통신으로 흘러든 정확한 금액이 필요했지만, 설령 그걸 모르더라도 돌풍을 일으킬 화젯거리라는 건 분명했다.

"가자마 씨, 여기까지 얘기를 듣고, 뭔가 기묘하게 여겨지는 점이 없나요?"

한동안 짜오프라야강을 바라보고 있던 나카마가 시선을 되돌렸다.

"기묘하다니요?" 가자마가 고개를 갸웃거렸다.

"AN 통신이 산업스파이 조직이라면, 거기에는 당연히 구성원이 있겠죠. 우수한 스파이 집단이긴 해도 인간이 모인 단체라는 점에서는 다를 바가 없어요. 제아무리 함구령을 내려도 개중에는 입이 가벼운 자가 있게 마련이죠. 이런 유형의 조직의 존재가 지금까지 표면화되지 않은 게 기묘하지 않습니까?"

나카마가 무슨 말을 하는지 이해할 수 없었다. 분명 아무리 강건한 조직이라도 그 존재 자체를 계속 감추기는 어렵다. 국가에서 조정하고 있다면 다른 얘기겠지만, 사적인 조직에서는 불가능하게 여겨졌다.

"무슨 특별한 이유가 있나요?" 가자마가 은근슬쩍 떠보았다.

대충 얼버무릴 줄 알았는데, 나카마는 순순히 "네, 있어요"라며 고개를 끄덕였다.

"……AN 통신에서 산업스파이로 일하는 사람들에게는 공통점이 있습니다."

"공통점?"

가자마는 다시 녹음기를 확인했다. 물론 정상적으로 작동했다.

"……간단하게 답변해드리죠. 우리 구성원들, 그들은 거의 대부분 고아입니다."

"네?"

GNN 계획, 해외 은닉 재산, 통신사, 산업스파이로 흘러온 대화에서 '고아'라는 단어만 겉돌았다. 난데없이 돌이 날아든 것 같았다.

엉겁결에 소리가 높아진 가자마에게 "흠, 고아 말입니다. 방임된 아이, 계속 학대당하다 보호받은 아이"라며 나카마가 얘기를 이어갔다.

"……가자마 씨는 아시잖아요? 그런 아이들이 일본에 많이 존재한다는 걸."

GNN 계획 이야기가 엉뚱한 방향으로 빠지려 했다. 가자마는 침착함을 되찾으려고 다시 진한 커피를 한 모금 마셨다.

지금 눈앞에 있는 남자는 이렇게 말한 것이다. '우리는 고아들을 모아서 AN 통신이라는 산업스파이 조직에서 일하게 한다'라고.

온몸에서 식은땀이 뿜어져 나왔다.

"고아들을 모아서?"

간신히 가자마의 입에서 나온 말은 앵무새처럼 되풀이하는 말이었다.

"네, 그렇습니다. 4년쯤 전입니다만, 가자마 씨도 한번 그런 처지에 놓인 아이들을 위한 복지시설을 취재하신 적이 있었을 텐데요. 그때 당신이 쓴 기사도 매우 훌륭했습니다. 단순히 동정을 이끌어내는 내용이 아니었어요. 그렇다고 모든 책임을 사회로 떠넘기는 논조도 아니었고. 시설의 외부에서 아이들을 바라보지 않고, 아이들과 같은 방에서 밖을 내다보려고 하는 인상을 받았습니다."

"저, 저, 죄송합니다. 얘기를 되돌려도 될까요. 지금 당신은 그런 시설에 있었던 아이들을 AN 통신이라는 산업스파이 조직에서 일하게 한다는 말을 하시는 건가요?"

"네, 맞습니다."

"자, 잠깐만요. 어떻게 그런…… 그게…… 어, 어떤 경위로 그렇게 되죠? 아니, 무엇보다 인권을 무시하는 그런 짓이 가능할 리 없어!"

전에 취재차 방문했던 시설에 인상적인 남자아이가 있었다. 이제 갓 여섯 살이 된 아이였다.

직원 얘기에 따르면, 그 아이는 밤에 잠을 못 잔다고 했다. 밤이 되면 방 모퉁이에 직립 부동자세로 서서 숨죽이며 잠든 다른 아이들을 물끄러미 바라본다.

아이들이 몸을 뒤척이는 동작 하나에도 무서워서 떨고, 시시한 잠꼬대에도 오줌을 쌌다. 그런데도 방 모퉁이에 계속 서서 날이 밝기를 기다리는 것이다.

시설에 보호받았을 때, 그는 호스티스로 일하는 엄마와 엄마의 새 애인과 같이 살고 있었다. 엄마가 밤에 일하러 나가면, 매일 밤마다 동거했던 남자에게 처참한 학대를 당했다.

그 아이에게 밤은 자는 시간이 아니었다. 그 아이에게 밤이란 위해를 당하지 않게 경계해야 하는 시간이었던 것이다.

어느새 짜오프라야강 가의 호텔 라운지에 석양이 비쳐 들었다.

"가자마 씨가 지금까지 조사해온 AN 통신의 실태에 관한 내용은 거의 정확하다고 말씀드릴 수 있습니다. 물론 세세하게는 다른 점도 있지만, 그대로 기사를 내도 허위라고 말할 순 없겠죠. 게다가 내가 오늘 한 얘기가 있으니, 당신이 당장 일본에 귀국해서 쓰는 기사는 엄청난 화제가 될 게 분명하죠. ……단, 혹시 저의 부탁을 한 가지만 들어주실 수 있다면……."

"뭡니까?"

가자마는 상대를 붙잡을 듯이 몸을 내밀었다.

"……기사 발표를 일주일만 미뤄주셨으면 합니다. 그 일주일 사이에 다시 한번만 저를 만나주세요. 그리고 혹시 이 제안

을 받아준다면, 그때 저는 당신에게 어떤 아이를 소개하려고
합니다."

"아이?"

"어느 복지시설에서 보호받고 있는 사내아이입니다. 그 애
는 다음 주에 복지시설에서 나와 정식으로 우리 곁으로 올 예
정이죠. 그 아이는 이미 병사한 것으로 되어 있습니다. 이 세상
에는 존재하지 않는 아이로 AN 통신이 맡아서 산업스파이로
키워왔습니다."

"자, 잠깐만요. 그게 가능할 리 없어! 아니, 그건 용서받을 수
없는 일이야! 당신은 아까부터 대체 무슨 말을 하는 겁니까!
시설의 아이를? 말도 안 돼……. 마, 만약 당신들이 비밀리에
시설의 아이들을 산업스파이로 키우고 있다면, 그보다 더한
비인도적인 범죄는 없어요! GNN 계획의 은닉 재산 얘기 따윈
문제도 안 된다고요! 아니, 세간 따윈 상관없고, 나 자신이 절
대 흘려들을 수 없어요."

밤에 잠들지 못한다는 남자아이의 모습이 떠올랐다. 그 아
이의 장래를 눈앞에서 가로채인 것 같았다. 끓어오르는 분노
에 얼굴이 벌겋게 달아올랐다.

"그래서 내가 가자마 씨도 그 현장을 봐달라고 부탁하는 겁
니다. 그런 다음에 우리가 어떤 조직인지 기사로 써달라고 부
탁하는 겁니다. AN 통신의 존재를 폭로하려는 당신에게는 그

걸 자기 눈으로 똑똑히 확인할 의무가 있어요."

호텔 라운지의 하얀 벽이 저녁노을에 붉게 물들어 있었다.

등 뒤 문에서 울린 노크 소리에 가자마는 제정신이 들었다. 무더운 방콕을 회상한 탓인지 눈앞의 설경에 몸서리가 쳐졌다. 호텔 객실은 여전히 몹시 추웠다.

가자마가 입구로 다가가서 도어뷰를 들여다보려는 순간, "이치조입니다"라는 목소리가 먼저 들렸다.

가자마가 문을 열었다.

"약속 시간에 맞춰서 올 수 있답니다."

안으로 들어오면서 이치조가 말했다.

"응?"

여전히 방콕의 기억에서 벗어나지 못한 가자마가 되물었다.

"마쓰오카라는 녀석 말입니다."

이치조가 고개를 갸웃거리면서도 오늘 밤 만나기로 약속한 지역 부동산 브로커의 이름을 알려줬다.

"아아. 눈은 괜찮은가?"

"괜찮은 모양이에요. 시간 맞춰 오겠다는 걸 보면."

침대 가장자리에 앉은 이치조가 "이 방, 안 추워요?"라며 둘러보았다.

"그것 말고 다른 얘기가 있나?" 가자마가 차갑게 물었다.

"아뇨, 딱히"라며 일어선 이치조가 "아참. 오늘 밤에 마쓰오카라는 녀석에게 건넬 돈"이라며 재킷 안주머니에서 두툼한 봉투를 꺼냈다.

"얼마 들었지?" 가자마가 물었다.

"100만 엔인데요."

"반으로 줄여."

"하지만 이 금액으로……."

"자네, 이 일 몇 년째야? 마쓰오카라는 녀석을 만나봤지?"

"아, 네."

"그런 능구렁이 같은 작자가 처음부터 갖고 있는 정보를 다 내줄 것 같나?"

"아아. 역시."

이치조가 봉투에서 현금을 꺼내고, 손가락에 침을 묻히며 세기 시작했다.

"아마 '와쿠라 토지' 명의로 매입한 토지는 이쪽에서 빼낸 데이터와 거의 일치하겠지. 명의는 '와쿠라'지만 실체는 'V. O. 에퀴'야."

가자마가 트렁크에서 자료를 꺼내 침대 위에 펼쳤다. 이 주변 일대의 지도를 색색으로 표시해둔 지도였다.

"……이 노란색 부분이야. 다만, '와쿠라'에서 빼낸 데이터를 보면 'V. O. 에퀴'와는 관계없어 보이는 곳도 있어."

"이 파란색 부분 말이죠?"

돈을 다 센 이치조도 지도를 들여다봤다.

"'와쿠라'가 자기들을 위해 사들인 것 같지도 않아." 가자마가 중얼거렸다.

"이곳 기리시마뿐만이 아니고, 시나노 쪽에도 최근 몇 년 동안 상당히 많이 사들였죠?"

"어어. 그런데 그것도 'V. O. 에퀴'와 연관성은 없어 보여."

"수자원이 풍부한 이런 토지가 앞으로 돈이 될 거라 판단하고, 미리 사들이는 걸까요?"

"'와쿠라'에 그런 도박 같은 투기를 할 여력은 없어. 아마 어느 기업의 부탁으로 중개 노릇을 할 뿐이겠지."

"어느 기업이라면?"

"어쩌면 '와쿠라'는 'V. O. 에퀴'와 손을 잡았으면서도 다른 곳과 뒷거래를 하면서 최종적으로는 어느 한쪽에 고가로 팔아넘길 계산일지도 모르지."

"이따 만날 능구렁이 노인네가 거기까지 알고 있을까요?"

"뭔가 할 얘기가 있으니까 이 눈보라를 뚫고 이런 곳까지 오겠지. 흠, 어쨌든 토지를 사들여서 노리는 목적이 뭔지 밝혀내지 못하는 한, 전망은 어두워."

가자마가 손목시계를 봤다. 약속 시간까지 아직 두 시간이 남아 있었다.

"잠깐 눈 좀 붙여야겠군." 가자마가 말했다.

돈을 반으로 줄인 봉투를 내려놓고, 이치조가 나갔다.

가자마는 침대에 쓰러지기 전에 다시 창밖으로 시선을 돌렸다. 무거워 보이는 눈이 시야를 가로막았다. 눈 무게에 늘어진 나뭇가지가 금방이라도 부러질 것 같았다.

오한을 느낀 가자마는 난방 스위치를 켰다. 천장에서 바로 소리를 내며 송풍이 시작됐지만, 바깥 기온이 너무 낮은 탓인지 여전히 찬바람이었다.

시트를 들치고, 외투를 입은 채로 이불 속으로 파고들었다. 커튼을 치고 누웠어야 했다고 후회했지만, 다시 일어나기도 귀찮았다.

방콕에서 나카마와 만난 다음 주, 도쿄로 돌아온 가자마는 그를 다시 만났다.

이미 GNN 계획의 은닉 재산보다, 만약 나카마의 말대로 시설의 아이들이 정말로 강제적으로 AN 통신의 구성원으로 일하고 있다면, 목숨을 걸고라도 진실을 파헤쳐서 세간에 폭로할 작정이었다.

나카마와 같이 탄 차가 향한 곳은 도쿄 교외에 있는 아동보호시설이었다. 노후화된 건물이 절대 넓다고 할 수 없는 부지에 세워져 있었고, 주위를 에워싼 높은 벽은 그 주택지 안에서 유독 이채로웠다.

시설은 숙박동과 사무동으로 나뉘어져 있고, 나카마가 안내한 곳은 숙박동의 다목적실이었다.

안에서는 열 명가량 되는 아이들이 바닥에 펼쳐둔 큰 종이에 그림을 그리고 있었다. 문이 열려 있어서 즐거워하는 아이들의 목소리가 또렷하게 들렸다.

"이제 곧 크리스마스 아닙니까. 여기에서도 파티가 열려서 그 준비를 하는 중입니다." 나카마가 알려주었다.

초등학교 저학년쯤 되는 아이들을 중심으로 아직 서너 살짜리 아이도 보였고, 중학생쯤 되는 여자아이도 한 명 섞여 있었다.

"저 아이입니다."

갑자기 어깨를 두드려서 가자마가 나카마의 얼굴을 쳐다보았다. 그 눈이 실내의 작은 남자아이를 향하고 있었다.

"교직원 옆에 서 있는 아이 보이시죠?"

나카마의 말대로 남자아이가 나이가 지긋한 직원 뒤에 숨듯이 서 있었다.

"저 남자아이가 AN 통신에 들어올 예정인 아이예요."

가자마는 그 아이를 바라보았다.

손에 붓은 들고 있는데, 다른 아이들처럼 그림을 그리려는 기미는 보이지 않았다. 한동안 바라보고 있으니 그 아이를 알아챈 여성 직원이 "자, 너도 애들이랑 같이 그려야지"라며 아이의 등을 앞으로 밀었다.

남자아이는 머뭇머뭇 큰 종이 위로 올라갔지만, 이번에는 그 자리에 우두커니 서버렸다.

"저 아이, 몇 학년으로 보입니까?"

나카마가 물어서 "글쎄요, 초등학교 1학년이나 2학년 정도일까요?"라고 가자마가 대답했다.

"아뇨, 벌써 5학년이 됐어요."

"네?"

무심코 목소리가 커졌다. 그 정도로 남자아이는 어려 보였다.

"자, 여기 앉아봐."

직원이 앉혀서 그림을 그리게 하려고 했지만, 남자아이가 도망치려 들었다.

"같이 도와야지. 안 그러면 크리스마스까지 완성 못 하잖아. 그림 그리기 싫어?"

그때 남자아이가 뭐라고 불쑥 중얼거렸다. 가자마에게는 들리지 않았지만, "그럼, 여기에 별님을 그려봐"라고 대답하는 목소리가 들렸다.

그리고 싶지 않은 게 아니라, 뭘 그리면 좋을지 모르겠다고 남자아이는 말한 것이다.

그러자 남자아이가 또다시 나지막이 중얼거렸다.

"별님이라니까. 자, 이렇게 그리는 거야. 봐, 이거 별님이지?"

직원이 웅크려 앉아서 본보기로 별을 그려주었다. 그런데 남자아이가 또다시 뭐라고 중얼거렸다.

"음, 그럼, 선생님이 정해줄게. 별님 그릴 자리는 여기랑 여기. 그리고 이쪽에도 그려. 크기는 이거랑 비슷하면 돼."

거기까지 지시를 받은 후에야 남자아이는 간신히 종이 위에 웅크려 앉았다. 붓에 팔레트의 노란색 물감을 묻혀서 선생님이 지시해준 대로 별을 그려나갔다.

"저 아이가 네 살 때였어요."

옆에서 나카마가 얘기를 시작했다. 가자마는 머뭇머뭇 별을 그리는 남자아이에게서 시선을 뗄 수가 없었다. 아이는 별 하나를 그릴 때마다 선생님을 올려다봤고, 이러면 됐느냐고 눈빛으로 물었다. 그리고 선생님이 미소를 지으면, 안심한 듯이 그다음 별을 그리기 시작했다.

"……저 아이가 네 살 때, 어머니가 아이들을 방치했어요. 갓 두 살 된 남동생과 둘이 당시 살았던 원룸아파트에 갇혔죠. 아이들이 밖으로 못 나오게 어머니가 집 안의 모든 문과 창문에 테이프를 붙였다더군요. 어머니가 나갈 때, 두 아이에게 남겨둔 건 생수병 몇 개와 빵 몇 개. 발견 당시, 저 아이는 이미 아사한 남동생을 끌어안고 있었다고 합니다."

나카마가 얘기한 몇 년 전의 뉴스를 가자마는 알고 있었다.

"저 애가……."

무심코 흘러나온 가자마의 목소리에, "네. 지금 당신이 보고 있는 저 애가 바로 그 아이입니다"라고 나카마가 대답했다.

　"……저 애를 방치한 어머니는 현재 징역형을 선고받아 복역 중입니다. 사건 후에 국가 규정에 따라 저 아이는 친아버지에게 보내지기로 결정 났죠."

　"하지만 저 아이의 친아버지는……."

　"네. 근본을 따지자면, 그 아버지가 아이들과 아내를 버린 겁니다. 같이 살 때, 저 애는 아버지에게 심한 학대를 당했어요. 한겨울에 알몸으로 베란다로 쫓겨난 적도 있다고 합니다. 한마디로 말하자면, 아이를 키울 능력이 없는 남자입니다. 당시에도 제대로 된 직업이 없었고, 혼인신고는 안 했지만 다른 여자와 살고 있었어요. 그렇지만 국가의 규정으로는 살아남은 저 애를 그리로 보내야 하죠."

　"하지만 능력도 없는 아버지에게 왜……."

　"양육 능력이 조금이라도 있으면, 시설보다는 친부모 곁이 더 행복하다는 거죠."

　"어처구니가 없군."

　"네, 그런 어처구니없는 가치관 때문에 저 아이는 지옥으로 되돌아갈 예정이었습니다. 그래서 우리가 먼저 손을 썼죠. 저 애가 맡겨졌던 시설에서 병사한 걸로 처리한 겁니다."

　시키는 대로 별을 다 그린 남자아이가 또다시 선생님에게 시선을 돌렸지만, 직원은 이미 다른 아이와 얘기를 나누고 있었다.

다른 곳에도 별을 그려 넣을 공간은 얼마든지 많았지만, 남자아이는 종이에서 내려와 벽 쪽에 우두커니 서버렸다.

"우리가 맡을 경우, 저 아이의 본래 인생은 그 시점에서 끝납니다. 사망한 게 되죠. 그리고 새로운 이름과 출신을 부여해서 열여덟 살이 될 때까지 우리가 키웁니다. 그 후, AN 통신의 인간으로 일할 것인지 아닌지는 최종적으로 그 아이 스스로 결정하게 됩니다. 그러나 그것을 부정하는 건 자신의 모든 존재를 잃게 되는 셈이죠. 이미 죽은 인간으로 살아가는 방법밖에 없어요."

가자마가 끼어들려고 하자, 나카마가 손으로 제지하며 얘기를 계속했다.

"……당신은 이 사실을, 이 비인도적인 행위를 모조리 기사로 쓰게 되겠죠. 그것을 내가 막을 순 없어요. 그러나 그 기사를 발표하기 전에 다시 한번만 생각해주셨으면 합니다. 아이는 부모와 같이 사는 게 가장 행복하다는 다수파의 규칙 때문에 가지 않아도 될 지옥으로 끌려가는 아이들을."

가자마는 남자아이를 물끄러미 쳐다보았다. 마음속에서 말이 솟구쳤다.

'너는 그런 데 가지 않아도 돼. 너의 몸은 고통받으려고 존재

하는 게 아니야. 너의 마음은 상처받으려고 존재하는 게 아니
야. 너는 사랑받기 위해 사는 거야.'

10장
삼림 매수

나란토의 부두로 페리가 다가왔다. 성수기가 지난 섬을 찾는 관광객은 적지만, 그런데도 부두에는 시간이 남아도는 소년들이 손님을 맞으려고 스쿠터로 모여들었다.

뒤쪽에 진을 친 다카노도 그중 한 사람이었는데, 몇 안 되는 손님이 자기 차례까지 올 리는 없다고 일찌감치 예상하고 있었다.

"너, 할 일 없으면 우리 집에 올래?"

역시나 이미 포기한 듯이 다이라가 말해서 다카노는 "어어, 으응······" 하며 애매하게 고개를 끄덕였다.

"누나가 오사카에서 왔어. 선물로 싸구려 옷을 엄청 사 왔는데, 나한테는 너무 큰 옷도 있더라. 사이즈 맞으면 너 줄게."

"엄청이라니, 얼마나?"

"엄청이 엄청이지 뭐냐. 티셔츠 같은 건 세 장에 380엔이래."

"진짜 싸다."

"싸다고 했잖아."

다이라와 그런 대화를 나누는 사이 페리가 안벽에 배를 댔다. 배에서 내린 손님은 예상보다 적어서 앞에서 기다리던 스쿠터 대여섯 대가 부두로 들어가자, 나머지는 빙그르르 유턴해서 잇달아 선셋 거리 방향으로 돌아갔다.

"가자."

다이라의 말에 다카노는 다 먹은 쇠심줄 꼬치를 발밑에 버렸다.

막 출발하려는데, 교대하듯 페리로 승선하는 도쿠나가가 보였다.

"아, 미안. 너 먼저 가. 나중에 들를게."

다카노는 그렇게 말한 후, 다이라의 대답도 기다리지 않고 부두로 돌아갔다.

"도쿠나가 씨!"

트랩으로 향하는 도쿠나가를 불렀다.

"어디 가세요?"라고 놀라며 묻자, "왜?"라며 도쿠나가가 이상하다는 표정을 지었다.

"아니, 그냥……."

도쿠나가는 아무 대답도 없이 트랩으로 올라갔다. 다카노는 그 뒷모습을 배웅할 수밖에 없었다.

배에 오르는 사람은 더 이상 없었고, 직원이 트랩을 올렸다. 출항 준비가 끝날 때까지 시간은 별로 걸리지 않았다. 고동 소리를 한 번 울린 페리가 천천히 출항했다.

하얀 파도를 일으키며 섬을 떠나는 페리를 다카노는 꽤 오래도록 바라보며 배웅했다.

페리가 콩알만 한 크기가 됐을 무렵, 다시 스쿠터에 시동을 걸고 부두에서부터 속도를 올려 선셋 거리로 돌아갔다.

다이라가 길에서 누군가와 얘기를 나누고 있었다. 다이라가 "야!" 하며 불러 세웠지만, "미안. 잠깐 할 일이 생겼어. 밤에 갈게!"라고 말하고, 다카노는 더욱 속도를 높였다.

다카노는 자기가 지금 무엇을 하려는 건지, 여전히 확실히 정리되지도 않았다. 아니, 정리는 됐지만, 무서워서 그것을 인정할 수 없었다.

지금, 도쿠나가는 눈앞에서 페리에 올라탔다. 설령 이시가키섬에서 그 페리를 타고 다시 돌아온다고 해도 네 시간은 걸린다. 지금부터 네 시간, 도쿠나가는 확실히 이 섬에 없다.

도도로키 마을까지 가는 길이 멀게 느껴졌다. 최대한 속도를 높였는데도 좀처럼 풍경이 뒤로 흘러가지 않았다. 게다가 묘한 망상도 부풀어 올랐다. 그것은 왠지 페리에서 바다로 뛰어든 도쿠나가가 헤엄쳐서 섬으로 돌아오는 광경이었다. 물에

흠뻑 젖은 채로 육지로 올라온 도쿠나가가 다카노의 뒤를 쫓아온다. 마치 꿈속에서 도망치는 것처럼 스쿠터 속도가 나지 않았다.

도도로키 마을로 들어선 다카노는 일단 집으로 돌아가서 스쿠터에서 내렸다. "어서 와라"라고 말을 건네는 도모코 아줌마에게 "다시 나갈 거예요. 다이라네"라고 거짓말을 하고, 곧장 도쿠나가가 사는 집으로 향했다.

덤불 너머에 금방이라도 무너져 내릴 것 같은 집이 있다. 지붕에 난 잡초는 서서히 숲에 침식당하는 것처럼 보였다.

현관 앞에 선 다카노는 있을 리도 없는 도쿠나가를 불렀다. 물론 대답은 없었고, 바람이 불어와 발밑에서 흙먼지가 피어올랐다.

자물쇠는 채워놓지 않았다. 삐걱거리는 현관문을 열면, 곰팡이 냄새가 나는 바깥 부엌이다. 햇빛이 들지 않아서 냉랭했다.

도쿠나가는 분명히 페리를 탔다. 그리고 페리는 출항했다.

속으로 그렇게 중얼거리며 안으로 한 발짝 들여놓았다.

전에도 도쿠나가가 집에 없을 때, 이 집에 온 적은 있다. 불과 며칠 전에도 도모코 아줌마가 부탁해서 식사를 가져다주었다.

다카노는 집 안으로 들어갔다. 도모코 아줌마가 갖다 놨는지, 탁자에 찐 고구마가 놓여 있었다. 위에 덮어둔 랩에 아직 수증기가 맺혀 있었다.

거실을 지나 장지문을 열었다. 두 평 남짓한 방은 천장이 낮았고, 늘 펴놓는 이부자리가 깔려 있었다. 벽에는 손수 만든 책꽂이가 있고, 책과 자료가 늘어서 있었다.

그 안쪽에 도쿠나가가 일하는 방이 있지만, 다카노는 거의 들어가본 적이 없다.

늘 펴놓는 이불을 밟고 장지문을 열었다. 바깥 나무들을 베어내서 그 방만 환했다.

벽 쪽에는 큰 책상이 있다. 서류가 난잡하게 쌓여 있었다. 바닥에 놓인 종이 상자에서 내용물이 흘러넘쳤다. 절대 정리 정돈이 잘됐다고 할 수는 없지만, 만약 도쿠나가 이외의 누군가가 손을 대면 바로 알 수 있을 정도로는 정리되어 있었다.

다카노는 천장 선반부터 발밑의 종이 상자까지 방 안을 한 차례 둘러보았다.

야나기가 이 섬을 나갔다고 알려주기 전날 밤, 도쿠나가는 밖에서 서류를 태웠다. 그때 힐끗 봤던 불에 탄 종잇조각에 야나기 형제의 이름이 있었다.

그때 도쿠나가가 품에 안고 있던 케이스는 오렌지색 플라스틱이었다. 아마 도쿠나가는 불필요한 서류들을 그 상자에 넣었다가 가득 차면 불태우겠지.

책상 주위에 오렌지색 케이스는 없었다. 다카노는 운동복 소매를 끌어당겨 지문이 묻지 않게 책상 서랍을 열었다. 위 칸,

가운데 칸, 아래 칸에는 각각 문구, 디지털데이터, 파일로 분류되어 있었다.

파일 한 권을 빼내려다 손을 멈췄다. 직감이었지만, 만지면 들킬 것 같았다.

소리 나지 않게 서랍을 닫고, 다시 책상 주위를 걸었다. 걸음을 내디딜 때마다 바닥이 삐걱거렸다.

그러다 탁자에서 셀로판테이프로 붙여둔 메모를 발견했다.

빨간 볼펜으로 써둔 055로 시작하는 전화번호와 '시설' '면회 시간'이라고 기입해둔 메모였다.

야나기의 남동생 간타가 있는 시설이 아닐까 하고 다카노는 직감했다. 055로 시작하는 지역번호면, 야마나시현이나 시즈오카현 주변이다.

다카노는 번호를 외웠다.

다른 것을 찾으려 해도 어디부터 손을 대야 할지 알 수가 없었다. 다카노는 방에서 나왔다.

조금 전에 자기가 밟아서 움푹 꺼진 이불을 매만지고 거실로 돌아온 후, 찐 고구마 접시를 들고 나왔다. 만약 무슨 일이 생기면 도모코 아줌마가 부탁해서 이 접시를 가지러 왔다고 둘러댈 생각이었다.

다카노는 뛰어서 집으로 돌아왔다. 부엌에 있던 도모코 아줌마에게 "도쿠나가 씨, 아까 페리 타고 나갔어요"라며 접시를 건네주고, 곧장 스쿠터를 타고 다이라의 집으로 향했다.

선셋 거리로 돌아오자, 왠지 기분 좋은 예감이 들었다.

다이라의 집에 도착한 다카노는 2층 창을 향해 친구를 불렀다. "올라와." 다이라가 얼굴을 내밀었다.

복도 안쪽에서 얼굴을 내민 다이라의 누나가 "어머나, 다카노, 너 남자다워졌네?"라며 놀렸다.

"저, 전화 좀 써도 될까요?" 다카노가 물었다.

"물론이지." 다이라의 누나가 거실로 안내해주었다.

팩스 기능이 딸린 전화였다. "잠깐 실례하겠습니다"라며 다카노가 수화기를 들었다.

다이라의 부모님은 안 계시는지, 누나는 켜둔 텔레비전 앞으로 돌아갔다.

다카노는 외워둔 번호로 전화를 걸었다. 바로 끊을 수 있게 훅 스위치에 손가락을 올렸다. 세 번째 신호음에 전화가 연결되었다. 다카노는 침을 꿀꺽 삼켰다.

"네. 모모이 학원입니다."

다카노는 기다렸다.

"여보세요? 모모이 학원인데요, 어? 여보세요?"

모모이 학원. 이름을 확실하게 들은 후에 훅 스위치를 눌렀다.

"고맙습니다." 다카노가 돌아보았다.

"어머? 벌써 끝났어?"

"안 받는 거 같아서."

다카노가 복도로 다시 나왔다. 계단 밑에서 "다이라!"라고 부르자, "왜? 그냥 올라오라니까! 아 진짜, 귀찮게"라고 대답했다.

"나중에 다시 올게."

다카노는 밖으로 뛰어나갔다.

다이라가 2층 창으로 얼굴을 내밀고, "뭐냐, 대체?"라며 어이없어했다.

다카노가 향한 곳은 다마노 지구에 있는 이 섬의 유일한 도서관이었다. 간소한 시설이지만 섬에 서점이 없다 보니 이용자가 많았다. 그날도 그림책 코너를 중심으로 아이들이 북적거렸다.

다카노는 안내 데스크로 가서 전국의 학교를 소개하는 책 같은 게 있느냐고 물었다. 응대해준 남성 직원은 대학 진학 때문이라고 착각했는지, 시험 기출문제 참고서는 2층에 있다고 알려주었다.

다카노는 일단 2층으로 올라갔다. 참고서 책꽂이를 지나쳐서 창가까지 다가가자, 전국 시설 총람 종류의 책들이 꽂혀 있었다.

그중 적당해 보이는 책 한 권을 뽑았다. 목차를 손가락으로 훑어 내려가자, '모모이 학원'이라고 나왔다. 역시나 주소는 야마나시현이었다.

해당 페이지를 찾아보니 정보량은 별로 많지 않았지만, 그래도 모모이 학원은 간타 같은 아이들을 맡아주는 학교였고, '일상생활 및 사회적 자립을 지향한다'는 시설의 목적과 운영 방침, 정원(定員)과 한 해의 일정 등이 기록되어 있었다.

시설의 특징 칸에는 '전국적으로 드문, 본격적으로 농업에 매진하는 시설'이라고 나왔다. 시설 안에서는 채소나 꽃 재배, 양계, 축산과 관련된 다양한 품목이 생산되고 있고, 지역 NPO와 협력해서 근교에 직판장도 여러 군데 있다고 했다.

여기다, 라고 다카노는 확신했다. 간타는 여기에 있다고.

전에 야나기가 간타는 지바에 있는 시설에 들어갈 거라고 말했다. 거기에 큰 농원이 있어서 간타도 틀림없이 좋아할 거라고.

그런데 야나기의 배반 때문에 간타는 다른 시설로 옮겨졌다. 원칙적으로는 간타의 희망 따윈 받아들여질 리 없었지만, 사실상 간타에게는 아무 죄도 없다. 게다가 모모이 학원의 이름이 적힌 메모는 도쿠나가의 방에서 발견되었다. 도쿠나가가 이 시설을 메모할 이유가 있었다면, 맨 먼저 떠오르는 사람은 간타뿐이다.

거기까지 생각하던 다카노는 문득 안 좋은 예감이 들었다. 조금 전에 발견한 메모가 도쿠나가의 함정 같은 기분이 들었기 때문이다. 그 메모만 빨간 볼펜으로 적어둔 것도 기묘하게 여겨졌다.

다카노는 무심코 주위를 둘러보았다. 물론 인기척은커녕 발소리도 없었다.

다카노는 숨을 길게 내쉬었다. 그리고 속으로 '아니야'라며 고개를 저었다. 일부러 눈에 띄게 할 거였다면, 장소는 얼마든지 많다.

다카노는 책을 다시 꽂아놓고 1층으로 내려갔다. 도서관 입구 옆에 있는 공중전화로 모모이 학원에 다시 전화를 걸었다.

"네. 모모이 학원입니다."

조금 전과는 다른 남자 직원의 목소리였다.

"잠깐 여쭤보고 싶은 게 있어서 전화드렸습니다."

다카노는 최대한 어른스러운 말투를 썼다.

"무슨 일이신가요?"

"저는 대학에서 NPO 활동에 관해 연구하는 학생인데, 그쪽 학교의 농업 커리큘럼이 매우 성공적이라는 얘기를 들었습니다."

다카노가 거기까지 말하자, 상대의 반응이 확연히 달라졌다.

"아직은 성공했다고 말할 수 있을지 어떨지…… 다만, 착실하게 활동을 계속해가는 건 확실합니다."

"그래서 말인데요, 혹시 가능하시면 그쪽 학교에 협력해주는NPO 법인을 좀 알려주실 수 있을까요?"

"아아, 그런 용건이셨군요? 흠, 엔도 씨 매장이면 괜찮을까? 현재는 세 군데의 NPO 분들이 도움을 주시죠. 그렇지만 직거래 판매장까지 일관해서 소개해줄 수 있는 곳이 낫겠죠?"

"네, 소개해주시면 저에겐 큰 도움이 됩니다."

남성 직원은 일단 수화기를 잠깐 내려놓았다가, '꿈의 마을'이라는 NPO 법인 주소와 연락처를 알려주었다.

다카노는 감사 인사를 하고, 전화를 끊었다. 그리고 알려준 번호로 전화를 걸어보았다.

전화를 받은 사람은 젊은 여성이었다. 규모가 어느 정도 되는 조직인지 알 수는 없지만, 수화기 너머에서 흐르는 라디오 소리가 들렸다.

"아, 여보세요."

이번에는 살짝 친근한 말투로 다카노가 말을 건넸다.

"……저, 지난번에 모모이 학원 직거래 판매장에서 채소를 산 사람인데요."

"아, 네. 무슨 문제라도?"

"아뇨, 아주 맛있었어요."

"네?"

"아, 그때 이것저것 골고루 샀는데, 하나같이 다 싱싱해서."

"아아, 고맙습니다. 저, 어느 직거래 판매장이었죠?"

"음, 거기예요. 음, 모모이 학원에서 제일 가까운…….”

"아하, 그럼, 야쓰가타케 목장의 매장인가요?”

"아, 맞아요, 맞아요.”

"고맙습니다.”

"아, 아뇨. 그런데 오늘 전화한 용건은 조금 시시한 얘기긴 한데.”

"네, 무슨 일이신가요?”

"음, 그때 매장에 모모이 학원의 학생들이 있었어요.”

"물건을 배달하러 갔나?”

"아, 네, 맞아요. 그런데 그때 한 학생과 잠깐 얘기를 나눴죠. 저희가 구입한 채소도 그 학생이 키웠다고 했어요.”

"그래요? 그런 얘기를 했어요?”

"네. 그래서 바쁘신 와중에 정말 죄송합니다만, 워낙 맛있게 먹어서 감사하는 마음이랄까, 편지라도 좀 보내고 싶어서요.”

"편지요? 어머나…… 혹시 보내주시면 학생들도 굉장히 기뻐할 거예요.”

"그럴까요? 음, 간타라고 하던데.”

"네?”

"아, 그때 얘기를 나눴던 모모이 학원의 학생.”

"아아, 야나기 학생? 야나기 간타.”

"아, 맞아요, 맞아.”

"그럼, 매장에 다녀가신 지는 얼마 안 됐네요."

"아, 네, 그렇죠."

"음, 편지는 이쪽으로 보내주셔도 되고, 학교로 직접 보내셔도 문제없을 것 같은데."

"아, 그럼, 학생 여러분 앞으로 해서 학교로 보내겠습니다."

"주소는 아세요?"

"네, 그건 제가 알아보겠습니다. 혹시나 그런 편지가 성가시진 않을까 해서……."

"천만에요."

부드러운 말투와는 달리 다카노는 최대한 빨리 통화를 끝내고 싶었다. 간타는 역시 그 야마나시 시설에 있다. 그 시설에서 채소를 기르며 살고 있다.

다카노는 정중하게 감사 인사를 하고 전화를 끊었다. 그리고 억지 미소로 굳어버린 얼굴을 세게 때렸다.

*

출발을 알리는 벨이 울렸고, 가자마는 객실 의자를 뒤로 눕혔다. 평일 오후, 가루이자와로 향하는 나가노 신칸센의 특실 차량은 승객이 적어 한산했다.

문이 닫히고 열차가 서서히 달리기 시작했다. 승강장에서는 다음 열차를 기다리는 승객들이 찬바람에 몸을 잔뜩 움츠리고 서 있었다.

차창 밖 경치가 오테마치의 고층 빌딩에서 간다 일대의 잡거빌딩으로 바뀌었을 즈음, 도쿠나가가 차량에 나타났다. 비행기 지연으로 나란토에서 도착이 늦어진다는 연락이 왔는데, 같은 신칸센에는 탈 수 있었던 모양이다.

"수고가 많으십니다."

도쿠나가가 인사를 하고 옆자리에 앉았다.

"야나기의 거처는 아직 못 알아냈나?" 가자마가 인사도 없이 물었다.

"아직입니다. 죄송합니다."

"다카노의 기색도 별다른 점은 없고?"

"네. 야나기한테 연락이 온 것 같진 않습니다."

간식 카트가 다가와서 두 사람은 일단 대화를 중단했다.

"……야나기가 다카노에게 연락한다면, 틀림없이 간타가 있는 곳을 알아내기 위해서일 겁니다."

도쿠나가가 얘기를 이어갔다.

"동생을 놔두고 도망칠 가능성은 없나?"

"그건 불가능합니다. 만약 야나기가 그런 인간이라면, 제가 지도자로서 그 녀석을 전혀 이해하지 못했다는 뜻이겠죠."

"다카노가 이미 야나기한테 연락을 받고, 간타라는 동생이 있는 곳을 찾으려고 시도한 흔적도 없단 말이지?"

"없습니다."

도쿄의 겨울 풍경에는 소리가 없다.

가자마는 스쳐 지나가는 냉랭한 풍경을 바라보며, "어쨌든 이번 야나기 건은 자네 책임이야"라고 무표정하게 말했다.

"네"라고 고개를 끄덕인 도쿠나가는 "……만약 야나기를 못 찾아내면, 제 목숨도 없죠"라며 자조적으로 웃었다.

가자마는 도쿠나가의 옆얼굴을 바라보았다. 묘한 표정이었다. 실제로 그런 각오를 다진 것처럼도 보이고, 반대로 전혀 상상조차 하지 않는 것처럼도 보였다.

"이게 자네의 마지막 기회라는 뜻인가?" 가자마가 물었다.

"그렇겠죠. 그러니 저 같은 베이비시터가 이런 정식 임무에 참여할 수 있었겠죠. 이미 몇 년이나 작은 섬에서 아이들이나 돌봐온 남자입니다. 이제 와서 무슨 일을 할 수 있을지……."

"그렇지만 예전에는 일선에서 일했잖아. 그런데 어쩌다 아이들이나 돌보게 됐지? 분명 서른다섯 살은 이미 지났을 텐데. 본래는 자기 원하는 대로 살 수 있잖아."

"간단합니다. 저는 임무에 실패했어요. 원칙대로라면 그 시점에서 가슴에 심은 폭탄이 폭발할 상황이었죠. 그런데 저는 목숨을 구걸했어요. 그 결과, 약속대로 서른다섯 살이 됐을 때 가슴의 폭파 장치는 제거됐지만, 평생토록 다카노나 야나기

246

같은 아이들 육성에 매진하겠다고 약속했습니다."

가자마는 도쿠나가의 고백을 조용히 들었다. 그리고 얘기가 끝나자, 이렇게 말했다.

"사정은 알겠네. 지금부터는 모두 내 지시대로 해. 그리고 만약 자네에게 조금이라도 수상한 점이 보이면, 내가 처리한다. 허가는 이미 받았어."

도쿠나가는 아무런 대꾸도 하지 않았다. 다만, 자기 손으로 다른 한 손을 힘껏 움켜쥐었다. 그리고 화제를 돌리듯이 "기리시마에 다녀오셨다고요?"라고 물었다.

"어, 어제 도쿄로 돌아왔지. 누구한테 들었나?"

"지금까지의 흐름을 일단 머릿속에 넣어두라는 연락이 왔었습니다."

"그랬군. 그렇다면 자세히 얘기해주지. 다카노가 '와쿠라 토지'에서 훔쳐낸 데이터가 맞았어. 그 일대에서 국유지가 안 된 토지의 70퍼센트를 '와쿠라'의 중개로 몇몇 해외 기업이 사들였지. 단, 그 회사들은 모두 페이퍼컴퍼니야."

"'V. O. 에퀴'인가요?"

"맞아."

"그쪽에서 지역 부동산 브로커를 만나기로 하셨죠?"

"어, 만났지. 그리고 재미있는 얘기를 들었어."

"무슨 얘기요?"

"이번 삼림 매수는 'V. O. 에퀴'가 어떤 목적을 위해 단독으로 시작했다고 여겼는데, 실제로는 '니치오 파워'라는 전력회사도 얽혀 있더군."

"'니치오 파워'라면 국내 수력발전 대기업 아닙니까."

"음, 그렇지."

"하지만 지금은 그 주변에 새 댐을 짓는 시대는 아니잖아요."

"그 주변 댐은 애당초 '니치오 파워'가 도급을 맡았지. 다만, 거기에 'V. O. 에퀴'가 관련된다면, 얘기는 또 달라져."

"어쨌거나 야나기가 빼돌린 정보에 그 해답이 있다는 뜻이군요?"

"그렇지. 야나기가 그걸 들고 도망쳤어."

도쿠나가가 다시 입을 다물었다.

"뭐, 지금은 그 얘긴 됐어." 가자마가 얘기를 이어갔다.

"……세계적인 물 메이저 기업인 'V. O. 에퀴'와 일본의 '니치오 파워'가 손을 잡으려 한다. 그럴 경우, 어떤 그림이 떠오르나?"

한순간 눈을 내리깔았던 도쿠나가가 "만약 일본이 아닌 다른 나라였다면……"이라고 어휘를 신중하게 골라가며 얘기하기 시작했다.

"……예를 들어 수도사업이 민영화된 나라라고 한다면, 얘기는 간단합니다. 그것이 주변 도시인지, 현 단위 지역인지는 모르겠지만, 어쨌거나 어느 특정 지역의 수도사업 독점 개발권을 손에 넣게 되는 건 틀림없겠죠."

"그런데 이곳 일본에서는 민영화가 인정되지 않았지. 그래서 최근에 일본에서도 수도법 개정과 관련된 움직임이 있는지 조사시켰지. 물론 철저히 조사하기에는 부족한 시간이었지만, 완전히 제로는 아닌 모양이야."

"만약 그 수도법 개정이 실행된다면······."

"분명 가고시마현의 수도사업은 완전히 'V. O. 에퀴'와 '니치오 파워'가 우선권을 잡게 될 테고, 민간 위탁 흐름이 빨라지면 10년 안에는 근접한 오이타, 구마모토, 아니 규슈 전체가 독립된 수도사업을 시작할지도 모르지."

"수도법 개정을 추진하는 중의원들이 있나요? 만약 추진하고 있다면 'V. O. 에퀴'나 '니치오 파워'와 연관이 있는 사람이겠군요?"

"'V. O. 에퀴'에 관한 조사는 아직 안 했지만, '니치오 파워'와 가까운 중의원들은 바로 몇 명쯤 이름을 댈 수 있지. 방금 제로는 아니라고 했던 건 그 주변 동향 때문이야."

"그렇다면 가능성의 얘기지만, 혹시 그렇게 흘러갈 경우, 우리 AN 통신은 어떻게 움직이게 되나요?"

"'V. O. 에퀴'의 경쟁기업 혹은 '니치오 파워'의 경쟁기업과 접촉하게 되겠지. 물론 수도법 개정과 관련된 소문이 퍼지기 전에."

간식 카트가 다시 왔다. 가자마가 카트를 세우고 캔 맥주를 샀다. 도쿠나가에게도 "마시겠나?"라고 물었지만, "아뇨, 됐습니다"라고 거절했다.

가자마는 캔 맥주를 단숨에 반 정도나 마셨다. 차 안이 건조한 탓인지, 목이 몹시 말랐다.

"그건 그렇고, 이번에 규슈는 이치조와 함께 가셨죠?"

카트가 멀어지자 도쿠나가가 불쑥 물었다. 가자마는 문득 생각이 나서 "아, 그래, 자네들 예전에 같이 일했지"라며 고개를 끄덕였다.

"그 녀석, 여전하던가요?"

"여전하다니?"

"콤비로 일하기에 적합한 남자는 아니었죠?"

도쿠나가가 안 좋은 추억이라도 얘기하듯 얼굴을 찡그렸다.

"글쎄, 어떨지. 내 지시만 잘 따라주면 불만 없어."

"그 녀석은 이런 쪽 일에는 적성이 맞아요."

도쿠나가가 이번에는 자조하듯 코웃음을 쳤다.

"자네는 안 맞았나?" 가자마가 물었다.

"그 녀석에 비하면 안 맞는다고 할 수밖에 없겠죠. 저는 그냥 다카노 같은 꼬맹이한테 호신술을 가르치거나 숙제를 시키는 정도가 제격일지 모릅니다."

"이치조랑 마지막으로 일한 게 언제였지?" 가자마가 물었다.

"'신타니 철강'과 '다이니치 석유'의 합병 건을 맡았을 때였죠."

"지금으로부터 4년……."

"아뇨, 벌써 5년 전입니다."

"그때, 무슨 일이라도 있었나?"

가자마가 일부러 가벼운 말투로 물었다.

"불평처럼 들릴 것 같으니 그만두겠습니다."

도쿠나가가 그렇게 말하며 대화를 끝내려 했다. 가자마는 그 이유가 은근히 마음에 걸려서 "괜찮으니까 말해봐"라며 웬일로 파고들었다.

"단순해요. 제가 앞을 내다보는 능력이 없었어요. 단지 그것뿐입니다. 저는 '신타니 철강'과 '다이니치 석유'의 합병 건은 최종적으로는 틀어질 거라고 판단했습니다. 결국 불평이 되겠지만, 그렇게 판단할 만한 자료는 갖춰져 있었죠. 다만 흐름이란 건 아주 사소한 계기로도 변하게 마련인데, 저는 아주 작은 그 계기를 알아채지 못했고, 이치조 녀석은 알아챘어요."

"그 정도 일로 자네가 현장 일선에서 제외되진 않았을 텐데?"

"그렇죠, 그쯤에서 방향 전환하고 녀석이 말하는 대로 움직였으면 좋았을 텐데…… 그런 걸 대항 의식이라고 하는 걸까요, 이치조의 판단이 옳다는 건 알면서도 끝까지 자기 판단을 믿고 싶었어요. 그러다 보니 결과적으로 이치조의 발목을 잡는 짓을 저지르고 말았죠."

도쿠나가가 얘기하는 모습을 보니, 그가 여전히 뭔가를 숨기는 듯한 기분이 들었다.

"자네가 말하고 싶지 않다면, 굳이 억지로 묻진 않겠네. 다만 나는 이번 건에서 이치조와도 같이 일하고 있어. 녀석에 관해서는 나보다 자네가 더 잘 알아. 혹시 걸리는 점이 있으면, 뭐든 솔직하게 얘기해줘."

기자마가 사무적으로 그렇게 말했다. 도쿠나가는 한동안 입을 다물고 있었지만, 결심을 굳혔는지 "벌써 5년이나 지난 얘기고, 저의 억측에 불과할지도 모르지만"이라고 서론을 밝힌 후 이야기를 이어갔다.

"······'신타니 철강'과 '다이니치 석유'의 합병은 아무리 봐도 성공할 수가 없었어요. 그 이유를 들자면 끝이 없지만, 양방이 납득할 수 있는 조건의 격차가 너무 컸죠. 다만, 여기서부터는 저의 억측인데, 그 양방의 합병이 성공하지 않음으로써 이득을 보는 기업도 있었습니다. 예를 들어 그런 기업에 '신타니 철강'과 '다이니치 석유'의 합병이 파탄된다는 정보를 준다고 가정하죠. 혹시 그 기업이 철강업이면, 대신 '다이니치'와 손을 잡을 수 있을 테고, 그 기업이 석유 관련 업체면 '다이니치'를 제쳐놓고 '신타니'와 손을 잡을 수 있겠죠. 원치 않았던 거라도 남 주기는 싫은 게 인간의 본성이니까."

도쿠나가가 옛날이야기를 하듯 거기까지 얘기하고, 입을 다 물었다.

가자마는 굳이 추궁하지는 않았지만, 그때 도쿠나가가 갖고 있던 '신타니'와 '다이니치'의 합병 결렬 관련 자료를 이치조가 몰래 어느 기업에 흘려서 그 합병 얘기를 거의 강제로 본래 흐름으로 돌려놨을 거라 미루어 짐작했다.

"자네랑 이치조는 언제부터 알았지?"라고 물으며 가자마가 화제를 돌렸다.

"꼬맹이 때부터죠." 도쿠나가가 대답했다.

"꼬맹이 때? 이치조는 우리 조직에 들어오기 전에 기자였다고 하던데. 마닐라 언저리에서 썩고 있을 때 스카우트 제의를 받아서 AN 통신에 들어왔다고."

가자마의 말에 도쿠나가가 씁쓸하게 웃었다.

"그건 그 녀석이 꾸며낸 얘기예요. 조직 내부의 인간이라도 자기 경력을 솔직하게 말할 필요는 없다. 좀 더 말하자면, 자기 경력쯤은 거짓말하는 게 조직에 더 도움이 된다. 그게 우리 조직 아닌가요?"

"자, 꼬맹이 시절부터 같이 지냈다는 얘기는?"

"네, 말하자면 저나 이치조나 정통 AN 통신 인간이죠. 물론 그 녀석이 어떤 상황에서 우리에게 오게 됐는지는 모르지만, 같이 자라고 같이 훈련받았어요. 지금 다카노와 야나기랑 똑같은 처지였습니다."

가자마는 그쯤에서 무심코 도쿠나가를 물끄러미 쳐다보았다.

도쿠나가도 바로 그 이유를 알아챘는지, "아뇨, 그 녀석이 조직을 배신할 가능성은 없어요"라며 웃었다.

"왜 그렇게 생각하지? 실제로 야나기는 배신했어." 가자마가 캐물었다.

"같이 커서 압니다. 그 녀석한테 그런 배짱은 없을걸. 좀 더 말하면, 그 녀석에게는 AN 통신이라는 세계밖에 없어요. 그 안에서만 살 수 있는 남자죠. 그렇기 때문에 그 녀석은 거기에서 최고가 되고 싶어 합니다."

"'신타니'와 '다이니치' 건을 말하는 건가?"

"그것도 그렇지만, 아무튼 이치조는 조직을 배신하진 않을 겁니다. 그 녀석에게는 이 조직에 대한 배신이 자기 자신에 대한 배신이니까. 그 녀석에게는 AN 통신이 세상의 전부고, 그것 말고는 아무것도 없어요. 갓 태어난 갓난아기로 비유하면 엄마 품속 같은 곳. 그런 장소겠죠. 만약 그 녀석이 그런 따뜻한 걸 안다면 그렇단 말이지만요."

도쿠나가는 살짝 흥분한 것 같았다. 가자마는 창밖으로 눈을 돌렸다. 그 순간, 엇갈리는 상행 열차에서 밀어닥친 무시무시한 풍압에 창틀 고무가 삐걱거리는 소리를 냈다.

11장
날 기억해줘

다카노는 절벽을 타고 내려갔다. 손발이 담쟁이덩굴과 잡초에 휘감겼다. 미끄러지지 않으려고 가지를 움켜잡았다. 벽에 디딘 발끝이 부드러운 풀고사리 이파리 속에 파묻혔다.

땀이 밴 손바닥에서 풀 냄새가 났다.

이 절벽을 내려가면 동로가 나온다. 아직 한참 멀었지만, 나무들 사이로 아스팔트 도로가 보였다.

다카노는 소철 밑동으로 발을 디뎠다. 둥그렇게 부푼 밑동은 단단했지만, 흙은 흐슬부슬했다.

허둥지둥 아무 가지나 움켜잡았는데, 손바닥에 통증이 훑고 지나갔다. 찢긴 상처에서 흘러나온 피가 뜨거웠다.

다카노는 불안정한 자세 그대로 상처를 핥았다. 풀과 진흙과 피 냄새가 났다.

도쿠나가는 일주일가량 섬에 돌아오지 않았다. 아침저녁 운동은 빼먹지 않았지만, 도쿠나가가 읽어두라고 건넨 책이나 자료가 없어서 시간이 남아돌았다.

결국, 요 사흘간은 집에 가만히 있기도 진력이 나서 이렇게 지나미산으로 등산을 다녔다.

구도로를 이용하면 왕복 두 시간도 안 걸리는 산이지만, 이렇게 숲을 헤치고 절벽을 오르고 또 미끄러지며 왕복하면, 어느 위치에서 숲으로 들어가도 돌아올 때까지 한나절은 걸린다.

산 정상에 올라가봐야 아무것도 없다. 일단 전망대는 있지만, 오늘처럼 구름이 끼면 전망대 쓰레기에 몰려드는 수많은 파리 떼가 성가실 뿐이다.

다카노는 마지막 바위에서 아스팔트 도로로 뛰어내렸다. 눈대중했던 것보다 높이가 꽤 됐는지 뒤꿈치에 뻐근한 통증이 느껴졌다.

바닥에 주저앉아 발목을 돌리고 있는데, 스쿠터가 다가왔다.

같은 반인 유카리가 타고 있었다. 유카리는 다카노 앞에 오토바이를 세우고 "뭐 해?"라며 고개를 갸웃거렸다.

"아무것도 아냐." 다카노가 대답했다.

"왜 이런 데 주저앉아 있니?"

그냥 모른 척하고 가면 좋을 테지만, 유카리는 집요하게 물고 늘어졌다.

"아, 글쎄, 아무것도 아니라니까." 다카노가 혀를 찼다.

다시 달려가려던 유카리가 뜬금없이 "조금 전까지 시오리네에 있었어"라고 말했다. "……시오리네 할머니하고 할아버지가 어제부터 섬에 안 계셔서."

"할아버지도?"라고 다카노가 무심코 물었다.

"도쿄에서 친척 결혼식인가 뭔가가 있나 봐. 시오리는 학교 때문에 못 갔고. 근데, 시오리 혼자 있으면 심심할 것 같아서 같이 잤지."

"흐음."

다카노는 다시 발목을 주무르기 시작했다.

"얘, 그건 그렇고, 너 왜 그렇게 더럽니?"

유카리는 여전히 가지 않았다.

"지나미산." 다카노가 산 쪽으로 턱짓을 했다.

절벽을 올려다본 유카리가 "설마, 여기서부터 올라간 거야?"라며 진심으로 어이없어했다.

*

초인종이 울려서 시오리가 소파에서 일어났다. 인터폰 모니터에 입구에 서 있는 다카노가 떴다. 다카노는 카메라를 똑바로 바라보고 있었다.

258

"다카노?" 시오리가 말을 건넸다.

"응." 다카노가 모니터 속에서 고개를 끄덕였다.

"어쩐 일이야?"

"잠깐 괜찮아?"

시오리는 한순간 망설였지만, 문을 여는 버튼을 눌렀다.

할아버지와 할머니가 안 계셔서 불안한 게 아니라, 다카노의 표정이 어딘지 모르게 심각해 보여서 마음에 걸렸다.

그런저런 생각을 하는 사이, 현관문 벨이 울렸다. 시오리는 복도를 달려가 현관문을 열고, "어쩐 일이야?"라고 다시 물었다.

"방금 유카리랑 마주쳤어."

다카노는 몰골이 말이 아니었다. 얼굴도 옷도 진흙투성이였다. 심각해 보인 게 아니라 단지 얼굴이 지저분했던 것뿐일지도 모른다.

"유카리, 조금 전까지 여기 있었어." 시오리가 말했다.

"응, 들었어." 다카노도 고개를 끄덕였다.

"왜 그렇게 엉망이야?"

"지나미산에 다녀와서."

다카노가 매우 진지하게 대답했다.

"잠깐 들어올래?" 시오리가 물었다.

다카노가 대답도 없이 밀고 들어오려 했다. 그 태도가 왠지 성급했다.

시오리는 살짝 놀라 뒷걸음질을 쳤다. 그 손을 다카노가 덥석 움켜잡았다.

한순간 안 좋은 기억이 떠올랐다. 그날, 선배 집에 갔는데 다른 남자가 두 명 더 있었다. "날 좋아하지?"라며 선배가 웃었다. 시오리는 도망치려 했다. 그 순간 선배가 지금처럼 손을 움켜잡았다. 시오리는 그 손을 뿌리치고 도망쳤다. 집에서 뛰쳐나와 뛰기 시작했지만, 금방 몸이 떨려서 웅크려 앉았다.

실제로는 그것뿐이었다. 그런데 그들은 그다음이 있었던 것처럼 학교에서 떠벌리고 다녔다.

눈앞에 다카노가 서 있었다. 다카노가 통증이 느껴질 정도로 시오리의 손목을 힘껏 움켜잡았다.

"다카노?"

시오리는 그 손을 뿌리치려 했다. 다음 순간, 다카노가 나지막이 뭐라고 속삭였다.

"어?" 시오리가 물었다.

시선을 떨어뜨린 다카노가 "……날 기억해줘"라고 말했다.

"뭐?"

"날 기억해줬으면 좋겠어."

다카노가 키스하려고 했다. 너무나 갑작스러워서 시오리는 뒤로 물러섰다. 그런데도 다카노는 얼굴을 가까이 대며 다가왔다.

"자, 잠깐만. 갑자기 왜 이래?"

시오리는 다카노에게서 도망쳤다. 무섭다기보다 웃겼다. 분명 다카노의 얼굴이 어린애처럼 더럽혀져 있었기 때문이다.

"기억해달라니, 무슨 뜻이야?" 시오리가 물었다.

"이제 곧 졸업이잖아." 다카노가 불쑥 말했다.

순간 온몸에서 힘이 빠졌다.

"아이, 뭐래, 넌 졸업하면 도쿄로 간다며? 그럼 그쪽에서도 만날 수 있잖아."

"응……."

다카노도 애매하게 고개를 끄덕였다.

"아, 진짜, 사람 놀라게 왜 이래. 난데없이." 시오리가 웃어넘기려 했다.

"……미안해." 다카노가 사과했다.

"그리고 추억이란 건 그렇게 억지로 만드는 게 아니잖아?"

"그럼, 어떻게 해야 하는데?"

다카노는 진지했다.

"어떻게 하냐니……. 아, 맞다, 얼마 전에 우리 둘이 세이류폭포 갔었지? 난 그때 기억은 죽을 때까지 못 잊을 거야. 조금 과장하자면, 고교 시절의 최고 추억이 될 것 같아."

시오리는 설득력 있는 설명이라고 여겼지만, 다카노에게는 확 와닿지 않는 듯했다.

"일단 들어와." 시오리가 권했다.

다카노가 너무 어린애처럼 보였다. 어린애처럼 보였다기보다 눈앞에 일곱 살짜리 남자아이가 서 있는 것 같았다.

다카노의 운동화도 진흙투성이였다. 신발 바닥에 묻은 진흙이 하얀 대리석 여기저기에 떨어졌다.

시오리는 부엌에서 냉장고를 열고 보리차를 꺼냈다. 물을 컵에 따르면서 "혹시 졸업해서 뿔뿔이 흩어진대도 널 잊진 않아"라고 말을 이었다.

그때였다. 다카노가 갑자기 뒤에서 끌어안았다. 시오리는 양손에 컵을 든 채로 뻣뻣하게 굳었다.

"날 기억해줘." 또다시 다카노가 말했다.

시오리는 더는 장난스럽지 않게 "응" 하고 고개를 끄덕였다.

다카노가 숨이 막힐 정도로 꽉 끌어안았다.

"나, 어떻게 해야 할지 모르겠어. 안 그래? 네가 너무 서두르잖아."

"어쨌든 나를…… 내가 여기 있었던 걸 기억해줘."

"응, 알았어."

"내가 네 앞에 있었던 걸, 내가 이 섬에 있었던 걸…… 전부 기억해줘. 시오리가 기억해주면 좋겠어."

시오리는 컵을 내려놓았다. 자기를 끌어안은 다카노의 팔을 어루만졌다.

"갑자기 사라져버릴 것처럼 말하지 마. 그렇게 말하면 슬프 잖아."

"고마워." 갑자기 다카노의 팔에서 힘이 빠졌다. "나, 그만 갈 게."

시오리는 붙잡지 않았다. 다카노가 몹시 부끄러워하는 것 같아서였다.

운동화를 황급히 꿰신고 곧장 뛰쳐나가려는 다카노에게 "있 지, 세이류 폭포에 또 데려가줘"라고 부탁했다.

멈춰 선 다카노가 "알았어. 그럼, 내일 어때?"라며 돌아보았다.

농담으로도 들리고, 진담으로도 들렸다.

"좋아, 내일. 약속했다?" 시오리가 미소를 지었다.

기쁜 듯이 고개를 끄덕인 다카노가 현관에서 나갔다. 문이 닫히고, 다카노의 발소리가 멀어졌다.

"괜찮아. 앞으로도 다카노랑 얼마든지 추억을 만들어갈 수 있 어." 시오리는 자기 자신에게 들려주듯 소리 내어 말했다.

*

도도로키 마을로 돌아오는 길에 숲은 저녁노을로 물들었다. 가로등이 없는 동로는 어두워서 스쿠터의 라이트가 함몰된 도

263

로 상태를 더욱 두드러져 보이게 했다.

다카노는 몇 번이나 백미러를 확인했다. 거기에는 어스름한 길뿐이었다. 그 무엇도 자기를 쫓아오지 않는데도 왠지 자꾸만 뒤가 신경 쓰였다. 뭔가가 쫓아온다기보다 자기가 달리며 스쳐 지나는 순간, 뒤쪽 풍경들이 잇달아 사라져버리는 듯한 두려움이 느껴졌다.

특히 최근 며칠은 그런 두려움을 떨쳐낼 수 없었다. 지나미 산에 오른 이유도, 무작정 시오리를 찾아가 스스로도 영문 모를 행동을 한 것도 분명 그런 탓일지 모른다.

하늘에 달이 떴다. 붉은 기를 살짝 머금은 달이 섬뜩해 보였다.

집 앞에 스쿠터를 세우자, 문을 활짝 열어둔 부엌에서 맛있는 냄새가 흘러나왔다. 아줌마가 또 장조림을 만드는 모양이다.

"다녀왔습니다"라고 인사를 건네자, 냄비 뚜껑을 든 도모코 아줌마가 돌아보았다.

"장조림?" 다카노가 물었다.

"오늘 밤에는 네가 좋아하는 돼지고기 장조림 했어."

도모코 아줌마의 표정이 어딘지 모르게 굳어 있었다.

"지나미산에 올라갔다 왔더니 또 이렇게 엉망이 됐어요."

다카노가 미소를 건넸다.

"목욕할 거면, 먼저 해."

도모코 아줌마가 그렇게 말하고 냄비를 들여다봤다.

그때 뒤에서 시선이 느껴졌다. 돌아보니 거실에 도쿠나가가 앉아 있었다.

"오셨어요?" 다카노가 몹시 당황하며 물었다.

"오늘 마지막 페리로 이 섬을 떠난다."

도쿠나가가 툇마루에서 내려왔다.

"오늘요?"라고 되물으면서도 다카노는 왠지 도모코 아줌마에게 시선을 돌렸다.

아줌마는 등을 돌린 채 냄비를 들여다보고 있었다.

"이 섬에는 이제 돌아오지 않아. 그렇게 알고 준비해."

"지, 지금 당장요?"

머리로는 이해했다. 다만, 마음이 따라가지 못했다.

"저, 이제 돌아오지 않는다니······. 마지막 페리까지 두 시간도 안 남았는데요."

"당장 필요한 소지품만 트렁크에 담아. 다른 짐은 여기 남겨둬. 나중에 내가 처리한다."

도쿠나가가 밖으로 나가려 했다.

"자, 잠깐만요."

다카노는 도쿠나가가 아니라 도모코 아줌마의 등을 바라본 채 불러 세웠다.

"저녁 먹을 시간은 있다. 3년간 신세를 졌지. 도모코 아줌마에게 감사 인사는 확실하게 드리고."

도쿠나가가 나갔다. 다카노는 그 등을 멍하니 바라볼 수밖에 없었다.

"뭐 해, 얼른 씻고 와."

얼마나 멍하게 서 있었을까, 도모코 아줌마의 목소리가 들렸다.

돌아보니 거기에는 도모코 아줌마가 서 있었다. 자기가 뭔가 말을 건네야 한다는 건 알지만, 갑자기 마음이 무거워졌다.

물론 해야 할 말은 안다. 그러나 '3년 동안 고마웠습니다'라는 말만으로는 절대적으로 부족하다. 그렇다면 달리 무슨 말로 표현할 수 있을까.

"뭐 해, 시간 별로 없어. 얼른 목욕하고 밥 먹어."

평상시 같은 분위기로 말하는 도모코 아줌마에게 "네"라고 대답한 채로 우두커니 서 있었다.

"······잠깐 저기 서볼래."

도모코 아줌마가 손으로 흙벽을 가리켰다. 다카노는 시키는 대로 벽 쪽에 섰다.

"어머나."

놀라는 도모코 아줌마의 시선을 따라가보니 흙벽에 선이 그어져 있었다.

"아이고, 세상에나. 정말 많이 컸구나. 네가 처음 여기 온 날,

몰래 여기에다 표시해뒀거든."

도모코 아줌마가 해놨다는 표시는 지금은 다카노의 어깻죽지보다 낮았다.

"네 팔뚝 하나쯤은 이 아줌마가 매일 해준 밥으로 만들어졌는지도 모르겠다. 네가 앞으로 어떤 일을 하게 될지 아줌마는 몰라. 그래도 네 몸의 일부는 이 아줌마가 키웠어. 아줌마를 소중히 여긴다는 마음으로…… 무슨 일이 있어도 살아남아야해. 알겠지? 너에게는 그럴 가치가 있어."

깊은 주름에 감춰진 도모코 아줌마의 눈이 촉촉하게 젖어있었다.

다카노는 바닥에 떨어져 있던 숯을 주워서 등을 벽에 대고머리 위에 표시를 했다.

"그동안 신세 많이 졌습니다."

인사를 하고, 더는 견딜 수 없어서 사다리를 뛰어올라 2층의방으로 올라갔다.

아무 생각도 하지 않으려고, 곧바로 트렁크를 꺼내 짐을 싸기시작했다. 그러나 거기에 뭘 담으면 좋을지 알 수가 없었다. 이곳에서 뭘 가지고 가면 좋을지, 이곳에 뭘 남기고 가면 좋을지.

다카노는 방을 둘러보았다. 이제는 이곳으로 두 번 다시 돌아올 수 없다. 그 현실이 여전히 받아들여지지 않았다.

문득 야나기도 이렇게 허둥지둥 이 섬을 떠났을 거라는 생각이 들었다. 아마 아직 날도 밝지 않았을 때 도쿠나가가 찾아와서 아무 생각도 못 한 채 이 섬을 떠났을 거라고.

다카노는 그 후 마지막 목욕을 하러 들어갔다. 이유도 없이 뜨거운 물을 몇 번이나 머리부터 끼얹었다.

목욕탕에서 나와 도모코 아줌마가 차려준 마지막 저녁을 먹자, 이미 출발할 시간이었다.

다카노는 집에서 나왔다. 배웅하러 나온 도모코 아줌마에게 인사를 하고 걸음을 내디뎠다.

도모코 아줌마는 이제 아무 말도 하지 않았다. 다카노는 한참을 걷다 뒤를 돌아보았다. 도모코 아줌마는 이미 보이지 않았다. 어두운 숲속에 3년간 살았던 집의 불빛이 오도카니 떠올랐다. 밤의 숲의 배웅을 받듯이 다카노는 다시 걸음을 내딛기 시작했다.

다카노는 페리 갑판에서 차디찬 바람을 맞으며 수평선을 바라보고 있었다. 같은 어둠이라도 밤하늘에는 별이 있고, 바다에는 없다. 그리고 그 경계가 수평선이었다.

조금 전까지 보였던 나란토의 불빛이 완전히 어둠 속으로 사라졌다. 성수기가 지난 마지막 페리의 승객은 적어서, 형광불빛이 아무도 없는 갑판 위의 파란 벤치를 비추고 있었다.

감상에 젖어 들고 싶지는 않았지만, 자기도 모르는 새에 난간을 힘껏 움켜쥐고 있었다. 다카노는 손바닥의 냄새를 맡았다. 녹 냄새가 강했다.

등 뒤에서 선실 문이 열렸다. 돌아보니 도쿠나가가 나왔다.

다카노는 다시 밤바다로 시선을 돌렸다.

"이시가키섬에서 내일 첫 비행기로 도쿄로 간다."

옆에 선 도쿠나가가 말했다.

"네."

"오늘부터 너에겐 돌아갈 집이 없어. ……이런 말을 들으면, 기분이 조금은 불안해지나?"

도쿠나가도 바다를 바라보았다.

"별로 불안하진 않아요." 다카노가 대답했다. 그리고 잠시 뜸을 들인 후, "반대로 말하면, 어디로도 돌아갈 필요가 없다는 뜻이네요"라고 덧붙였다.

도쿠나가가 살짝 웃는 것 같았다. 그러나 그 웃음도 금세 바람에 휩쓸려버렸다.

"이미 잘 알고 있겠지만, 지금부터 넌 나와 한 팀으로 일해야 해. 그것이 너의 최종 테스트다. 이 일이 끝나면 넌 정식으로 AN 통신의 구성원이 될 수 있어. 물론 최종적인 결정권을 쥔 사람은 너지."

"알고 있어요."

"지금 우리는 프랑스의 'V. O. 에퀴'와 '와쿠라 토지'가 추진

중인 토지 매수 건을 맡고 있다. 그 두 회사가 미나미큐슈와 시나노 일대의 주요 수원 부근의 토지를 마구 사들이고 있지. 아마 가까운 장래에 일본의 상하수도 사업과 관련된 구조적인 대변화가 일어날 거야. 간단히 말하자면, 상하수도 사업이 민간업체에 위탁될 가능성이 있다는 뜻이지. 다만, 그것이 어느 정도 개정이 될지는 아직 파악하지 못했다. 아마 그 열쇠를 쥐고 있는 건 일본의 종합에너지 대기업인 '니치오 파워'. 그 '니치오 파워'가 주도권을 잡고 법 개정을 위해 움직이고 있지. 앞으로 네가 해야 할 일은 그 '니치오 파워'가 현재 어떤 정보를 가지고, 누구와 얘기를 진행하며, 어느 정도까지 노선이 결정났는지 파헤치는 거야."

도쿠나가가 그쯤에서 일단 얘기를 멈췄다. 다카노는 살짝 불안한 목소리로 "네"라며 고개를 끄덕였다.

"좀 더 간단히 말해주지."

도쿠나가가 그렇게 중얼거렸다.

"……최종 테스트로 네가 하게 될 일은 현재 '니치오 파워'가 갖고 있는 정보를 손에 넣는 것. 그리고 현재 그 정보를 갖고 있는 사람은 야나기다."

다카노는 동요를 감추기 위해 녹슨 난간을 힘껏 움켜쥐었다. 벗겨진 페인트 조각이 손바닥을 찔렀다. 눈앞에서는 검은 파도가 솟구치는데도 파랗고 눈부신 아오토 해변의 바다가 떠올랐다. 잔교에서 들여다보던 그 파란 바다를 더 이상은 볼 수 없다는 것을 새삼스레 실감했다.

*

밤이 되어도 비는 그치지 않았다. 도쿄 교외 주택지, 외따로 있는 어린이 놀이터 곳곳에 큰 물웅덩이가 생겼다.

다카노는 우산을 때리는 빗줄기와 발밑 웅덩이에 떨어지는 빗방울이 자아내는 두 종류의 빗소리를 아까부터 줄곧 듣고 있었다. 기온은 3도 정도일 테지만, 오래도록 놀이터에 서 있었던 다카노의 체감온도는 영하를 밑돌 게 틀림없다.

숨을 내쉴 때마다 하얀 숨결이 얼굴을 간질였다. 가죽 장갑은 별 도움이 안 돼서 우산을 든 손이 시렸다.

가장 가까운 사설철도 역에서도 한참이나 떨어진 장소라 이따금 달려오는 버스 말고는 주위 경치도 변함이 없었다.

다카노가 이곳에서 서성거린 지 어느새 두 시간이 훌쩍 지났다. 딱 한 번 피자 가게 오토바이가 멈추고 비옷을 입은 배달원이 화장실로 뛰어든 것 말고는 공원에 있는 다카노의 존재를 알아차린 사람은 없다.

다카노는 다시 하얀 숨결을 내쉬며 눈앞에 있는 단독주택을 바라보았다. 자동차 두 대가 들어갈 주차 공간이 있고, 그 옆

계단으로 올라간 곳에 현관이 있다. 거실인 듯한 1층의 불빛이 거세게 내리는 빗줄기를 비추었다.

남유럽풍의 멋진 외관이나 이 일대의 땅값을 생각하면, 아마 2억 엔쯤은 족히 될 저택이었다.

이곳은 독립 계열 발전사업자인 대기업 '동양에너지'의 기획전략실장 오가타 마코토의 자택으로, 현재는 아내와 고등학생 외동딸 세 가족이 살고 있다.

나란토를 떠난 다카노가 도쿄 히비야의 호텔에 체크인한 것은 어제저녁이고, 곧바로 도쿠나가를 따라 이곳 오가타의 집을 사전조사 하러 왔었다.

"어제도 얘기했듯이, 현재 'V. O. 에쿼' '와쿠라 토지' 그리고 '니치오 파워' 삼자 사이에 어떤 움직임이 있어. 분명 장래에 일본에서 생길 상하수도 사업 개혁을 예측한 동향이겠지. 야나기가 그 정보를 훔쳐서 달아났어. 단, 훔쳐본들 야나기 혼자 힘으로 어떻게 처리할 수 있는 안건이 아니야. 하지만 야나기는 실제로 그 정보를 갖고 있지. 만약 네가 야나기라면 그 정보를 어떻게 하겠나?"

오가타의 집을 사전조사 하러 가는 차 안에서 도쿠나가가 그런 질문을 던졌다.

"저라면 그 정보를 필요로 하는 상대에게 팔아넘기겠죠. 그것 말고는 활용할 용도가 없어요." 다카노가 망설임 없이 대답했다.

"맞아. 그럼, 그 정보를 필요로 하는 상대는 누굴까?"

다카노는 한동안 생각에 잠겼다.

도쿠나가가 운전하는 차는 수도 고속도로에서 속도를 더욱 높였다.

"'와쿠라 토지'는 토지 매수에 관여할 뿐이고, 그 후 사업 전 개까지는 관련될 것 같진 않아요. 그러니 일단은 삼자에서 제 외시키죠. 다음은 'V. O. 에쿼'인데, 그쪽에는 수도사업과 관련 된 최고 수준의 기술과 노하우가 있죠. 공공사업으로 수도사 업을 해온 일본에는 그 정도 수준의 기술을 가진 기업은 없고 요. 그렇게 보면, 그 삼자에서 'V. O. 에쿼'를 제외시키긴 불가 능합니다."

"맞아. 그렇다면?"

"제가 만약 야나기라면 '니치오 파워'를 대신할 수 있을 만한 기업에 그 정보를 팔겠죠."

"왜지?"

"예를 들면……."

그쯤에서 다카노가 말을 머뭇거렸다.

"예를 들면, 이래서지." 기다리다 못한 도쿠나가가 말을 받았 다. "……가령 '니치오 파워'를 대신할 만한 기업을 A라고 치자. 만약 빼돌린 정보 안에 'V. O. 에쿼'와 '니치오 파워'의 계약조건이 들어 있다면, A사는 좀 더 좋은 조건으로 'V. O. 에퀴'에게 제휴를 제안할 수 있겠지. 물론 그 밖에도 이점은 여러 가지야. 아무튼 정보를 쥐고 있는 쪽은 선수를 칠 수 있다는 뜻이지."

그 대화 후에 도쿠나가의 입에서 나온 기업이 '동양에너지' 인데, 현재 국내에서 '니치오 파워'에 대항할 수 있는 독립 계열 발전사업자는 이 '동양에너지' 외에는 없다는 얘기였다.

"네가 만약 야나기라면, 그 '동양에너지'에 정보를 팔겠지?"

도쿠나가가 물어서 "네"라며 다카노가 고개를 끄덕였다.

"얘기를 요약하면, 야나기가 '동양에너지'와 접촉하기 전에 정보를 가로챌 필요가 있다는 뜻이지."

"야나기가 아직 접촉하지 않은 건 밝혀졌나요?"

"지금 상황에서는 '동양에너지' 내부에 그런 움직임은 안 보여."

"저……."

그쯤에서 다카노가 끼어들었다.

"야나기가…… 그 녀석이 정말로 혼자 이런 짓을 저질렀을 까요?"

도쿠나가가 핸들을 잡은 채로 다카노에게 힐끗 시선을 던 졌다.

"그건 나도 몰라."

도쿠나가는 그 후로 입을 다물었다.

빗줄기가 더 거세졌다. 다카노는 추위에 못 이겨 그 자리에서 계속 제자리걸음을 뛰었다. 주머니에서 휴대전화가 울려서 눅눅한 가죽 장갑을 벗고 전화를 받았다.

"지금 딸이 아파트로 돌아왔다."

귀에 낀 이어폰에서 도쿠나가의 목소리가 들렸다.

"오가타와 그의 부인은 집에 있습니다." 다카노가 보고했다. 하얀 숨결이 곱은 손가락을 간질였다.

"지금 가."

다카노는 물웅덩이를 밟으며 공원에서 나왔다. 몸은 이미 흠뻑 젖어서 더 이상은 신경 쓰이지 않았다.

두 시간 동안 계속 지켜보던 집의 계단을 뛰어 올라갔다. 현관 벨을 누르자, 바로 오가타 부인의 목소리가 인터폰에 울려 퍼졌다.

"밤늦게 죄송합니다." 다카노는 먼저 양해부터 구했다.

"누구시죠?"

"나오 씨의 지인입니다."

다카노가 그렇게 밝힌 순간, 오가타 부인이 소스라치게 놀라며 숨을 집어삼켰다. 바로 인터폰 수화기를 내려놓고, 복도를 달려오는 발소리가 들렸다.

문을 연 사람은 부인이 아니라 오가타였다. 자료에 따르면 현재 마흔아홉 살인데, 맨발로 현관에 서 있는 그 모습은 어딘지 모르게 지친 인상이라 오십대 후반으로도 보였다.

"나오한테…… 나오한테 무슨 일이라도 생겼나?"

맨발로 현관에서 내려온 오가타가 다카노에게 달려들었다. 다카노는 냉정하게 그 어깨를 밀어내고, "진정하세요. 나오 씨에 관해 상담할 게 있어서 왔습니다"라고 말했다.

"이, 일단 들어오시라고 하세요."

오가타 뒤에서 아내가 머뭇머뭇 말을 건넸다. 다카노는 망설임 없이 안으로 들어가서 젖은 운동화를 벗었다. 그 모습을 오가타도 부인도 말없이 지켜보았다.

열여섯 살인 오가타의 외동딸 나오가 가출한 것은 석 달쯤 전이다.

부부는 그다음 날 실종 신고를 했지만, 정작 그 딸에게서는 '이제 집에 들어갈 생각은 없으니 찾지 말라'는 전화가 왔다.

그 후 부부는 딸의 친구나 학교에 수없이 연락했지만 거처를 알아낼 수 없었고, 딸에게도 전혀 연락이 없었다.

다카노는 젖은 양말을 신은 채로 거실로 안내받았다.

세 사람 다 소파에 앉지도 않고, 선 채로 서로를 마주 보았다. 난방을 틀어놓은 실내로 들어오자, 다카노의 젖은 피부가 근질거렸다.

"단도직입적으로 얘기하겠습니다." 다카노가 먼저 포문을 열었다.

"자네는 우리 딸과 어떻게 아는 사이지? 학교 친구인가? 어디서 알았어?"

조급하게 구는 오가타에게 "여보, 잠깐만요"라며 아내가 타일렀다.

"저는 따님과 직접적으로 아는 사이는 아닙니다. 다만, 따님이 지금 어디에 있는지 알 뿐입니다." 다카노가 밝혔다.

"어디야? 어디 있어?"

또다시 오가타가 서두르며 앞으로 한 발짝을 내디뎠다.

다카노는 두 사람이 보는 앞에서 휴대전화를 꺼내 어떤 번호로 전화를 걸었다.

호출음이 들린 후, "여보세요?"라는 젊은 아가씨의 목소리가 들렸다. 다카노는 아무 대답도 하지 않고, "따님입니다"라며 휴대전화를 오가타에게 건넸다.

휴대전화를 난폭하게 가로챈 오가타가 "여보세요!"라며 말을 건넸다. 상대가 대답을 한 모양이다.

"나오…… 너 지금 어디 있어? 얘, 나오야!"

소리치는 오가타에게 딸이 뭐라고 대꾸한 듯하다.

"……누구한테 들었든 무슨 상관이야! 아무튼, 아무튼 일단 들어와!"

오가타가 소리치는 와중에 전화가 끊긴 모양이다. "여보세요, 여보세요!"라고 단념하지 못한 오가타가 계속 소리쳤다.

다카노가 오가타의 손에서 휴대전화를 가로챘다.

"따님은 지금 시부야 구의 한 아파트에서 어떤 남자와 살고 있습니다."

"누구야? 그놈이?"

흥분해서 얼굴이 벌겋게 달아오른 오가타가 고함을 쳤다.

"지금 따님은 시부야에 있는 술집에서 일하고 있어요. 자기 의사로 시작한 모양입니다. 다만, 이대로 그 남자 곁에 있다가 는 조만간 근무처가 성매매업소로 바뀔 겁니다. 그런 부류의 남자입니다."

그제야 간신히 오가타가 조용해졌다. 힘이 빠진 듯이 소파 에 털썩 주저앉아 머리를 감싸 쥐었다. 남편보다는 냉정함을 유지했던 오가타 부인이 "그런데 당신은 왜 여기 오셨나요?"라 고 물었다.

다카노는 부인이 아니라, 머리를 감싸 쥔 오가타에게 이유 를 밝혔다.

"먼저 말씀드리지만, 저는 단지 심부름꾼입니다. 자세한 내 용은 모릅니다. 어떤 사람의 부탁을 받고 일하는 것뿐이죠. 그 어떤 사람은 당신이 근무하는 '동양에너지'와 관련된 정보를 원합니다. 그 정보와 맞교환하는 조건으로 따님이 있는 곳을 알려줄 수 있다고 합니다."

다카노가 억양 없는 말투로 얘기했다. 두 사람은 눈앞의 젊은 남자가 뜬금없이 무슨 말을 꺼내는지 이해할 수 없는지 멍한 표정을 지었다.

"한 번만 얘기할 테니, 잘 들어주십시오." 다카노가 얘기를 이어갔다.

오가타는 반신반의하면서도 표정이 차츰 긴장되었다.

"'V. O. 에퀴'라는 프랑스 기업은 잘 아시죠? 아마 가까운 장래에 이 기업의 일본 시장 진출에 흥미가 없느냐는 연락이 귀사로 올 겁니다. 아니, 어쩌면 이미 왔을 가능성도 있어요. 그리고 현재 오가타 씨의 사내 직위를 고려하면, 그 얘기는 반드시 당신 귀에 들어올 겁니다."

이쯤에서 다카노는 상황을 살폈다. 'V. O. 에퀴'라는 말에 오가타의 반응은 없었다.

"……따님이 있는 곳을 알려주는 맞교환 조건치고는 매우 간단합니다. 앞으로 그런 종류의 연락이 올 경우, 저에게 알려주시면 됩니다. 단지 그것뿐입니다. 그동안 따님의 동향은 반드시 매일 보고하겠습니다."

긴 침묵이 흘렀다. 거실에는 밖에서 내리는 빗소리뿐이었다.

"말도 안 돼, 회사를 배신하는 짓을 할 순 없어."

오가타의 입에서는 그 말이 먼저 흘러나왔다. 그러나 그 목소리에는 힘이 없었다.

12장
배신

방 창문으로 으스스하고 살풍경한 운하가 보였다.

도쿄의 시바우라라는 지역으로, 운하 바로 옆이지만 맞은편에는 창고가 늘어서 있어서 전망은 좋지 않았다. 그런데도 운하 물결을 바라보는 것만으로도 기분이 조금 풀렸다.

이곳이 다카노에게 준비된 도쿄의 거처였다. '동양에너지'의 오가타 집에 가서 맡은 임무를 한 지 이미 이틀이나 지났다. 임무 후에 도쿠나가에게는 아무런 연락도 없었다. 다카노는 그 살풍경한 방에서 하릴없이 따분한 시간을 보낼 수밖에 없었다.

하루 종일 운하의 물결을 바라보다 보니, 다카노는 시간에 따라 변하는 그 빛깔을 알아차릴 수 있었다. 조수의 영향일지도 모르고, 단지 기분상 그렇게 느껴질 뿐인지도 모른다. 아무튼 다카노는 흘러가는 물을 보며 자기가 살아 있음을 확인할 수 있었다.

식사 때면 다카노는 그 운하의 다리를 건너갔다. 거기에는 항만 노동자용 식당이 있다. 도쿠나가가 당분간 생활비로 쓰라며 300만 엔을 현금으로 줘서 근처 호텔에서 좀 더 나은 음식을 먹을 수 있었지만, 그 식당에는 매일매일 메뉴가 바뀌는 정식이 있어서 뭘 먹을지 고민할 필요가 없었다.

마침 그 식당에서 아침을 먹고 방으로 돌아왔을 때였다. 이틀 만에 도쿠나가에게서 연락이 왔다.

"지금 어디야?"

도쿠나가의 다급한 목소리가 들렸다.

"시바우라 호텔방인데요."

"조금 전에 '동양에너지'의 오가타한테 연락이 왔다. 역시 'V.O.에퀴'의 일본 진출과 관련된 정보에 흥미가 없느냐는 익명의 전화가 이미 왔고, 사내 대응도 결정 난 모양이야."

다카노는 살풍경한 실내를 둘러보았다.

어제부터 이곳에 틀어박혀 운하만 바라봤지만, 역시 시간은 멈춘 게 아니었다.

"지금부터 미야자키현으로 직행한다. 너도 바로 하네다 공항으로 와."

귀에 도쿠나가의 목소리가 다시 들렸다.

"미야자키?"

"그래. 요컨대 '동양에너지' 측이 녀석들의 정보에 걸려들었단 뜻이지."

녀석들이라는 말에 야나기의 얼굴이 떠올랐다. 도쿠나가도 야나기 혼자서 이런 엄청난 일을 저질렀다고 보지는 않는 것이다.

"오늘 오후, 녀석들과 '동양에너지'가 첫 번째 미팅을 하는 것까지는 결정이 났어."

"오늘 오후라고요?" 하며 다카노가 시계를 봤다. 아직은 오전 8시를 막 지난 시각이었다.

"미팅 장소도 녀석들 쪽에서 지정한 모양이야. 그곳이 미야자키의 고세 댐이야."

"댐?"

"'동양에너지'와 관계가 있는 댐이지. 어젯밤에 이미 '동양에너지'의 간부 두 명이 미야자키에 도착했어."

전화를 끊은 다카노는 방에서 바로 나왔다. 운하 옆 도로에서 택시를 기다리며 약속했던 대로 오가타의 집으로 연락했다.

전화를 받은 사람은 오가타 부인이었다.

"지금부터 따님이 있는 곳을 알려드리겠습니다." 다카노가 사무적으로 말했다.

"자, 잠깐만 기다려주세요. 메모, 메모를 준비할게요."

수화기를 내려놓는 소리가 들렸다.

"부, 불러주세요. 부탁드려요!"

다카노는 시부야 구의 주소와 아파트 이름을 전해주었다.

"따님은 그 건물 302호에 있습니다. 일하는 곳은 시부야의 '엑사주'라는 가게입니다."

"주소는? 그 가게 주소는?"

"인터넷으로 찾아보면 금방 나와요. 그리고 지난번에 같이 알려드리겠다고 했던 동거 남성의 정보인데, 이름은 '오누키 게이고'이고 올해 서른한 살입니다만, 마에바시 시내에 아내와 두 살짜리 딸이 있습니다."

"네?"

다카노는 몹시 놀라는 부인을 무시하고, 마에바시에 있는 남자의 집 주소도 알려주었다.

"……주말에는 그쪽으로 갈 테니, 그 사실을 알려주면 따님도 지금 생활을 다시 생각할 게 틀림없습니다."

다카노는 전화를 끊었다. 때마침 달려오는 택시를 향해 손을 들었다.

그날 정오가 되기 전에 다카노는 미야자키 공항에 내렸다. 도쿄와 비교하면 조금은 따뜻한 듯했지만, 휴가나다 해역에서 직접 불어오는 한풍에 몸이 바로 얼어붙었다.

지시받은 대로 주차장에서 기다리자, 도쿠나가가 운전하는 왜건이 옆에 와서 멈췄다.

다카노는 조수석에 올라탔다.

"'동양에너지' 간부는 에나미하고 이즈미야라는 남자들이다. 여기 사진이 있어."

차가 달리기 시작하자, 도쿠나가가 파일을 던져주었다.

언제 찍은 사진인지, 골프장에 있는 두 사람의 모습이었다. 백발에 키가 큰 사람이 에나미, 가무잡잡하고 땅딸막한 사람이 이즈미야라고 도쿠나가가 알려주었다.

"30분 전에 두 사람이 숙소인 시내 호텔에서 나온 걸 확인했어. 분명 고세 댐으로 가는 중이겠지."

막히는 시가지를 간신히 빠져나온 차는 히가시큐슈 자동차 도로로 접어들었다.

"저." 다카노가 조심스럽게 입을 열었다.

"왜?"

"오늘 그 댐에 야나기가 올까요?"

다카노의 질문에 도쿠나가는 대답이 없었다. 그 대신 속도를 더욱 높였다.

"아마 오늘은 단순한 첫 대면 정도겠지. '동양에너지' 측에 정보를 살 의사가 있는가? 그걸 확인하는 거야. 실제 거래는 나중에 할 테고. 오늘 그 자리에 야나기가 나타날 가능성도 있어."

다카노는 자기가 먼저 물었으면서도 도쿠나가의 입에서 야나기의 이름이 나오자 무심코 침을 꿀꺽 삼켰다.

야나기가 훔쳐서 달아난 정보를 다시 가로챘다. 그것이 이번 임무라는 건 안다. 그러나 그런 야나기를 위해 간타가 있는 곳을 조사한 사람도 자기였던 것이다.

거기까지 생각하자, 갑자기 혼란스러웠다. 야나기를 잡는 게 이번 임무다. 그러나 간타의 거처를 알려주는 건 야나기가 도망치게 돕는 것이다.

"이쪽 정보가 새고 있을 가능성이 있어."

뜬금없는 도쿠나가의 말에 다카노는 긴장했다.

"……오가타의 말에 따르면, 미팅 일시를 갑자기 앞당긴 모양이야. 우리가 오가타에게 접촉한 후에 바로."

문득 자기가 의심을 받는 기분이 들었다. 나란토에서 도쿠나가의 집에 몰래 들어가 간타의 현재 거처를 알아낼 메모를 찾았던 게 들통났나 불안해졌다.

"왜 그래?"

"아뇨, 아무것도 아니에요."

다카노는 고개를 숙일 수밖에 없었다.

좁고 긴 터널을 몇 개쯤 통과하자, 그 앞에서 별안간 고세 댐이 모습을 드러냈다. 새파란 하늘 아래 펼쳐진 댐 호수에 찰랑 찰랑 물이 차 있었다.

고세 댐은 1959년에 착공된 아치형 콘크리트 댐으로, 18만 킬로와트에 이르는 발전량은 전국에서 열 번째 규모를 자랑한다.

도쿠나가가 차를 세운 곳은 거대한 콘크리트 댐 둑이 내려다보이는 자그마한 언덕 위였다.

눈 아래로는 물을 모아둔 호수는 물론이고, 관리 사무소, 댐 둑의 콘크리트 도로와 방수 중인 수문 등 전모를 내려다볼 수 있었다.

"방수 수문 바로 위쪽에 남자 둘이 서 있는 모습이 보이나?"

도쿠나가의 질문에 망원경을 들여다본 다카노가 "네, 보입니다"라며 고개를 끄덕였다.

얼굴까지 선명하게 보였다. 조금 전 사진에서 골프를 하고 있던 '동양에너지'의 에나미와 이즈미야가 틀림없었다.

창을 닫아둔 차 안에까지 댐의 방수 굉음이 울려 퍼졌다. 산이 물을 토해내는 것 같은 어마어마한 소리였다.

"너는 밑에서 대기해. 저쪽 관리 사무소 언저리에서."

다카노는 창에서 몸을 내밀며 확인했다. 이쪽에 있는 관리 사무소까지는 눈앞에 보이는 절벽만 내려가면 금방 도착한다.

"녀석들은 분명 그쪽 관리 사무소 앞을 지나서 댐 중앙까지

갈 거야. 저쪽은 막다른 곳이라 도망칠 수 없어."

다카노는 설명을 들으면서 시선을 돌렸다. 분명 댐 둑 건너편에서 도로가 끊겼다.

"가겠습니다."

다카노가 차에서 내렸다.

발밑을 확인하며 급경사 절벽을 미끄러져 내려가 관리 사무소 뒤편의 대나무 숲에 몸을 숨길 때까지 채 3분도 걸리지 않았다.

"그쪽에서 에나미 일행은 보이나?"

무선으로 들려온 도쿠나가의 목소리에 "또렷하게 보입니다"라고 다카노가 대답했다.

댐 둑 위의 에나미 일행은 별다른 움직임은 없었다. 다카노는 망원경 방향을 맞은편 기슭으로 돌렸다. 조금 전 차 안에서 망원경을 들여다봤을 때, 건너편 숲속에서 한순간 뭔가가 번쩍거려 마음에 걸렸기 때문이다.

한동안 망원경을 이리저리 돌리자, 역시나 숲속에서 뭔가가 번쩍하며 반사되었다.

다카노는 손을 멈췄다. 망원경을 고정하고 배율을 높였다. 흔들리는 시야 끝에서 그 모습이 차츰 선명해졌다.

다카노는 "어?" 하는 소리를 흘렸다.

한순간 거울을 보는 듯한 착각이 들었다. 망원경을 든 남자가 똑같이 이쪽을 보고 있었기 때문이다.

다카노가 엉겁결에 몸을 숨기려고 한 순간, 상대 남자가 먼저 망원경을 얼굴에서 내렸다. 남자의 눈은 이쪽이 아니라, 댐 둑의 에나미 일행을 향하고 있었다.

"……이, 이치조 씨?"

무심코 소리가 흘러나왔다. 맞은편 기슭의 덤불 속에 몸을 숨기고 있는 사람은 틀림없는 이치조였다.

이쪽 정보가 새고 있을 가능성이 있다고 했던 도쿠나가의 말이 떠올랐다.

황급히 무선으로 도쿠나가에게 알리려는 순간이었다. 댐으로 자동차 한 대가 달려오는 모습이 보였다.

다카노는 다시 망원경을 들었다.

차는 천천히 댐 둑 도로를 달려 에나미 일행에게 다가갔다.

망원경 초점이 운전석에 맞춰진 순간, 다카노는 숨을 집어삼켰다. 핸들을 잡고 있는 사람은 야나기였다. 머리를 기르고, 피부가 조금 하얘졌지만, 틀림없는 야나기였다.

"누군가가 나타났습니다." 다카노가 무선으로 전했다.

그러나 그가 야나기라고 말할 수는 없었다.

에나미 일행 앞에 멈춘 차에서 야나기가 내렸다.

"야나기지?"

도쿠나가의 목소리가 들렸다.

다카노는 "네"라며 고개를 끄덕였다.

야나기가 얇은 봉투를 에나미에게 건넸다. 에나미 일행은 눈앞에 나타난 젊은이에게 그것을 받아도 좋을지 망설였다.

"눈을 떼지 마. 지금 건네준 자료는 정보의 신빙성을 확인시켜줄 밑밥일 테고, 실제 기밀 서류는 아닐 게 분명해. 나는 지금 차로 댐 입구 쪽을 막겠다. 그 타이밍에 너도 차에 타."

다카노는 등 뒤의 언덕을 올려다봤다. 도쿠나가의 차가 서서히 움직이기 시작했다.

봉투를 건넨 야나기가 다시 차에 올라탔다. 그리고 그대로 댐 건너편 쪽으로 직진했다. 그러나 그쪽은 막다른 곳이다.

다카노는 이치조를 다시 확인했다. 그러나 조금 전에 있던 장소에 그 모습은 보이지 않았다.

타이어에 밟히는 자갈 소리가 들려서 다카노는 뒤를 돌아봤다. 도쿠나가의 차가 관리 사무소 앞에 서 있었다.

다카노는 대숲을 헤치며 올라가 조수석으로 뛰어들었다.

"야나기 차는 어디 있어?"

"댐 건너편에 있어요. 유턴해서 올 거예요."

다음 순간, 도쿠나가가 액셀러레이터를 힘껏 밟았다. 차가 급발진하는 바람에 다카노의 등이 시트에 쿵 부딪쳤다.

"이, 이치조 씨가 있었어요!"

속도를 높이는 차 안에서 다카노가 소리쳤다.

"이치조 씨요! 건너편 덤불 속에 숨어 있었어요! 야나기를 조종한 사람은 이치조 씨예요! 틀림없어요!"

차가 댐 둑 도로로 들어섰다. 햇살을 들쓴 콘크리트가 눈부셨다. 저 멀리 멍하니 우뚝 서 있는 에나미 일행이 보였다.

"도쿠나가 씨! 아까 이치조 씨를 봤다고요!" 다카노가 되풀이했다.

"꽉 잡아!"

유턴한 야나기의 차가 이쪽을 향해 달려오는 모습이 보였다. 차를 세울 줄 알았는데, 어찌 된 영문인지 도쿠나가는 액셀러레이터를 더 힘껏 밟았다. 도로는 좁다. 서행해서 간신히 두 대가 스쳐 지날 정도의 넓이였다.

"도쿠나가 씨! 충돌해요! 멈춰요!"

"꽉 잡아!"

대체 뭐가 어떻게 되는 건지 다카노는 도무지 이해할 수가 없었다. 똑같이 속도를 높인 야나기의 차가 이쪽을 향해 곧장 달려들었다.

"도쿠나가 씨!"

다카노는 절규했다.

핸들을 잡으려고 몸을 내밀었지만, 도쿠나가가 허락하지 않았다.

야나기의 차는 바로 코앞이었다. 앞 유리에 무시무시한 형

290

상으로 핸들을 거머쥔 야나기의 얼굴이 보였다.

충돌한다!

다카노가 그렇게 생각한 순간이었다. 도쿠나가가 핸들을 크게 꺾었다. 그러나 꺾은 방향은 오른쪽.

힘차게 물을 계속 뿜어내는 둑 높이 130미터인 콘크리트 절벽 쪽이었다.

휘청하며 기울어진 차 안에서 다카노는 슬로모션처럼 여러 광경을 보았다. 아슬아슬하게 비껴간 야나기의 차. 핸들을 쥔 야나기가 뭐라고 소리쳤다. "다카노!"라고 소리친 것처럼 보였다.

곧이어 엄청난 충격이 엄습했다. 차가 가드레일을 들이받았다. 시트에 쿵 부딪친 순간, 몸이 휙 떠올랐다.

다카노는 이를 악물었다.

눈앞에 무시무시한 기세로 방출되는 물줄기가 육박해왔다. 자기들이 그 속으로 빨려 드는 순간을 다카노는 또렷하게 봤다.

이대로 죽을 수는 없어.

그렇게 생각한 순간, 다카노는 반사적으로 팔꿈치로 조수석 창을 깼다. 유리가 깨지면서 동시에 대량의 물이 흘러들었다.

차와 함께 낙하했다. 안으로 흘러든 물이 무거웠다. 다카노는 발버둥을 쳤다. 도쿠나가 역시 물속에서 발버둥을 치고 있었다.

뜰에 쌓아둔 장작에 어제 이곳 가루이자와에 내린 눈이 어렴풋이 남아 있었다.

기타조노 후미코는 곱은 손가락에 입김을 불며, 장작 몇 개를 품에 안고 실내로 돌아왔다.

2층에서 내려오는 가자마의 발소리가 들린 것은 난로에 막 장작을 지피고 있을 때였다. 눈에 눅눅해진 탓에 좀처럼 불이 붙지 않았다.

후미코는 가자마의 커피부터 준비하려고 부엌으로 향했다. 평소 시간보다 조금 이른 것 같았다.

주전자를 가스 불에 올리고, 냉장고에서 오렌지 케이크를 꺼냈다. 가자마가 식탁에 도착한 기척이 등 뒤에 느껴졌다.

"오늘은 조금 이르네요." 후미코가 인사를 건넸다.

그 순간 생긴 묘한 침묵에서 후미코는 안 좋은 예감을 느꼈다.

"다카노가 사고를 당했습니다."

후미코는 오렌지 케이크를 자르려던 손길을 멈췄다. 그러나 돌아볼 수는 없었다.

"……다카노가 임무에 실패했습니다."

이어서 가자마의 목소리가 들렸다.

칼을 쥔 후미코의 손이 떨렸다. 그 떨림이 손에서 온몸으로 퍼져갔다.

"……후미코 씨, 다카노가…… 다카노가 죽었어요. 미안합니다."

후미코는 심상치 않을 정도로 몹시 떨고 있었다. 그런데도 케이크를 잘랐다.

미안하다고 사과한 가자마의 목소리가 머릿속에서 몇 번이나 울려 퍼졌다.

돌아서서 가자마에게 캐묻고 싶었다. 다카노가 어디서 어떻게 죽었느냐고. 그러나 돌아서서 추궁하는 것은 그 말을 받아들인다는 의미이기도 했다.

"원래는 후미코 씨에게는 얘기하면 안 될지도 모릅니다. 아니, 얘기하면 안 됩니다. 하지만 당신에게는 알리고 싶었어요. 그렇지 않으면 다카노가 이 세상에서 살았던 걸 기억해줄 사람이 나밖에 없으니까."

가자마는 어떤 반응을 기다리는 것 같았다. 그러나 후미코는 어금니를 꽉 깨물고, 그저 평소처럼 커피와 케이크를 준비했다.

"후미코 씨."

컵과 접시를 식탁으로 옮기고, 바로 자리를 뜨려고 하는 후미코를 가자마가 불러 세웠다.

그제야 후미코가 처음으로 가자마를 바라보았다.

293

"그 아이는…… 다카노는 한 번 죽었어요. 이 조직에서 데려왔을 때, 그 애는 이미 죽었을 텐데요. 한 번 죽은 아이가 또다시 죽을 순 없어요!"

후미코는 거친 목소리로 받아쳤다. 흥분한 자기 모습에 스스로도 놀라서 "죄송합니다"라며 고개를 숙이고 밖으로 뛰쳐나갔다.

눈물이 쏟아질 것 같았다. 그러나 여기서 자기가 울면, 다카노의 죽음을 받아들인다는 의미가 된다.

후미코는 크게 심호흡을 하며, 애써 눈물을 삼켰다.

*

후미코는 그대로 외출한 것 같았다. 발소리가 현관에서 대문으로 향했고, 곧이어 숲의 정적 속에 삼켜졌다.

가자마는 물끄러미 커피를 바라보았다. 마시려 하는데도 팔에 힘이 들어가지 않았다.

팔을 들고, 컵의 손잡이를 잡고, 입으로 가져간다. 그 동작을 아까부터 몇 번이나 공상하기만 할 뿐이다.

이치조의 연락을 받은 후로 아직 몇 시간밖에 안 지났다. 이치조의 보고는 사무적이었고, 감정은 완전히 배제되어 있었다.

고세 댐에 나타난 사람은 야나기 본인이었던 모양이다. 야나기는 차를 타고 나타나 '동양에너지'의 에나미에게 얇은 봉투를 건넸다.

그 후, 다시 차에 올라탄 야나기를 막으려고 도쿠나가 일행의 차가 나타났다. 두 대의 차는 둑의 양쪽 끝에서 출발해서 서로에게 다가갔다. 둘 다 속도를 줄이지 않았다.

충돌하겠다고 생각한 순간, 도쿠나가 쪽에서 핸들을 꺾었다. 차는 가드레일을 부수고, 방출 중인 물속으로 처박혔다.

물살에 삼켜진 차는 130미터 밑의 앞댐(댐의 물이 넘쳐흐를 때 댐의 전면이 파이는 것을 방지하기 위해 댐 하류에 설치하는 댐)으로 낙하했고, 다시는 떠오르지 않았다.

멈춰 섰던 야나기의 차가 다시 달리기 시작했으니 이치조는 바로 그 뒤를 쫓았어야 했다. 그러나 낙하한 도쿠나가 일행이 걱정돼서 출발이 많이 늦어졌다.

결국 10분쯤 기다려도 두 사람이 탔던 차는 떠오르지 않았다고 한다.

"두 사람의 생존 가능성은?" 가자마가 물었다.

"없습니다." 이치조가 지체 없이 대답했다.

"'동양에너지'의 에나미 일행은 어떻게 됐나?"

다카노의 최후를 좀 더 묻고 싶었지만, 가자마는 말을 꾹 삼켰다.

댐 둑에는 '동양에너지'의 에나미 일행이 여전히 멍하게 우두커니 서 있었던 모양이다. 이치조는 두 사람에게 달려가서 당장 그 자리에서 떠나라고 말했다. 그리고 지금 여기서 본 광경은 가슴속에 묻어두는 게 신상에 좋을 거라고 협박했다.

두 사람은 퍼렇게 질린 얼굴로 바로 차를 타고 떠났다.

"도쿠나가와 다카노는 어떻게 처리되지?"

가자마는 입안이 몹시 말랐다. 침을 몇 번씩 삼켜도 말이 잘 나오지 않았다.

"가드레일 파손, 게다가 댐 내부에서 생긴 일이라 자동차와 두 사람의 시신을 감추긴 어렵습니다. 다만, 다행히 낙하할 때 두 사람 다 차 밖으로 튀어나왔는지 현재 상황에서는 시신이 발견되지 않았습니다. 현지 경찰이 조사한 바로는 자동차는 앞댐 속에 가라앉은 상태인 듯하고, 아마 두 사람은 방수로를 지나 발전소 안쪽으로 휩쓸려 갔을 것으로 예상됩니다."

"그럼, 어떻게 되지?" 가자마가 물었다.

"만약 운이 좋으면 배수구에서 바로 강으로 방출되겠지만, 아마도 발전소 안의 거대한 수차에 말려들어서 산산이 찢길 거라고 하더군요. 현지 경찰은 이미 그런 선상에서 움직이고 있는 것 같습니다."

냉정한 이치조의 답변에 가자마도 "알았네. 나머지는 이쪽에서 처리하지"라고 대답할 수밖에 없었다.

어찌 됐든 설령 시신이 발견된다 해도 도쿠나가에게나 다카노에게나 밝혀질 신원 따윈 없었다. 그러나 댐에서 신원 불명의 남자들의 시신이 떠오르면 소란이 커질 게 빤하다.

신원만 확실하면, 예를 들면 계류낚시를 가던 도중에 발생한 운전 미숙 사건으로 뉴스가 될지언정 딱히 다른 의심은 생기지 않는다.

가자마는 바로 손을 썼다.

본부에 연락해서 미야자키현 경찰에 연줄이 있는 사람에게 뒤처리를 부탁했다.

분명 본부는 오늘 중으로 도쿄 시내에 아파트 두 곳을 마련할 것이다. 각각은 도쿠나가와 다카노가 살았던 집이 된다.

이것으로 언론은 단순한 사고로 정리한다. 언론에서만 떠들지 않으면 경찰도 깊이 파고들지 않는다. 그리고 시신이 떠오르지 않으면, 어디서 누군가가 죽은 단순한 사고로 하룻밤이면 잊힐 뉴스로 끝난다.

결국 가자마는 후미코가 끓여준 커피는 입에도 못 대고, 멍하니 정원을 내다보고 있었다. 후미코는 아까 나간 후로 아직 돌아오지 않았다.

아직 규슈에 남아 있는 이치조에게 연락이 온 것은 그때였다.

야나기의 행적은 여전히 밝혀내지 못했다.

이치조가 일단 그렇게 보고했다.

"야나기의 배후도 안 보이나?" 가자마가 재촉했다.

297

"네, 안 보입니다. ……다만, 야나기라는 그 어린 녀석이 단독으로 했다고는 도저히 볼 수 없습니다."

이치조는 야나기가 탔던 자동차 번호를 근거로 그 출처를 파헤쳤던 모양인데 헛수고로 끝났다고 한다.

"그리고 지역신문의 기사를 손에 넣었습니다. 내일 조간에 실릴 예정인 기사입니다. 바로 데이터를 보내겠습니다." 이치조가 덧붙였다.

"어떻게 다룰 것 같나?"

"'두 사람은 도쿄의 작은 무역회사에 근무하는 상사와 부하직원. 고세강으로 낚시하러 왔고, 돌아가는 길에 댐 견학. 그곳에서 운전 미숙으로 낙하.' 그런 느낌의 작은 기사가 될 것 같습니다."

"알았어. 다른 내용은?" 가자마가 물었다.

"이상입니다."

이치조가 전화를 끊으려 했다.

"이봐." 가자마가 불러 세웠다. "……아무렇지도 않나?"

무심코 그런 말이 입에서 흘러나오고 말았다.

"무슨 의미죠?"

"음, 그러니까…… 자네랑 도쿠나가는 안 지 오래됐을 텐데."

침묵이 흐르고, 이치조의 숨소리만 들렸다.

"가자마 씨 앞에서 소리 내 울어야 할까요?"

돌아온 대답은 그런 말이었다.

"미안하네. 잊어버려." 가자마가 사과했다.

이치조도 후미코와 마찬가지라는 걸 알아챘다. 한 번 죽은 아이가 다시 죽을 순 없다고 단언했던 후미코처럼 도쿠나가의 죽음을 아직 받아들이지 않는 거라고.

가자마는 자리에서 일어나 2층으로 돌아갔다. 이치조가 보낸 데이터를 바로 확인했다.

분명 짧은 기사였다. 마치 도쿠나가와 다카노의 인생을 하찮게 여기는 것 같은 기사였다.

어제 오후 2시 반 무렵, 미야자키현 사이토 시 고세 댐에서 가드레일을 넘은 승용차가 앞댐으로 낙하했다. 미야자키현 경찰에 따르면, 승용차에 타고 있던 스즈키 다케시 씨(37)와 사토 아키라 씨(19)는 행방불명됐다고 한다.

낙하 후, 두 사람은 차에서 튕겨져 나가 댐 내부 수로로 휩쓸려 갔을 가능성이 있다.

현 경찰은 스즈키 씨가 액셀러레이터와 브레이크를 혼동해서 가드레일을 넘어 낙하한 것으로 보고 있다.

두 사람은 도쿄 도 고토 구에 소재한 무역회사 동료로, 2박 3일 일정으로 고세강에서 낚시를 즐기고 돌아가는 길에 댐을 견학하던 중이었다.

기사를 다 읽은 가자마는 "사토 아키라란 말이지" 하고 중얼 거렸다.

다카노가 지냈던 방 문을 열어보았다. 이미 당시의 흔적은 찾아볼 수 없지만, 휑하니 빈 창가 책상에 아직 어린 다카노가 앉아 있는 모습이 떠올랐다.

가자마는 1층으로 내려가서 식탁 위에 출력한 기사를 올려 놓았다. 바람에 날리지 않게 커피 잔으로 한쪽 모서리를 눌러 놓았다.

너무 허망하다는 생각에 힘이 다 빠졌다. 아무 근거도 없지 만, 다카노는 괜찮을 거라고 확신하고 있었다. 좀 더 말하면, 다 카노라면 어떤 임무든 견뎌낼 수 있다고 굳게 믿었다.

이것이 다카노의 운명으로 여겨지진 않는다. 도저히 받아들 일 수 없다. 그러나 그렇게 생각하면서도 그 무렵의 아직 어렸 던, 무력하고 절망했던 다카노의 모습도 동시에 떠올랐다.

*

먼저 소리가 되살아났다.

아득히 멀리서 어떤 소리가 다가왔다. 발소리 같기도 하고, 뭔가를 두드리는 소리 같기도 했다.

이어서 냄새가 났다.

아주 지독한 녹 냄새.

몹시 딱딱한 장소에 누워 있다는 걸 알았다. 팔이 비틀렸는지 손끝이 저렸다. 다만, 그 마비가 손끝에서 팔을 지나 온몸으로 퍼지는 동시에 자기가 어떤 자세로 누워 있는지 알 수 있었다.

다카노는 눈을 뜨려 했다. 한순간, 못 뜨는 건 아닐까 불안했다.

눈꺼풀에 빛은 느껴지지 않았다.

서서히 뜬 눈에는 아무것도 보이지 않았다. 눈을 감고 있을 때보다 더 어두웠다.

마비된 팔을 굽히며 몸을 일으켰다. 다리를 접고 책상다리로 앉았다. 분명히 똑바로 앉아 있는 것 같은데, 왠지 몸이 안정되지 않았다.

심호흡을 해봤다.

흔들리는 게 자기 머리가 아니라 엉덩이 밑이라는 걸 알았다. 바다 위라고 깨달은 순간, 분명 줄곧 들렸을 엔진 소리가 별안간 귓속으로 날아들었다. 엉덩이 밑에서 진동이 거세졌다.

배 바닥. 캄캄한 배 바닥.

다카노는 휘파람을 불었다.

그렇게 좁지는 않다. 그러나 그렇게 넓지도 않다.

다카노는 일어서려 했다. 그 즉시 다리와 허리에 통증이 훑고 지나갔다. 그러나 못 움직일 정도는 아니었다.

캄캄한 어둠 속에서 균형을 잡으며 일어섰다. 양손을 내밀고 조금 앞으로 가보았다. 대여섯 걸음쯤 나아간 곳에서 손끝에 벽이 닿았다. 눅눅한 철판이라 냉랭한 기운이 감돌았다.

다카노는 그 벽에 등을 기대며 다시 주저앉았다. 벽에 등을 기대는 것만으로도 마음이 많이 안정되었다.

다음 순간, 갑자기 몇몇 광경들이 플래시백되었다.

급하게 핸들을 꺾는 도쿠나가. "다카노!"라고 외친 것 같은 야나기의 얼굴. 파란 하늘만 담긴 자동차 앞 유리. 그리고 차 안으로 밀려든 물.

다카노 일행이 탄 자동차는 분명히 댐 둑에서 낙하했다. 무중력 상태가 된 후, 물과 함께 떨어져 내리는 감각이 또렷하게 남아 있다.

그렇다면 그 후, 무슨 일이 있었던 거지?

나는 왜 배 바닥에 있지?

만약 이 상태가 죽어 있는 거라면 말이 되겠지만······.

다카노는 눈을 감았다. 역시 눈을 감는 게 눈꺼풀 안쪽이 얼마간 더 밝게 느껴졌다. 햇빛을 들쓴 댐 호수의 잔상일지도 모른다.

그 순간, 손목에 묘한 감각이 되살아났다. 힘껏 끌어당겨지는 감각이었다.

그렇다. 맨 먼저 물이 세차게 부딪쳐 오는 무시무시한 충격이 있었다. 앞 유리가 깨졌을 게 틀림없다. 순식간에 차 안으로 물이 밀려들었다.

아무리 발버둥을 쳐도 밖으로 나갈 수가 없었다. 그러는 사이 의식이 멀어졌다. 옆에 도쿠나가도 있었다. 정신을 잃은 그의 머리칼이 물속에서 하늘거렸다.

차가 통째로 깊숙이 가라앉았다.

손목을 힘껏 잡힌 것은 바로 그 직후였다.

가까스로 의식이 조금 남아 있긴 했지만, 몸은 이미 뜻대로 움직이지 않았다.

어느새 차 문이 열려 있었다. 누군가가 팔을 힘껏 잡아당겼다. 자기 몸이 차에서 끌어당겨져 밝은 수면으로 솟구쳐 올랐다.

팔을 끄는 사람이 도쿠나가인 줄 알았다. 그런데 몽롱한 의식 속에서 본 것은 공기통을 등에 진 잠수복 차림의 남자였다.

잠시 후면 수면의 빛을 만질 수 있겠다는 생각이 든 찰나, 의식을 잃고 말았다.

다카노는 자기 뺨을 때렸다.

자기가 수면으로 올라간 것은 꿈이고, 이건 사후 세계가 아닐까 생각했다. 그러나 뺨에 통증이 느껴졌다. 아무것도 안 보이지만, 자기가 지금 이곳에 존재하는 건 분명했다.

잠수복 남자와 같이 떠오를 때, 가라앉은 차가 보였다. 그 운전석에 도쿠나가는 분명 없었다. 그렇다면 잠수복 남자가 도쿠나가일까? 아니, 그럴 리가 없다. 그럴 만한 시간이 있을 리 없다.

발소리가 다가온 것은 바로 그때였다.

배 바닥 전체에 울려 퍼져서 어느 쪽에서 다가오는지 알 수가 없었다.

다카노는 허리를 펴고, 경계 태세를 취했다.

별안간 정면이 환해졌다. 문이 열렸는지, 바깥 조명이 다카노의 눈을 찔렀다. 평범한 형광등일 테지만, 눈을 질끈 감아도 그 빛 때문에 눈안이 아팠다.

"미안, 미안. 불을 꺼뒀었지."

그런 남자 목소리가 들리고, 실내등이 켜졌다. 다카노는 눈을 더욱 질끈 감았다.

"이제야 정신이 든 모양이군."

귀에 익은 목소리였다. 다카노는 살며시 눈을 떴다. 눈이 아플 정도로 강한 불빛 속에서 미소를 머금고 서 있는 사람은 데이비드 김이었다.

눈이 차츰 불빛에 익숙해졌다. 흡사 물 밑바닥의 차에서 수면으로 올라가는 감각이었다.

다카노는 자기 손을 끌어당긴 잠수복 남자의 얼굴을 떠올리려 했다. 수중 마스크 속에 있었던 그 얼굴이 지금 눈앞에 있는 데이비드 김의 얼굴과 겹쳐졌다.

"어떻게……."

소리를 낸 순간, 목이 아팠다.

"정신이 들었을 때, 네가 살아 있는지 죽었는지 헷갈렸겠지."
데이비드가 웃었다. 그 손에 닭꼬치가 들려 있었다. 달짝지근
해 보이는 소스가 듬뿍 묻어 있었다.

그것을 입에 문 데이비드가 "……넌 살아 있어. 기쁘냐?"라
며 또다시 웃었다.

다카노는 벽에 기대며 일어섰다. "네가 왜……." 다카노가 말
했다. 그리고 바로 "도쿠나가 씨는? 도쿠나가 씨는 어디 있어?"
라고 물었다.

"야, 그렇게 한꺼번에 물으면 어떡해."

데이비드의 태도는 어디까지나 호의적이었고, 자기는 구속
된 게 아니었다.

다카노는 어떻게 대응해야 좋을지 몰라 망설였다.

그때 또 다른 누군가가 복도를 걸어왔다. 다카노는 긴장을
풀지 않고 눈을 돌렸다.

"어, 드디어 깨어났나."

안으로 들어온 사람은 놀랍게도 도쿠나가였다. 도쿠나가도
달짝지근한 소스를 바른 닭꼬치를 먹고 있었다.

13장
흙빛 탁류

다카노는 눈앞에 서 있는 두 남자를 번갈아 쳐다보았다. 혼란이 더해졌다.

생각해. 생각해.

속으로 다짐하지만, 도무지 아무것도 정리할 수가 없었다. 떠오르는 거라곤 기억의 단편뿐이었다.

도쿠나가와 함께 댐에서 떨어졌다. 몽롱한 의식 속에서 잠수복 남자가 자신을 구해주었다. 잠수복 남자는 데이비드 김이다. 같은 정보를 쫓는 적이 분명했다.

그 데이비드 김과 도쿠나가가 어찌 된 영문인지 눈앞에서 사이좋게 닭꼬치를 먹고 있다.

아니, 그보다 여기는 대체 어디지? 내가 왜 배 바닥에 있지? 이 배는 어디로 가고 있지?

다음 순간, 다카노는 문득 뭔가를 떠올렸다. 댐에서 '동양에 너지'의 에나미 일행을 감시할 때, 맞은편 기슭에 숨어 있던 이치조의 모습이었다. 그리고 동시에 떠오른 것이 "이쪽 정보가 새고 있을 가능성이 있어"라고 했던 도쿠나가의 말이었다.

"이치조 씨가 있었어요! 고세 댐에 이치조 씨가 있었다고요. 이번 건은 절대 야나기가 단독으로 벌였을 리가 없어요. 이치조 씨가 뒤에서 야나기를 조종하는 거예요!"

느닷없이 보고하기 시작하는 다카노를 도쿠나가가 왠지 웃는 얼굴로 바라보았다.

"도쿠나가 씨…… 댐에 이치조 씨가……."

다카노는 서서히 목소리를 낮췄다.

"네가 혼란스러운 건 어쩔 수 없겠지만, 조금 진정해." 도쿠나가가 다시 웃었다.

"하지만……."

"너에게 할 얘기가 있다. 그렇게 복잡한 얘기는 아니야."

도쿠나가가 꼬치를 버렸다.

"……단, 그 얘기를 해줄 사람은 내가 아니야. 그 계단을 지나서 갑판으로 나가. 널 기다리는 녀석이 있어. 그 녀석이 너에게 모든 걸 얘기해줄 거야."

다카노는 바로 움직일 수는 없었다. 도쿠나가가 "가"라며 턱짓을 했다.

다카노는 좁은 계단을 올라갔다. 돌아봤지만, 도쿠나가 일행은 따라오지 않았다.

한국의 무역선인 모양이었다. 계단과 복도에 한글 표기가 보였다.

계단을 올라가자, 차츰 바다 냄새가 강해졌다. 다카노는 무거운 문을 열었다. 문을 연 순간, 무시무시한 한풍이 밀려들었다. 구름 낀 하늘 아래, 울적하고 어두운 바다가 펼쳐져 있었다.

다카노가 바람을 맞서며 갑판으로 나갔다. 배가 중형 컨테이너 선박이라는 걸 알 수 있었다.

"야!"

별안간 등 뒤에서 말을 걸어서 다카노가 돌아보았다.

자기가 나온 문 위에서 야나기가 다리를 쭉 뻗고 앉아 있었다.

"너……"라고 입을 열었지만, 다카노는 금세 말문이 막혔다.

"나야, 나." 야나기가 웃었다.

댐으로 낙하하기 직전에 봤던 야나기의 모습이 떠올랐다. 아슬아슬하게 피한 차 속에서 야나기가 뭐라고 소리쳤다. 다카노에게는 그 모습이 자기 이름을 부르는 것처럼 보였다.

"너……." 다카노가 다시 중얼거렸다.

갑판으로 가볍게 뛰어내린 야나기가 "오랜만이다"라며 다카노의 어깨를 두드렸다.

다카노는 묻고 싶은 게 너무 많아서 무슨 말부터 꺼내야 할지 알 수가 없었다.

"너……."

결과적으로 입 밖으로 튀어나온 말은 조금 전과 똑같았다.

"뭐야, 아까부터 '너, 너, 너'라고만 하고. 그래 나야, 나. 야, 나, 기."

야나기가 어이없다는 듯이 웃음을 터뜨렸다.

"얘기해봐." 다카노는 간신히 말했다. "……대체 뭐가 어떻게 된 건지 전부 다 얘기해봐."

야나기가 난간에서 어두운 바다를 향해 몸을 내밀었다.

"나 말이야, 역시 무리였어. 간타랑 헤어져서는 못 살아."

야나기가 먼저 그렇게 입을 열었다. 물론 다카노는 아무것도 이해할 수 없었다.

"잘 들어, 간결하게 말할게." 야나기가 말을 이었다.

다카노는 고개를 끄덕였다.

"난 'V. O. 에퀴'와 '니치오 파워'가 일본에서 진행시키려 하는 상하수도 사업과 관련된 정보를 빼돌렸어. 그리고 지금 그 정보를 '동양에너지'에 10억 엔에 팔려는 거야."

"10억 엔……."

다카노가 무심코 따라 말했다.

"어, 그래. '동양에너지' 측은 보나 마나 그 조건을 받아들일 거야."

"그, 그렇게 쉽게 풀릴 리 없어. 너, 정말 AN 통신에서 도망칠 수 있다고 생각해! 그런 일을 너 혼자……."

거기까지 말하다 불현듯 도쿠나가의 얼굴이 떠올랐다. 데이비드 김과 함께 닭꼬치를 먹고 있던 얼굴이다. 다카노는 자기가 나온 지하 계단으로 눈을 돌렸다.

"역시 넌 상황 파악이 빨라." 야나기가 웃었다. "……이번 건의 주모자는 도쿠나가 씨야."

"뭐?"

엉겁결에 소리가 높아졌다.

"우리가 나란토에서 줄곧 신세를 졌던 도쿠나가 씨가 이번 건의 주모자라고."

"그, 그게……."

"뭐, 아무튼 내 얘기부터 끝까지 들어. ……나란토에서 나오기 전에 도쿠나가 씨가 이번 건을 제안했어. 난 망설임은 없었지. 난 역시 간타 옆을 지켜주고 싶었으니까. 그래서 나는 이번 일에 참여했어. 지금까지는 도쿠나가 씨가 계획한 대로야. 나는 'V. O. 에퀴'와 '니치오 파워'의 정보를 빼돌려서 AN 통신을 배반했지. 이대로 '동양에너지'와 교섭을 시작할 거고. 이미 눈치챘겠지만, 도쿠나가 씨는 일부러 널 동반자 삼아 댐에서 떨어진 거야."

"일부러?"

"으응, 도쿠나가 씨랑 너는 그 사고로 죽었어. 실제로 AN 통신 측은 그렇게 최종 판단을 내렸고."

다카노는 댐에서 급하게 핸들을 꺾었던 도쿠나가의 모습을 떠올렸다. "꽉 잡아!"라고 외친 도쿠나가의 목소리가 되살아났다.

"너, 고세 댐에서 이치조라는 사람 봤지?"

"어, 봤어. 그래서 난 이치조 씨가 뒤에서 널 조종해서……."

"아니야. 그 이치조라는 녀석은 도쿠나가 씨가 일부러 불러낸 거야. 지원을 요청하는 형식을 취했지만, 실제로는 도쿠나가 씨와 네가 죽은 걸 AN 통신에 확실하게 증명하기 위해서지. 그리고 그 역할을 훌륭하게 해줬어. ……그러니 알겠지? 요컨대 도쿠나가 씨도 너도 죽은 거야. 이제 AN 통신에서 자유로워졌다고."

야나기는 기쁜 듯이 말했지만, 그 말을 순순히 받아들일 수는 없었다. 자유라는 말에는 너무 현실감이 없었다.

"댐에 떨어진 너희를 구해낸 사람은 밑에서 만난 데이비드 김이야. 뭐, 일시적이긴 하지만, 녀석도 우리 계획에 한몫 거드는 남자지."

"자, 잠깐만……."

머리로는 이해되지만, 마음이 쫓아가지 못했다.

"아무튼 계획은 순조롭게 진행되고 있어. 그리고 지금부터는 네 얘기야." 야나기가 말을 이었다.

어두운 바다를 바라보던 야나기가 다카노를 똑바로 쳐다보았다.

"너, 내 편지 읽었지?"

갑자기 화제를 돌려서 다카노는 초조했다.

"2월 14일, 너는 서울에 있을 거야. 내가 반드시 널 만나러갈 거고. 그때 간타가 어디 있는지 알려줘'라고 썼던 그 편지 말이야."

"이, 읽었어." 다카노가 고개를 끄덕였다.

"그리고 넌 간타가 있는 곳을 실제로 조사했어. 그렇지?"

야나기의 표정에서는 감정을 읽어낼 수 없었다. 다만, 그 눈에 어렴풋이 눈물이 어린 것처럼 보였다.

"……그렇지? 넌 간타가 있는 곳을 알아봐줬어. 그리고 도쿠나가 씨에게는 그 말을 하지 않았지. 아니, AN 통신에는 숨기고 날 위해 움직여준 거야."

야나기의 말이 맞다. 그런데 왜 그런지 순순히 고개가 끄덕여지지 않았다.

"네가 도쿠나가 씨 집에서 발견한 메모. 간타가 있는 곳의 실마리가 된 그 메모 말인데, 그건 도쿠나가 씨가 일부러 네가 찾기 쉽게 놔둔 거야. 네가 어떻게 나오는지 살펴본 거지. ……그

결과, 넌 AN 통신이 아니라 날 선택해줬어."

"아니……."

그건 아니야, 라고 말하려 했지만 말문이 막혔다. 그게 사실이긴 하지만, 그것이 진실은 아닌 것 같은 마음이 자꾸 들었기 때문이다. 그러나 뭐라고 잘 설명할 수가 없었다.

"야, 우리랑 함께하지 않을래?"

야나기의 눈빛은 진지했다.

이미 오래전부터 기다리고 있었던 말처럼 느껴졌다. 그런데 이미 오래전이라는 건 언제였을까.

"……지금 '동양에너지'가 예상외로 적극적으로 달려드는 판국이야. 도쿠나가 씨의 예측으로는 교섭을 어떻게 하느냐에 따라 상대가 2, 3억 엔은 더 내놓을 준비가 된 듯하고. 그렇다면 도쿠나가 씨가 절반. 나머지를 너랑 나, 그리고 데이비드가 나눈대도 한 사람당 2억 엔. 너랑 나는 4억 엔이지. 그 정도만 있으면 간타를 데리고 우리 셋이 남쪽 어느 섬에서 느긋하게 살 수 있어."

금액은 머릿속에 들어오지 않았다. 그러나 야나기랑 간타랑 함께 지냈던 나란토의 삶이 생생하게 떠올랐다.

"나는 널 믿어. ……지금부터 하는 말은 널 믿으니까 할 수 있는 얘기야."

"뭔데?"

"너는 우리 계획을 다 알았어. 만약 네가 내 제안을 거부하면, 너는 이 바다에 가라앉게 돼. 그리고 난 그걸 원치 않아."

다카노는 어두운 바다로 눈을 돌렸다.

나란토의 바다와는 닮지 않은 어두운 바다였다.

"이 배, 어디로 가는 거지?" 다카노가 물었다.

"서울이야. 여기는 동해고. ……내가 편지에 썼지? '2월 14일, 너는 서울에 있을 거야'라고. 저 태양이 저물고 내일이 오면, 바로 그 14일이지."

다카노는 수평선을 바라보았다. 그 말을 듣고 보니, 정말로 태양이 시서히 기울고 있었다.

"저건 석양이었네." 다카노가 중얼거렸다.

*

헤드라이트 불빛이 산길을 올라왔다. 겨울밤, 피서지의 숲에 움직이는 거라곤 그 불빛뿐이었다. 불빛을 받아 모습을 드러낸 작은 숲이 차츰 다가왔다.

2층 창에서 그 불빛을 한동안 바라보던 가자마는 창가에서 벗어나 현관으로 내려갔다. 때마침 그 차가 현관 앞에 멈추며 시동이 꺼졌다. 가자마가 현관문을 열었을 때는 또다시 숲에 정적이 되살아났다.

가자마는 차에서 내린 이치조를 안으로 안내했다. 인사도 없이 둘이 거실로 들어왔다.

"그 후, 미야자키현 경찰에서 정식 발표가 있었나?" 가자마가 물었다.

"아직 없습니다. 다만, 50명 인원으로 실시했던 댐 수색이 조금 전에 끝났습니다. 두 사람의 신원에 수상한 점이 없다고 판단한 듯하니, 아마 수사는 이대로 사고로 마무리될 것 같습니다."

난롯불밖에 없었던 거실에 조명을 켰다. 테이블에 후미코가 준비해둔 샌드위치가 놓여 있었다.

"그보다 위에서 지시는 내려왔나요? 도쿠나가 일행의 최종적인 처우는 어떻게 되죠?"

이치조가 그렇게 물으면서 샌드위치를 한 입 베어 물었다.

"위에서는 이미 결정을 내렸어. 두 사람의 기록은 완전 말소. 간단한 일이지." 가자마가 대답했다.

"만약 저처럼 도쿠나가의 가슴에도 폭파 장치가 아직 남아 있다면, 시신이 발견되든 말든 지금쯤 이미 스위치가 눌려서 온몸이 산산조각 났겠죠. 매일 정오에 연락이 안 되면 폭파한다. 그 규칙대로."

이치조가 다시 샌드위치로 손을 뻗었다. 그러나 먹고 싶지도 않은데 억지로 먹는 것 같았다.

"그 말이 맞아. 다만, 이번 두 사람의 경우는 특수해. 도쿠나가의 폭파 장치는 이미 제거됐어. 그리고 다카노는…….."

그쯤에서 말문이 막혔다. 그러자 이치조가 대신해서 "이번 임무 후에 장착할 예정이었죠"라고 덧붙였다.

"자네랑 도쿠나가는 나이 차이가 조금 나지." 가자마가 얘기를 돌렸다.

"네, 그 녀석이 저보다 다섯 살 위죠. 그러니 원래대로라면 그 녀석은 5년 전에 AN 통신에서 해방됐어야 했어요."

"그럼, 자네는 앞으로 1년만 지나면 서른다섯 살인가?"

"앞으로 9개월. 9개월만 지나면 가슴에 묻힌 장치를 제거하고, 거금을 받아 이 세계와는 인연을 끊습니다."

이치조가 자기 가슴 언저리를 어루만졌다.

"원래대로라면 해방됐어야 할 도쿠나가가 AN 통신에 남아 있는 이유는 뭐지?" 가자마가 물었다.

이치조의 얼굴에 어려 있던 미소가 사라졌다.

"……도쿠나가는 이제 없어. 비밀로 할 필요가 있을까? 아는 게 있으면 얘기해봐."

난로 속에서 장작이 벌어지며 불꽃이 튀었다.

"제가 마지막으로 도쿠나가와 함께 일했던 건 지금으로부터 5년 전입니다. '신타니 철강'과 '다이니치 석유'의 합병 관련 임무였죠."

'신타니 철강'과 '다이니치 석유'의 합병.

그러고 보니 가자마는 같은 얘기를 도쿠나가에게도 들었던 적이 있다. 그때 도쿠나가는 분명 이치조가 뒤에서 공작을 펴서 무리하게 흐름을 바꾼 듯한 뉘앙스를 풍겼다.

"5년 전의 그 임무에서 무슨 일이 있었나?" 가자마가 시험 삼아 물었다.

"간단해요. 도쿠나가가 상황을 잘못 읽어서 임무에 실패했어요." 이치조가 대답했다. "……도쿠나가에게는 그것이 마지막 임무였을 겁니다. 그런데 그걸 실패했죠. 작은 실수가 아니었어요. 돌이킬 수 없는 큰 실패였죠. 조직에 대한 배신으로 판단돼도 어쩔 수 없는 실패를 한 겁니다."

"그래서?"

"……본래대로라면 도쿠나가는 그걸로 끝이었죠. 조직에 대한 배신으로 받아들여지면 어떻게 되는지 잘 아시잖아요? ……그런데 녀석은 목숨을 구걸했어요. 살려주는 대가로 조직에서 계속 일하기로 약속했죠. ……그 녀석이 목숨을 구걸하는 현장을 저는 봤습니다. 인간은 목숨이 아까우면 저렇게까지 비굴해질 수 있구나 하는 생각에 솔직히 오싹했습니다."

이치조의 얘기와 도쿠나가에게 전에 들었던 얘기는 완전히 어긋났다. 그러나 가자마는 이치조의 얘기가 사실인 것 같은 기분이 들었다. 이치조는 아직 살아 있고, 도쿠나가는 이미 죽었기 때문일지도 모른다. 결국은 살아남은 자가 하는 얘기가 진실이 되는 것이다.

"그래서 도쿠나가가 나란토로 보내진 건가?" 가자마가 물었다.

"그럴 겁니다. 다카노나 야나기 같은 꼬맹이를 돌보면서라도 살고 싶었겠죠. 하지만 그런 녀석한테 교육을 받아봤자 쓸만한 인재가 나올 리가 없어요. 배신한 야나기나 어처구니없이 죽은 다카노가 그 좋은 예죠."

이치조의 냉정한 표현이 가자마에게는 불쾌하게 느껴졌다. 그러나 이치조의 말에도 일리는 있다. 결국 진실의 열매를 먹을 수 있는 건 살아남은 자다.

가자마는 선반에서 싱글 몰트 병을 꺼내 술잔에 따랐다. 스코틀랜드의 아일러섬에 있는 증류소에서 주문한 술이었다.

피트 향이 진한 위스키를 한 모금 마시고, "그건 그렇고, 나한테 할 얘기가 있어서 여기까지 온 거 아닌가?"라고 이치조에게 물었다.

이치조는 가자마가 권한 술을 사양했다. 그리고 의자에 털썩 주저앉았다.

"그럼, 당신에 대한 상부의 판단을 전달하겠습니다." 이치조가 입을 열었다.

가자마는 다시 술 한 모금을 마셨다.

"야나기의 배신행위의 책임은 감독관인 도쿠나가에게 있습니다. 그 도쿠나가가 죽은 지금, 그의 감독관인 당신이 이번 일을 책임지게 됩니다. 다카노의 죽음과 관련해서는 당신에게 책임은 없습니다. 냉정한 표현이겠지만, 다카노는 한낱 개죽음이에요."

"무게 잡지 말고, 편하게 얘기해." 가자마가 웃어 보였다.

"너무 서두르지 마세요." 이치조가 씁쓸하게 웃었다.

"……지금 상황에서는 이번 건이 야나기의 단독행동인지, 아니면 뒤에서 손을 이끄는 다른 조직이 있는지 아직 모릅니다. 다만, 단독이든 누군가에게 조종을 당했든 지난번에 '동양에너지'의 에나미 일행 앞에 야나기 본인이 나타난 건 사실입니다."

"요컨대 야나기가 갖고 있는 정보가 '동양에너지'에 팔리느냐, 내가 처분되느냐 하는 문제란 거지?" 가자마가 끼어들었다.

"맞습니다. 다른 표현을 쓰자면, 다행히 당신에게는 아직 시간이 좀 남아 있다는 겁니다." 이치조가 고개를 끄덕였다.

"……그 후 조사에서 'V. O. 에퀴'와 '니치오 파워' 선에서 움직이는 중의원들의 윤곽도 드러났습니다. 역시 일본은 대폭적인 수도법 개정을 통해 상하수도 사업 민영화로 키를 돌리려는 것 같습니다. 그래서 AN 통신으로서는 야나기가 훔친 정보를 '동양에너지'에 팔아넘기기 전에 다시 가로채서 'V. O. 에퀴' 측 중의원들과는 적대되는 그룹과 접촉할 예정입니다. 그들은 아마 언론을 이용해서 일본의 물을 외국자본에 빼앗긴다는 자극적인 이미지를 퍼뜨릴 게 틀림없습니다. 그렇게 되면 외국자본인 'V. O. 에퀴'와 그 협력자인 '니치오 파워'에 대한 인상이 나빠져서 일본 진출은 아마 좌절되겠죠. 그 후, 새로운 형태로 우리에게 정보를 사들인 그룹이, 물론 시간은 좀 걸리겠지만, 그들에게 전적으로 이익이 되는 형태로 수도법 개정을 진행시킬 겁니다."

이치조의 얘기를 다 들었을 때, 가자마의 술잔은 완전히 비어 있었다.

"내게 남은 시간은 얼마나 되지?" 가자마가 물었다.

어느새 일어서서 현관으로 향하려던 이치조가 멈춰 섰다.

"아마 일주일 이내겠죠. '동양에너지'는 그 정보를 원합니다. 그들도 느긋하게 고민할 시간적 여유는 없어요."

이치조가 나갔다.

부지를 벗어난 자동차 불빛이 또다시 작은 숲을 부각시키며 산을 내려갔다. 가자마는 방 안에서 그 모습을 상상했다.

*

2층 창가에 선 기타조노 후미코 역시 산길을 내려가는 자동차 불빛을 물끄러미 바라보고 있었다.

잠시 후 자동차가 크게 커브를 돌며 작은 숲을 삼켜버리자, 후미코는 캄캄한 실내를 돌아보았다. 다카노가 썼던 방이다.

조금 전까지 후미코는 계단 중간에서 숨을 죽이고 있었다. 이치조라는 남자와 가자마의 대화가 띄엄띄엄 들렸다. 그런 와중에 왜 그런지 어떤 한마디만 또렷하게 후미코의 귀에 와 닿았다.

"다카노는 한낱 개죽음이에요."

그 말은 여전히 머릿속에 울려 퍼졌다.

후미코는 침대에 걸터앉았다. 손끝에 닿은 매트가 얼음처럼 차가웠다.

다카노가 죽었다는 말을 어떻게 받아들여야 할지 아직도 갈피를 잡을 수가 없다. 그래서 슬프지도 않았다. 눈물도 안 나왔다.

그것은 다카노가 갓 중학교에 들어갔을 때인데, 가장 난폭하게 굴었던 무렵이었다. 다카노는 학교도 안 가고 자기 방에만 틀어박혔다. 어쩌다 나오면 냉장고에서 식재료를 꺼냈고, 얼굴을 마주쳐도 인사조차 하지 않았다. 그리고 밤낮을 가리지 않고, 아무런 전조도 없이 난데없이 난동을 부리곤 했다.

처음에는 자기 방에서 난동을 부린다. 벽을 차고, 물건을 집어 던지고, 유리를 깬다. 방을 완전히 엉망진창으로 만들면 복도로 뛰쳐나온다. 손에 든 야구방망이로 벽을 후려치고, 전구를 깨뜨리고, 부엌과 거실에서 난동을 부린다.

"자기 원하는 대로 실컷 난동을 부리게 놔두세요. 그리고 당신은 바로 피하세요. 말리려고도 하지 말고, 당신 안전만 생각하고 행동하세요."

가자마의 지시는 그것뿐이었다. 물론 다카노는 가자마가 있든 없든 난동을 피웠다. 다카노가 아무리 난리를 쳐도 가자마는 자기 방에서 나오지 않았다. 자기가 한 말대로 실컷 난동을 부리게 놔뒀고, 힘이 빠진 다카노가 방으로 돌아가면 그제야 밖으로 나와 집 안을 정리했다.

후미코는 난동을 부리는 다카노를 그저 물끄러미 지켜보았다. 처음에는 물론 무서웠다. 신변의 위협을 느껴서 가자마가 시킨 대로 밖으로 도망친 적도 있다. 그러나 그런 일이 되풀이되다 보니 '이 아이는 내게 절대 위해를 가하지 않는다'는 느낌이 들었다.

어느 날, 다카노가 부엌에서 난동을 부렸다. 야구방망이로 냉장고와 그릇장을 내리쳤다. 후미코는 그 자리에서 움직이지 않았다. 스스로 생각하기에도 이상했지만, 하나도 무섭지 않았다.

다카노는 핏발이 선 눈으로 눈앞에 서 있었다. 떨리는 손으로 방망이를 움켜쥐고, "비켜!"라고 고함을 쳤다.

후미코는 그냥 눈을 감았다. 다카노가 방망이로 선반을 내려쳤다. 후미코는 방망이의 풍압을 코끝으로 느꼈다. 그러나 후미코에게는 단 한 번도 손을 대지 않았다.

난동을 부리는 날이 며칠 이어지면, 이번에는 반대로 섬뜩할 만큼 고요한 날이 계속된다. 하루 종일 방에서 나오지 않아 후미코가 걱정스러워서 살피러 가면, 다카노는 어질러진 방 한구석에서 몸을 둥글게 말고, 열 시간이고 열다섯 시간이고 하염없이 잤다.

"전문가의 말에 따르면, 다카노의 경우는 현재의 자기와 옛날의 자기가 이어지는 게 두려워서 견디기 힘든 모양입니다."

그 당시, 가자마에게 그런 말을 들었다.

"……현재 자기는 평온하게 살고 있죠. 그러나 그 평온한 시간도 과거로 거슬러 올라가면, 남동생이 아사한 그 방과 연결됩니다. 그래서 설령 현재가 평온무사해도 지금과 그 방이 연결되는 걸 견딜 수가 없는 겁니다. 그것들이 이어진다는 의미는 이 앞에도 같은 장소가 있을지 모른다는 공포를 자꾸 떠올리게 되는 거고요."

다카노의 거친 폭력 행위는 반년 넘게 계속되었다. 그것은 웬일로 심한 호우가 쏟아진 날이었다. 여느 때처럼 집에서 난동을 부릴 만큼 부린 다카노가 억수같이 쏟아지는 빗줄기 속으로 뛰쳐나갔다.

평소에는 자기 방으로 돌아가던 다카노가 밖으로 뛰쳐나가서 후미코는 불길한 예감이 들었다.

후미코는 곧바로 가자마에게 알리고, 둘이서 다카노를 쫓아갔다.

그러나 아무리 찾아도 다카노의 모습은 근처에 보이지 않았다. 그러는 와중에 "범람 위험이 있으니 강 가까이 가지 말라"고 경계경보를 하는 관공서 안내 차량과 몇 번이나 마주쳤다.

아무튼 무지막지하게 퍼붓는 비였다. 발목이 휩쓸릴 정도로 거센 흙탕물이 아스팔트 위로 흘러내렸다.

가자마가 그만 집으로 돌아가라고 했지만, 후미코는 그 말을 듣지 않았다. 산으로 들어가는 가자마를 따라 온몸을 흠뻑 적시는 비를 맞으며 쫓아갔다.

숲으로 들어서자 빗소리가 조금은 낮아졌지만, 그 대신 범람 직전인 강물 소리가 높아졌다. 굉굉히 울리는 그 소리는 흡사 숲이 통곡하는 것 같았다.

그때 가자마가 어떻게 다카노가 있는 곳을 알아냈는지, 후미코는 모른다. 그러나 가자마는 다카노가 그곳에 있다고 확신하는 것 같았다.

다카노가 아직 착한 아이처럼 연기할 무렵, 가자마가 계곡 낚시를 몇 번 데려갔던 곳이다.

숲을 빠져나가자, 시야가 탁 트였다. 억수같이 퍼붓는 빗줄기 속에서 강물은 흙빛 탁류로 거칠게 흘러가고 있었다.

가자마가 걸음을 멈췄다.

현수교 위에 오도카니 서 있는 다카노의 모습이 보였다.

후미코는 흠칫 놀랐다. 다카노가 지금 강으로 뛰어내린다기보다 이미 떨어진 다카노가 그곳에 서 있는 것처럼 보였기 때문이다.

다카노는 후미코와 가자마를 알아차렸다. 그들은 바닥이 미끄러운 비탈면을 몇 번이나 미끄러지며 다리 옆으로 다가갔다.

그러나 다음 순간, 다카노가 다리 난간을 넘었다.

"멈춰!"라고 가자마가 외친 것과 동시였다.

빗줄기 속으로 몸을 휙 날린 다카노가 흙빛 탁류 속에 삼켜졌다.

곧이어 가자마가 탁류 속으로 뛰어들었다.

후미코는 아무 소리도 나오지 않았다.

두 사람을 집어삼킨 탁류가 부풀어 올랐다. 춤을 추었다. 이리저리 뒹굴며 몸부림쳤다. 그 속에서 다카노와 가자마의 얼굴이 이따금 떠올랐다.

후미코는 탁류를 따라 달리기 시작했다. 바위와 풀에 걸려 몇 번이나 넘어졌다. 그런데도 다시 일어섰다.

두 사람의 모습은 바로 시야에서 사라졌다.

"다카노…… 다카노……."

무의식적으로 중얼거리는 입속으로 빗물이 흘러들었다.

흙빛 탁류를 따라 얼마쯤 달렸을까. 어느새 신발이 벗겨지고, 진흙 범벅이 된 발에서는 피가 흘러내렸다.

바로 그 순간, 강이 크게 오른쪽으로 굽이쳐 흐르는 왼쪽 기슭의 바위에서 두 사람을 발견했다. 커다란 바위에 매달린 가자마가 다카노의 몸을 끌어 올리려 애쓰는 중이었다. 그러나 거센 물줄기 때문에 다카노의 몸은 몇 번이나 탁류에 삼켜지려 했다.

후미코는 젖은 나무와 풀잎을 헤치고 급경사를 미끄러져 내려갔다. 큰 바위 위에 두 사람이 있었다. 둘 다 거친 숨을 몰아쉬며 헛구역질을 했다.

후미코는 그 자리에 털썩 주저앉았다. 이제는 손가락 하나도 꼼짝할 수 없었다.

으르렁거리듯 흐르는 탁류 소리에 섞여 가자마의 고함 소리가 들렸다. 기침을 수없이 하면서도 가자마는 계속 고함을 쳤다.

"사는 게 괴로우면 언제든 죽어도 좋아! 하지만 생각해봐! 오늘 죽든 내일 죽든 별로 다를 게 없어! 그렇다면 오늘 하루만이라도 좋아…… 단 하루만이라도 살아봐! 그리고 그날을 살아내면, 또 하루만 시도해보는 거야. 네가 두려워서 견딜 수 없는 것에서는 평생 도망칠 수 없어. 그렇지만 하루뿐이면, 단 하루뿐이면, 너도 견딜 수 있어. 넌 지금까지도 그걸 견뎌냈어. 하루야. 단 하루라도 좋으니 살아봐! 내가 지킨다! 넌 내가 반드시 지켜!"

후미코는 울었다. 얼굴을 적시는 것이 빗물인지 눈물인지 이제는 알 수가 없었다.

"죽게 놔두지 않아. 난 절대 네가 죽게 놔두지 않을 거야."

억수같이 퍼붓는 빗속에서 후미코는 그 말만 되풀이했다.

*

문이 열릴 때마다 통증이 느껴질 만큼 강한 냉기가 흘러들었다. 새벽 2시, 서울 시내는 영하 10도까지 내려갔다. 주말 밤, 이곳 간장게장 가게는 만석이고, 소주에 취한 손님들의 웃음소리가 울려 퍼졌다.

눈앞에서 야나기가 게 내장을 빨아들였다.

"'동양에너지' 쪽에서 연락이 왔나 봐."

그렇게 말하며 야나기가 손가락을 핥았다.

"……너랑 도쿠나가 씨가 댐으로 떨어지는 모습을 코앞에서 보고 많이 겁먹은 모양인데, 그런데도 정보는 사겠다고 했대. 이삼일 안에 이쪽에서 만날 것 같다."

"저기." 다카노가 그쯤에서 끼어들었다.

"응?"

야나기가 새로운 게를 집어 들고 베어 물었다.

"데이비드 김이라는 녀석은 정체가 뭐야?" 다카노가 물었다.

"나도 자세히는 몰라. 뭐랄까, 도쿠나가 씨 얘기로는 AN 통신이 조직적인 산업스파이라면, 그 녀석의 두목은 사설 산업 스파이쯤 되지 않을까. 이른바 한국의 KCIA와 관계가 있는 조직 같은데, 그 하부조직은 또 아닌 것 같고. ……아, 그보다 이것 좀 봐."

야나기가 화제를 돌리며 청바지 주머니에서 사진 한 장을 꺼냈다. 광활한 포도 농장과 석조건물이 찍힌 사진이었다.

"뭐야, 이게?" 다카노가 물었다.

"캘리포니아 나파에 있는 와인 양조장이래. 도쿠나가 씨가 매수할 예정으로 이미 얘기를 진행하는 중이야. 우리도 일단 이곳으로 먼저 가서 마음에 들면 정착하고, 마음에 안 들면 간타랑 셋이 다른 데로 가자."

다카노가 사진을 손에 들었다.

햇살을 들쓴 포도나무가 지평선 저 멀리까지 곧게 뻗어 있었다.

"음, 만약 '동양에너지'와 교섭이 잘 풀린대도 정말로 간타를 무사히 구출해낼 수 있을까?" 다카노가 사진을 내려놓았다.

"간타는 옮겨 갔던 야마나시의 시설에서 이미 나와서 이쪽으로 오는 중이야. 간타가 페리에 타는 장면을 찍은 사진을 확실하게 봤어. 도쿠나가 씨가 전부 손을 써준 덕분이지." 야나기가 웃었다.

"그다음은?"

"캘리포니아 나파에서 합류해야지."

그때 가게 아줌마가 다른 요리를 들고 왔다. 밥 위에 게 내장을 듬뿍 올린 음식인데, 김으로 싸서 먹으라고 알려주었다.

다카노는 아줌마가 알려준 대로 김을 펼쳤다. 그 위에 밥을 올리려 했지만, 손놀림이 너무 서툴렀다. 지켜보던 아줌마가 답답해 보였는지 냉큼 김을 싸서 입안으로 쓱 밀어 넣었다.

농후한 그 맛이 가히 놀랄 만했다.

바로 그때 야나기의 휴대전화가 울렸다. "도쿠나가 씨야"라고 알려주었다.

야나기가 휴대전화를 들고 영하 10도인 밖으로 나갔다. 유리문 너머로 찬바람에 몸을 잔뜩 웅크리고 통화하는 야나기가 보였다.

다카노는 테이블에 놓인 사진을 다시 집어 들었다.

캘리포니아의 새파란 하늘 아래에 끝도 없이 펼쳐진 포도밭을 야나기와 간타와 함께 걸어가는 광경을 상상해봤다.

문이 열리고, 냉기와 함께 야나기가 들어왔다.

"'동양에너지'에서 연락이 왔대." 야나기가 말했다.

"무슨 연락?" 다카노가 물었다.

"이쪽에서 제시한 가격으로 사겠다고."

야나기가 씩 웃으며 계산서를 집어 들었다. 야나기는 사진을 잊어버린 것 같았다.

다카노는 사진을 집으려다 왠지 모르게 그 손을 거둬들었다.

"가자."

계산을 마친 야나기가 가게에서 나갔다. 다카노는 광활한 와인 양조장 사진을 테이블에 남겨둔 채 그 뒤를 따라갔다.

14장
얼음 세계

가자마는 댓진에 찌든 커튼을 살짝 열었다. 눈앞에는 바로 옆 러브호텔의 네온사인이 보이고, 남미에서 온 창부들이 길거리에 서성거렸다.

남자가 발밑에서 괴롭게 신음하는 소리를 흘려서 가자마가 실내로 다시 시선을 돌렸다. 양쪽 손발이 묶이고 입에 재갈이 물린 남자가 애벌레처럼 꿈틀대며 현관으로 도망치려 애를 썼다. 가자마가 지방이 잔뜩 붙은 배를 걷어찼다.

"야나기 간타가 지금 어디 있는지 말해."

고통에 신음하는 남자에게 가자마가 억양 없는 목소리로 되풀이했다.

조금 전까지의 위세는 사그라졌는지, 남자의 탁한 눈에서 눈물이 흘러내렸다.

가자마가 재갈을 풀었다. 풀린 순간, 남자가 헛구역질을 하며 침을 흘렸다.

"네가 대답하면 난 간다. 대답하지 않으면 이대로 계속할 테고."

가자마의 말에 남자가 몸서리를 쳤다.

"야마나시의 모모이 학원이라는 곳에서 데리고 나와서 하카타로 갔고, 그곳에서 부산행 배에 태웠어. 단지 그것뿐이야. 난 그저 부탁받은 대로 했을 뿐이라 그다음은 전혀 몰라. 이만하면 됐잖아? 제발 놔줘!"

"누구한테 부탁받았지?"

"글쎄, 정말 모른다니까. 인터넷에서 불법으로 소개받았고, 10만 엔 받았어. 그것뿐이야."

남자가 거짓말을 하는 것 같지는 않았다.

도쿠나가와 다카노의 죽음으로 인해 야나기의 추적은 가자마가 고스란히 이어받았다. 야나기의 동생 간타가 보호받고 있는 야마나시 소재의 복지시설로 연락하자, 놀랍게도 간타가 어젯밤부터 행방불명이 됐다고 했다.

우연이라고 보기에는 너무나 부자연스러웠다. 가자마는 즉시 야마나시로 날아갔다.

현지 경찰은 산에서 길을 잃은 것으로 보고 있는 듯했다. 몇 개월 전에도 같은 학교의 다른 학생이 역시나 길을 잃은 적이 있었던 모양이다.

가자마는 몰래 시설의 방범카메라를 확인했다. 누군가가 간타를 데리고 나가는 모습은 찍혀 있지 않았지만, 다른 출입 업자들과는 확연하게 분위기가 다른 남자 모습이 담겨 있었다. 그가 바로 지금 눈앞에서 애벌레처럼 뒹굴고 있는 남자다.

방범카메라에는 그 남자가 타고 온 자동차 번호가 찍혀 있었다.

그 번호로 렌터카 회사와 차를 빌린 남자의 신분을 간단히 알아냈다. 놀랍게도 남자는 자기 면허증으로 차를 빌렸던 것이다.

가자마는 곧바로 다시 도쿄로 돌아와서 남자가 사는 이곳 이케부쿠로 북쪽 출구에 위치한 아파트로 찾아왔다.

결국 가자마는 의식을 잃은 남자를 방에 남겨두고 아파트에서 나왔다. 인터넷에서 불법으로 의뢰받은 일. 남자의 말에 거짓은 없다고 판단했다.

골목을 걷기 시작한 가자마에게 창부들이 접근했다. 가자마는 여자들을 개의치 않고, 하카타항의 페리 회사로 여행사인 척하며 전화를 걸었다.

용건을 전하고 얼마쯤 기다린 후, "말씀하신 대로 어제, 야나기 간타라는 이름의 승객이 부산으로 떠났습니다"라는 대답이 돌아왔다.

가자마는 그 길로 하네다 공항으로 가서 부산으로 날아갔다. 도착하자마자 부산항에서 간타의 행방을 수소문하기 시작했는데, 여객터미널 매점에서 일하는 젊은 여성이 간타인 듯한 소년을 봤다고 알려주었다.

"페리에서 내린 후에 계속 안벽을 우왕좌왕했어요. 마중 나온 사람이랑 엇갈렸나 싶어서 말을 걸었는데, 일본인이라 대화가 안 통했죠."

간타가 즐거운 듯이 주위를 어슬렁거려서, 좀 있으면 마중하러 오겠지 하고 그녀도 더 이상 신경 쓰지 않았다고 한다. 그런데 오늘 아침에 출근해서 보니 간타인 듯한 그 소년이 여전히 그곳에 있었다고 한다.

소년은 터미널 한구석에서 추위에 몸을 떨고 있었다. 그녀는 허둥지둥 담요를 덮어주고 뜨거운 수프를 먹였다.

그녀의 신고를 받은 경찰관이 간타인 듯한 소년을 데리고 간 것은 정오 전이었다고 한다.

가자마는 바로 AN 통신의 서울 지국에 연락했다.

몇십 분 후, 간타가 현재 부산 경찰서에서 보호받고 있다는 사실을 알아냈다. 자기가 어디에서 왔는지, 어디로 가는지 대답하지 못해서 경찰도 어떻게 대처할지 몰라 무척 곤혹스러웠던 모양이었다.

가자마는 서울 지국 사람에게 간타를 찾아달라고 부탁했다.

그러나 새삼 다시 생각해봐도 이상한 얘기였다. 인터넷 불법 게시판을 이용해서 이케부쿠로의 남자에게 간타를 부산으로 보내달라고 부탁한 사람은 야나기 본인일 것이다. 그런데 부산으로 보내줘도 이곳에서 누군가가 보살피지 않으면 간타 혼자 야나기를 찾아갈 수는 없는 노릇이다.

상정할 수 있는 가능성은 두 가지였다.

데리러 올 예정이었던 야나기에게 무슨 문제가 생겼다. 아니면 애당초 간타를 부산으로 옮긴 사람은 야나기가 아닌 다른 누군가였고, 간타가 여기서 어떻게 되든 상관없는 것이다.

가자마는 겨울 바다를 바라보았다. 새파란 하늘과 어둑한 바다가 어우러지지 못하고 겉돌았다.

그때 전화가 울렸다. 이치조한테 온 전화인데, 인사도 없이 "지금 어디시죠?"라고 물었다.

"부산이야." 가자마가 대답했다.

"부산…… 역시."

"역시라니, 뭐가?"

"'동양에너지'의 에나미와 이즈미야 일행이 움직였는데, 가자마 씨가 지금 부산에 있는 거랑 연결돼서."

"무슨 소리야?"

"도쿠나가와 다카노가 댐에서 죽은 후, 에나미 일행은 움직임이 계속 없었어요. 눈앞에서 두 사람이나 죽었으니 회사에서 이쯤에서 손을 떼기로 결정한 줄 알았습니다. 그런데 아무래도 그건 아닌 모양입니다. 먼저 에나미인데, 그제 뉴욕으로 출발했죠. 통상적인 출장이에요. 그리고 어제, 이즈미야가 싱가포르로 갔어요. 각자 다른 곳이라 이번 건과는 관계가 없다고 판단했죠. 그런데 자세히 조사해보니 두 사람 다 도착과 동시에 현지 호텔을 취소하고, 각자 서울로 향했어요."

"서울로?"

"아마 두 사람 다 어제 밤늦게 서울에 도착했을 겁니다. 그건 그렇고 가자마 씨는 왜 부산에?"

"야마나시의 시설에 맡겨졌던 야나기의 동생이 이곳으로 옮겨졌어. 다만, 마중 나온 사람이 없었는지 지금 이쪽 경찰에서 보호를 받고 있지."

"그럼, 그쪽에 야나기가 있다는 뜻이군요?"

"어떻게 생각하나?" 가자마가 물었다.

"틀림없어요. '동양에너지'는 아직 포기하지 않았어요. 그쪽에서 야나기랑 거래할 꿍꿍이겠죠. 하지만 동생을 데리러 오지 않았다면, 야나기에게 무슨 일이 생겼을지도 모릅니다. 아니면……."

"아니면 야나기의 동료가 배신했겠지." 가자마가 대화를 이어받았다.

*

난방을 틀어놨는데도 차 안이 춥다. 차 내부뿐만 아니라 차 자체가 추위에 잔뜩 움츠러든 것 같았다.

다카노는 창밖에 펼쳐진 새하얀 세계로 눈을 돌렸다. 눈이 아니라 얼음 세계다. 산도, 강도, 도로도, 그리고 하늘까지도 파란 얼음으로 뒤덮인 것 같았다.

서울 시내를 벗어난 차는 고속도로를 동쪽으로 달려 강원도에 들어선 언저리부터 북쪽으로 방향을 틀었다.

"이대로 쭉 가면, 북한과 만나는 국경이야." 핸들을 쥔 도쿠나가가 알려주었다.

도쿠나가가 '동양에너지'와 거래하기로 지정한 장소는 한국에서도 극한(極寒) 지역으로 유명한 화천이라는 지역이었다. 한겨울 맑게 갠 주말에는 얼어붙은 강에 구멍을 뚫고 민물 송어 낚시를 즐기는 활기 넘치는 곳이기도 하지만, 지정된 미팅 장소는 더 오지라 설산에 앙상한 가지만 남은 나무들이 늘어선 살풍경한 얼음 세계다.

"그 주변 수력발전도 '동양에너지'와 연관이 있어. 지역 사정에 밝은 장소면 상대도 좀 안심이 되겠지." 도쿠나가가 말했다.

차가 긴 터널을 빠져나갔다. 눈앞에 나타난 큰 강에는 두툼한 얼음이 덮여 있었다.

다카노는 얼음 밑으로 물이 흐르고 있다는 것을 알아차렸다. 그 소리가 들리는 듯했다.

조수석에 앉아 있던 야나기가 또다시 콧노래를 부르기 시작했다. 그 모습을 본 도쿠나가가 "무사태평이군" 하며 놀리자, "이제 곧 '동양에너지'의 높으신 분들과 거래만 하면, 이번 건도 마무리되잖아요? 너무 간단해서 저절로 노래가 나와요"라며 웃었다.

야나기의 말에 따르면, 야마나시의 시설을 비밀리에 빠져나온 간타는 이미 부산에 도착했고, 도쿠나가가 일을 맡긴 사람과 호텔에 있다고 한다.

"이제 곧 간타를 만날 수 있어. 그 녀석, 살이 더 쪘겠지. 나만 없으면 계속 먹어대니까."

어젯밤, 야나기는 흥분한 기색으로 똑같은 말을 몇 번이나 되풀이했다.

차가 강변을 따라 달리다 강 쪽으로 둑을 내려갔다. 낮게 드리운 흐린 하늘과 얼음 강이 저 멀리 지평선에서 맞닿았다.

다카노가 창을 살짝 열었다. 차디찬 바람이 후려치듯 뺨을 때렸다.

차가 둑인지 강 위인지 알 수 없는 장소에 멈췄다.

장시간 운전에 조금 갑갑했는지 조수석에서 내린 야나기가 "우아, 춥다!"라며 크게 소리를 질렀다. 그 숨결이 손에 잡힐 듯이 하얗다. 순식간에 냉기가 차 안으로 흘러들었다.

"100달러 지폐로 100만 달러면 무게가 얼마나 될까요?"라고 묻는 야나기에게 "약 10킬로그램이야"라고 도쿠나가가 알려주었다.

"10킬로그램이라. 그럼, 약 13억 엔이면…… 1300만 달러에 130킬로그램. 다카노랑 내 몸무게를 합친 것보다 가볍네."

야나기가 발뒤꿈치로 바닥을 찼다. 얼음이 두꺼워서 여전히 그 밑이 강인지 땅인지 알 수가 없었다.

얼마쯤 지나자, 맞은편 기슭에서 강을 건너오는 자동차 한 대가 보였다. 다카노도 차에서 내려서 가까이 다가오는 자동차로 시선을 돌렸다.

360도 온통 얼음뿐인 세계에서 그 빨간 차체가 유독 두드러져 보였다. 10미터쯤 떨어진 곳에서 차가 멈췄다. 운전석에서 내린 사람은 데이비드 김이었다.

"돈을 숨길 수 있게 트렁크를 개조했어요. 볼래요?"

데이비드가 인사도 없이 도쿠나가에게 물었다. 고개를 저은 도쿠나가가 "그보다 속초항에서 바로 러시아 자루비노로 떠날 배 준비는 끝났겠지?"라고 물었다.

"문제없어요. 내일은 러시아, 그다음은 알래스카, 당신의 와인 양조장이 있는 캘리포니아까지 가는 우아한 여정이에요."

아득히 멀리 구름이 한 군데 끊긴 곳이 보였다. 그곳에서 강

339

렬한 햇살이 쏟아졌다. 다카노는 실눈을 뜨고 그 무지갯빛 햇살을 바라보았다.

강 상류 쪽에서 또다시 자동차 한 대가 다가왔다. 장비를 단단히 갖춘 사륜구동이라 두꺼운 타이어가 얼음을 깨며 하얀 연기를 피웠다.

"왔군."

도쿠나가가 그렇게 중얼거린 순간, 다카노 일행도 물끄러미 그 차를 바라보았다.

차는 천천히 둑을 내려왔다. 타이어가 미끄러질 때마다 브레이크를 밟아서 후미등 불빛에 얼음이 붉게 물들었다.

시간을 충분히 가지며 둑을 내려온 차에서 내린 사람은 지난번에 고세 댐에 왔던 '동양에너지'의 에나미와 이즈미야였다.

이쪽 인원수를 보고 살짝 주눅이 든 기미였지만, 1초라도 빨리 거래를 마치고 돌아가고 싶은지 "준비는 됐다. 빨리 끝내지"라며 서둘렀다.

야나기가 들려준 바에 따르면, 도쿠나가는 이미 '동양에너지' 쪽에 문장이 군데군데 끊긴 형태로 'V. O. 에퀴'와 '니치오 파워'의 정보를 보냈다. 이 자리에서 그 빈자리를 채워줄 데이터를 손에 넣으면, 모든 데이터를 읽을 수 있게 된다.

"현금부터 확인해도 되겠나?"라고 도쿠나가가 말하자, 에나미가 목소리를 떨면서도 "아니, 동시에 하지"라며 제법 세게 나왔다.

도쿠나가가 데이터 디스크를 건넸다. 이즈미야가 그 자리에서 바로 단말기로 확인했다.

"가져와."

도쿠나가의 지시를 받고, 다카노와 야나기가 에나미 일행의 차로 다가갔다. 두툼한 얼음을 밟고 서 있는 것만으로도 발가락이 아플 정도로 시렸다.

문을 연 트렁크에서 비린내가 확 풍겨서 다카노는 엉겁결에 숨을 멈췄다. 냉동 생선용 상자가 들어차 있었다. 야나기가 일단 그중 하나를 뜯었다. 안에는 분명 비닐에 싸인 달러 지폐 다발이 들어 있었다.

도쿠나가가 건넨 데이터를 에나미 일행도 무사히 확인한 듯했다.

"돈을 옮겨!"

도쿠나가의 지시에 따라 다카노와 야나기가 일단 트렁크 속 상자를 얼음 위에 꺼냈다. 그 상자를 데이비드 김이 옮겼다.

운반 작업이 끝날 때까지 세 사람 다 단 한마디도 하지 않았다. 오로지 하얀 숨결만 내쉬었다.

다카노 일행이 돈을 다 옮기자, 에나미 쪽도 바로 차에 올라탔다. 시동이 걸렸고, 당연하겠지만 인사도 없이 조금 전에 왔던 길로 되돌아갔다.

너무 싱거웠다.

"됐어, 가자."

도쿠나가가 말을 건넸다.

야나기와 데이비드도 너무 싱거워서 왠지 김이 빠진 것 같았다.

"속초항까지 너희는 저 차로 따라와."

도쿠나가가 돈이 실리지 않은 쪽을 가리켰다.

"난 현금과 멀어질 생각은 없는데."

데이비드가 웃으며 도쿠나가와 같은 차에 타려고 했다.

"너도 저쪽이야!"

그렇게 소리친 도쿠나가의 목소리는 싱겁게 끝난 거래 현장과는 어울리지 않을 정도로 몹시 엄격했다.

"어느 쪽을 타든 속초항 도착이잖아? 그렇다면 난 현금과 같이 가야지."

두말할 새도 없이 데이비드가 재빨리 조수석에 올라탔다. 도쿠나가는 한순간 망설이는 듯했지만, 길게 언쟁할 생각은 없는지 결국 포기한 것 같았다.

"이 강 맞은편 기슭으로 건너간다. 너희도 뒤에서 따라와."

다카노와 야나기는 도쿠나가가 시키는 대로 다른 한 대의 자동차에 올라탔다.

야나기가 시동을 걸면서 "간단하네"라고 처음으로 감상을 밝혔다. "……이렇게 간단하면, 돈 떨어지면 또 할 수 있겠다."

퍽이나 재미있다는 듯이 웃기 시작했다.

앞 유리 너머에서 도쿠나가 일행의 차도 움직이기 시작했다. 급발진한 탓에 타이어가 얼음 조각을 튀기며 달려갔다.

"저기, 간타가 정말로 여기 온 거 맞아?"

다카노가 불쑥 물었다.

의심하는 건 아니다. 다만, 달려가는 도쿠나가의 차를 바라보다 불현듯 확인해보고 싶었을 뿐이다.

액셀러레이터를 밟은 야나기가 "갑자기 왜?"라며 놀랐다.

"전에 이치조라는 사람이 해준 말이 있어. '자기가 속이는 상대에게는 반드시 자기도 속는다'고."

"도쿠나가 씨가 우리를 배신한단 뜻이야?"

"……아니, 그건 아니야. 다만…… 내가 너희를 배신할지도 모른다는 말이야."

다카노는 스스로도 무슨 말을 하는지 알 수 없었다.

"뭐? 너, 설마……."

"아니, 아니야. ……그건 아니야. 언젠가 내가 널 배신하지 않으리란 법은 없단 뜻이지. 그렇다면 도쿠나가 씨도 언젠가 우리를……."

"왜 그래? 생각이 너무 지나쳐. 봐라, 실제로 지금도 모든 게 수월하게 풀렸잖아?"

"그렇지."

그쯤에서 말문이 막혔다. 요 며칠 줄곧 가슴 깊은 곳에 맴돌던 말이 입 밖으로 튀어나올 뻔했다.

"뭐야? 하고 싶은 말이 있으면 해."

"너에게는 간타가 있어."

다카노가 드디어 입을 열었다.

"……그러니 넌 간타와 함께할 내일을 그려볼 수 있지. 하지만 내게는 그게 가능할 것 같지가 않아. 내일을 그려보려 하면, 미칠 것 같아."

솔직한 심정이었다.

그런데 야나기는 어이없다는 듯이 웃음을 터뜨렸다.

"서운하게 그런 소리 하지 마라. 너에겐 나랑 간타가 있잖아."

야나기가 이쪽을 쳐다보는 건 알았지만, 다카노는 도저히 눈을 마주칠 수가 없었다.

다음 순간, 앞에서 달리던 도쿠나가의 차가 갑자기 크게 휘청거렸다. 차체가 기울며 타이어가 미끄러졌다.

"뭐, 뭐지……."

야나기가 중얼거린 순간이었다. 크게 휘청거린 차의 조수석 문이 열리고, 데이비드가 바깥으로 내동댕이쳐졌다.

얼음 바닥에 내동댕이쳐진 데이비드가 무시무시한 속도로

나뒹굴었다. 그러나 도쿠나가의 차는 멈추지 않았다. 멈추기는커녕 더욱 속도를 높였다.

"차 세워!" 다카노가 소리쳤다.

야나기가 바로 급브레이크를 밟았다.

"내려! 빨리 내려!"

다카노의 고함에 야나기가 핸들을 쥔 채로 멍한 표정을 지었다.

"내려!" 다카노가 다시 한번 소리쳤다.

문을 열어젖히고 구르듯 차에서 튀어나왔다. 야나기도 반대편으로 나온 듯했다.

"도망쳐! 차에서 당장 도망쳐!"

그렇게 외친 다카노는 차를 등지고 달리기 시작했다. 야나기도 똑같이 뒤에서 따라왔다. 얼음에 자꾸 미끄러져서 잘 달릴 수가 없었다.

"왜, 왜 그래?"

야나기의 목소리가 들린 직후, 등 뒤에서 무시무시한 폭발음이 났다.

폭발한 압력에 다카노 일행은 뒤엉키듯 멀리 날아갔다. 뒤집히며 폭발하는 차가 보였다. 폭발로 두꺼운 얼음이 깨지고 높은 물기둥이 솟구쳤다. 낮게 드리운 흐린 하늘 아래에서 순식간에 불길과 검은 연기가 솟구쳐 올랐다.

얼음 위에 엎드렸던 다카노가 일어서려 했다.

"다카노! 뛰어!"

야나기가 옆에서 소리쳤다. 야나기는 뒤를 보고 있었다. 그 시선 끝을 다카노도 돌아보았다.

폭발로 갈라진 얼음 균열이 무시무시한 속도로 육박해왔다. 얼음이 깨지는 비명 같은 소리가 다가왔다.

다카노는 야나기를 따라 뛰기 시작했다. 그러나 둘 다 발이 미끄러져서 앞으로 나아가지 못했다. 그런데도 필사적으로 앞으로 기어갔다.

소리가 다가왔나.

다음 순간, 하반신이 순식간에 가벼워졌다. 디디고 있던 다리가 얼음을 깨뜨린 모양이다. 이어서 황급히 무릎을 꿇은 얼음도 깨졌다. 균형이 무너졌다. 하반신이 물에 가라앉았다. 다카노는 팔을 뻗어 얼음을 붙잡았다. 몸을 끌어 올려보려 애를 썼지만, 붙잡은 곳에도 또다시 균열이 생기며 깨진 얼음 사이로 물이 뿜어져 올라왔다.

붙잡은 얼음이 큰 덩어리에서 떨어져 나왔다. 시퍼런 번개처럼 주위의 얼음이 점점 깨졌다.

"다카노!"

아직 얼음 위에 있는 야나기가 도와주러 다가왔다. 그러나 그 발밑에서도 서서히 얼음이 깨졌다. 야나기도 엉겁결에 뒤로 물러설 수밖에 없었다. 그러면서도 야나기가 다시 다가오려 했다.

"안 돼! 오지 마!" 다카노가 소리쳤다.

"다카노, 여기까지 와! 헤엄쳐서 와!"

다카노는 필사적으로 물을 차냈다. 그러나 이젠 어쩔 수가 없었다.

두 사람의 간격이 차츰 벌어졌다.

"난 상관 말고 가! 빨리!"

"다카노!"

"오지 마! 오면 죽인다!"

입으로 물이 흘러들었다. 물은 흡사 돌처럼 단단하고 차가웠다.

"다카노!"

야나기가 물로 뛰어들려 했다.

"멈춰!" 다카노가 소리쳤다. "……간타는 어떡해! 넌 간타를 지켜! 넌…… 넌 마지막까지 동생을 지켜! 부탁이야…….."

야나기가 그제야 동작을 멈췄다.

또다시 얼음이 깨지고 야나기가 뒤로 물러섰다. 두 사람 사이는 더욱 멀어졌다.

"가! 빨리……."

이제 소리도 잘 나오지 않았다. 그런데도 다카노는 계속 외쳤다.

"제기랄!"

고함을 지른 야나기가 얼음 위에서 멀어져갔다. 얼음 균열이 야나기를 쫓아갔다.

저 멀리 데이비드 김이 보였다. 그도 간신히 이 얼음에서 도망친 듯했다.

다카노는 얼음덩이를 잡고 있던 손에서 힘을 뺐다. 물속으로 가라앉는 몸은 수많은 사람에게 뭇매를 맞는 느낌이 들었다. 하늘도 강도 얼음도 모두 같은 색이었다. 자기가 지금 보는 것이 하늘인지 강인지조차 분간할 수 없었다.

*

눈앞에서 잇달아 벌어지는 광경에 마냥 놀라고 있을 여유는 없었다.

지금 눈앞에서 자동차 한 대가 폭발했다. 그 충격으로 얼음강이 깨졌고, 분명히 죽었을 다카노가 지금 그 강 속으로 삼켜지는 순간이었다.

"넌 도쿠나가를 쫓아!"

퍼뜩 정신을 차린 가자마가 차에서 튀어 나갔다. 똑같이 멍해 있던 이치조가 "아, 네"라며 고개를 끄덕이고, 차를 급발진

시켰다.

가자마는 강둑을 뛰어 내려갔다. 쌓인 눈에 발이 파묻혔다. 그런데도 정신없이 뛰어 내려갔다.

차가 폭발한 장소에 구멍이 뻥 뚫렸고, 얼음이 깨지면서 그 구멍이 점점 커졌다. 그 속에서 다카노가 금방이라도 가라앉을 것처럼 허우적거렸다.

얼음에 매달리려 죽어라 애를 쓰지만, 처음에는 크게 발버둥 치던 동작도 서서히 작아졌다. 이미 의식은 없을지도 모른다. 그저 동물적인 본능으로 어렴풋이 손발을 허우적대는 것뿐일지도 모른다.

모든 일이 순식간에 일어났다. 자기 눈으로 본 광경을 이해하는 데도 시간이 필요한데, 동시에 지금 당장 무엇을 해야 할지 판단까지 내려야 했다.

'동양에너지'의 에나미와 이즈미야를 쫓아 여기까지 왔다. 얼음 강 위에 먼저 나타난 한 대의 차에는 역시나 야나기가 타고 있었다. 그런데 다음 순간, 가자마는 무심코 숨을 집어삼켰다.

분명히 죽은 줄 알았던 도쿠나가와 다카노가 그곳에 서 있었기 때문이다.

"어, 어떻게 된 거지……."

옆에 있던 이치조도 혼란스러워했다.

다카노가 살아 있다…… 살아 있다는 것을 기뻐할 시간은 가자마에게 없었다. 그런 자기 감상에 젖어 있을 여유가 없었다.

분명히 죽었던 도쿠나가와 다카노가 야나기와 함께 눈앞에 있었다. 눈앞에서 '동양에너지'의 에나미 일행과 거래를 하려는 중이다.

"주모자는 도쿠나가야. 야나기를 조종한 건 저놈이야."

그 말을 하고 나서야 가자마 자신도 간신히 눈앞의 광경을 이해할 수 있었다. 그런데 왜 다카노도 여기 있지? 다카노도 배신했나?

"어, 어떻게 힐까요? 나가서 셋 다 잡을까요?"

서두르는 이치조를 가자마가 제지했다.

"아니, 이미 늦었어. 만에 하나 여기서 놓쳤다간 모든 게 물거품이야. '동양에너지'는 현금을 준비했어. 여기서 거래하게 놔두지. 그리고 나중에 도쿠나가 일행이 받은 현금을 가로챈다."

계획이 결정되자, 남은 일은 상황을 지켜보는 것이었다.

공범이었던 듯한 데이비드 김이라는 청년의 차도 나타났고, 이어서 '동양에너지'의 에나미 일행이 와서 거래는 싱겁게 끝났다.

다만 예상과 달랐던 것은 에나미 일행이 떠난 후, 도쿠나가 일행이 두 대의 차에 나눠 탔고, 그중 한 대에서 데이비드 김이

굴러떨어지는가 싶더니 곧이어 다카노 일행의 차가 폭발한 것이다.

고민하기도 전에 "넌 도쿠나가를 쫓아!"라고 가자마가 소리쳤다.

그렇게 고함을 친 후에야 다카노와 야나기, 그리고 아마 데이비드 김까지도 도쿠나가에게 배신당했을 거라고 깨달았다.

눈앞의 상황은 시시각각 변했다.

가자마는 둑에 우두커니 선 채, 그 자리에서 움직일 수가 없었다. 강으로 뛰어들면 자기도 얼음 밑으로 끌려 들어간다. 그러나 가만히 지켜보기만 하면 눈앞에서 다카노가 죽는다.

가자마는 생각을 멈췄다. 멈춘 순간, 몸이 멋대로 움직이기 시작했다.

가자마는 둑을 뛰어 내려갔다. 균열이 퍼지는 얼음 위를 달려서 다카노를 향해 달려갔다. 아직은 안정적인 얼음도 있었다. 그러나 밟는 순간 물속으로 가라앉는 얼음도 있었다.

균형을 잃은 가자마의 오른발이 물속으로 빨려 들었다. 기어오르려는 순간, 강가에 떠 있는 목욕탕 발판처럼 생긴 나무 판자가 보였다.

기듯이 일어서서 그리로 다시 뛰어갔다. 떠 있는 것은 역시 다다미 한 장 정도 크기의 나무판자였다. 얼음에 들러붙은 그것을 잡아떼서 끌어안고 다카노를 향해 다시 달려갔다.

다카노는 얼음덩이에서 더 멀어져 있었다.

가자마는 무작정 물속으로 뛰어들었다. 뛰어든 순간, 발이 바닥에 닿았다. 그리 깊지는 않았다. 무릎 아래를 바이스로 조이는 느낌이었다.

나무판자를 끌고, 물속으로 걸어갔다. 냉기 따윈 느껴지지 않았다. 오직 아픈 다리를 앞으로 내디뎠다.

가까스로 도착했을 때, 다카노의 얼굴에서는 이미 핏기라곤 찾아볼 수가 없었다.

뺨을 때리지, 희미하게 의식이 놀아왔다.

"다카노!" 가자마가 불렀다.

"다카노! 죽으면 안 돼!"

다시 한번 뺨을 때리고, 잡아당긴 나무판자 위로 몸을 끌어올렸다. 물속에서 끌어오는 동안, 운 좋게 나무판자 밑으로 얼음 조각이 모여들었다. 덕분에 다카노를 태워도 나무판자가 가라앉지 않았다.

"다카노! 정신 차려!"

가자마가 다카노에게 말을 건네며 기슭을 향해 나아갔다.

그러나 얼음이 깨져서 강기슭은 더욱 멀어졌다.

"이젠 괜찮아." 가자마가 말했다.

다카노의 뺨에 아주 흐릿하게 핏기가 되살아났다.

"난 네가 죽었다는 걸 믿지 않았어. 아무도 그렇게 생각하지 않아. 후미코 씨도 그랬어. 네가 죽을 리가 없다고."

무슨 말이든 하지 않으면 자기도 의식을 잃을 것 같았다. 그러나 턱이 덜덜 떨려서 소리가 잘 나오지 않았다.

분명 걷고 있는데도 다리에 감각이 없었다. 수위는 조금씩 낮아졌다. 이제 물은 무릎 언저리까지밖에 안 왔다. 그러나 아무리 필사적으로 발을 내디뎌도 기슭은 여전히 가까워지지 않았다. 걸으면 걸을수록 기슭이 멀어지는 것 같았다.

그런데도 가자마는 나무판자를 계속 끌었다. 다카노를 끌었다.

"기억하니? 네가 강으로 뛰어들었을 때, 내가 분명히 약속했지. 네가 하루만 살아낸다면, 내가 널 지키겠다고. 내가 널 반드시 지키겠다고."

이제는 소리를 내도 의식을 집중할 수가 없었다. 눈이 흐려지고, 시야가 급격하게 좁아졌다.

서서히 움츠러드는 시야 속에서 둑에 서 있는 사람들의 형체가 보였다. 이쪽을 향해 손을 흔들고 있었다. 조금 전 폭발음을 듣고 근처 주민들이 모여든 듯했다.

"이젠 살았어. 다카노……."

가자마는 오로지 발만 계속 내디뎠다.

주민들 중 한 사람이 이쪽으로 밧줄을 던져주었다. 바로 앞에 밧줄 끄트머리가 떨어졌다.

가자마는 밧줄을 잡았다. 눈은 이제 거의 보이지 않았다.

무거운 밧줄을 끌어당겨 다카노를 실은 나무판자에 묶은 순간, 가자마는 완전히 의식을 잃었다.

15장
벽 너머

다카노는 운하를 따라 난 도로를 등을 구부정하게 웅크리고 걸었다. 운하도, 고속도로 고가 다리도, 구름 낀 하늘도, 모두 엇비슷한 색깔이었다. 움직임이라곤 없는 그 풍경에 도쿄만 (灣)에서 불어온 한풍이 스쳐 지나갔다.

며칠 전에 내린 눈이 아직 갓길에 남아 있었다. 지저분한 눈 위에 찍힌 개 발자국이 보였다.

대형 트럭들로 정체된 교차로를 건너서 역으로 향하는 길에 자그마한 부동산이 있었다.

밖에 붙여둔 임대아파트 물건을 본 다카노가 갑자기 걸음을 멈췄다.

부동산 안을 들여다보니, 오래된 외관과는 달리 화분을 장식해둔 따뜻한 분위기였다. 카운터에 젊은 여성 직원이 앉아 있었다.

다카노가 문을 열었다. 사탕을 막 입에 넣으려던 젊은 직원이 손을 멈췄다.

"저, 집을 구하는 중인데요." 다카노가 말을 건넸다.

안으로 불어닥친 찬바람에 카디건 앞섶을 모아 쥔 여자가 "어서 오세요"라며 맞은편 의자를 권했다. 아직 스무 살 정도로 보였고, 미키 마우스 볼펜을 손에 쥐고 있었다.

"어느 지역을 찾으세요?"

여성이 재빨리 탁자에 노선도를 펼치며 물었다.

딱히 희망하는 지역은 없었다.

"혼자 살아볼까 해서." 다카노는 질문과 다른 대답을 했다.

"원룸을 찾으시겠네요? 대학?"

여성이 두툼한 파일을 꺼냈다.

"아뇨, 대학이 아니라 일."

"아아, 일하시는구나. 근무지는?"

"네?"

"아무래도 다니기 편한 곳이 좋겠죠?"

"아아, 네. 도쿄예요." 다카노가 서둘러 대답했다.

"도쿄 역? 그럼, 환승 없이 다니려면 주오선(線), 마루노우치선……."

"저." 다카노가 그쯤에서 끼어들었다. 파일을 넘기던 여성의 손길이 멈췄다.

"……저, 도심에는 숲이 없겠죠?" 다카노가 물었다.

"네?" 여자가 웃었다.

다카노는 매우 진지했지만, 여자는 농담으로 받아들인 듯했다.

"공원 말씀하시는 건가요? 도심에서 큰 공원이라면…… 요요기 공원이나 신주쿠교엔이나 진구가이엔……."

여자가 카운터에 놓인 지도의 녹색 부분을 미키 마우스 볼펜으로 가리켰다.

요요기 공원은 다카노도 알고 있다. 그러나 그것은 숲이 아니다.

"예산은 어느 정도 선에서 찾으시죠?"

여자의 질문에 "어느 정도면 빌릴 수 있나요?"라고 다카노가 오히려 물었다.

"그건 넓이에 따라 다르고, 장소에 따라서도 다른데……."

그때 뒤에서 전화가 울려서 여자가 양해를 구하고 수화기를 들었다. 손님의 문의 전화 같았다.

다카노는 임대 물건 파일을 넘겨보았다. 넓이와 임대료, 창밖 풍경을 찍은 사진이 첨부된 물건도 있었다.

차례대로 넘겨봤지만, 창밖으로 숲이 보이는 물건은 물론 없었다. '전망 좋음'이라고 적힌 물건의 창밖 풍경은 높은 빌딩

숲뿐이었다.

그중에 고층 빌딩 물건이 있었다. 작은 집인데, 임대료는 10만 엔, 창밖으로 보이는 건 역시나 빌딩, 빌딩, 빌딩.

그 순간 바로 아래 사진에서 부자연스러운 걸 발견했다. 처음에는 무슨 얼룩인가 했지만, 찬찬히 살펴보니 저 멀리로 화재 장면이 찍혀 있었다. 불길은 안 보여도 하늘로 피어오르는 것은 틀림없는 검은 연기였다.

문득 나란토가 떠올랐다. 도쿠나가의 집 앞에서 늘 피웠던 모닥불이다. 그 연기는 숲속에서 하늘을 향해 똑바로 솟구쳐 올랐다.

결국 그날, 도쿠나가는 속초항에서 이치조에게 발견됐다고 들었다. 러시아로 가는 배에 오르기 직전이었던 모양이다.

모든 게 도쿠나가의 계획대로 진행됐을 것이다. '동양에너지'와 거래를 마치고, 우리를 배반하고, 캘리포니아로 향하는 여정만 남아 있었다.

도쿠나가는 속초항 안벽에서 차를 세우고 내렸다. 몇 분 후면 승선할 수 있었지만, 소변을 참을 수가 없었다. 차에서 내린 도쿠나가는 안벽에서 소변을 봤다. 안벽에는 인기척이 없었고, 그저 찬바람만 불었다. 돈을 실어둔 차는 바로 옆에 있었다.

이치조는 조금 떨어진 곳에서 그 모습을 지켜보고 있었다. 이미 본부와는 연락을 취했다. 본부에서 내려온 지시는 승선

전에 도쿠나가를 죽이고, 돈을 가로채라는 내용이었다.

이치조는 도쿠나가 옆으로 다가갔다. 도쿠나가는 그 발소리를 알아채지 못했다.

이치조의 얘기에 따르면, 그때 도쿠나가는 한풍에 대항하듯 큰 소리로 노래를 부르고 있었다고 한다.

뒤에서 접근한 이치조는 한 치의 망설임도 없이 도쿠나가를 찔렀다. 도쿠나가는 그 자리에서 무릎을 꿇었다. 발밑에서는 검은 파도가 일렁였다.

이치조는 그 등을 발로 찼다. 떨어지기 직전에 도쿠나가가 돌아봤다고 한다. 입에서 피가 뿜어져 나오는데도 그 표정은 어딘지 모르게 편안해 보인 모양이다.

"실례했습니다."

여자의 목소리가 되살아났고, 다카노는 들여다보던 사진에서 눈을 들었다. 다카노가 보고 있던 사진을 여자도 들여다보았다.

"……불." 다카노가 검은 연기를 가리켰다.

"네?" 사진을 더 바짝 들여다보는 여자의 머리칼에서 달콤한 향기가 났다.

"어머, 진짜네. 불났네요. 몰랐어요."

"모닥불 같네요." 다카노가 말을 이었다.

"네?"

"아, 왠지 숲속에서 피운 모닥불 같아서."

다카노의 말에 "숲속?"이라며 고개를 갸웃거린 여자가 사진을 다시 들여다보았다.

*

1층으로 옮긴 사무실 창밖으로 멋진 이끼 정원이 보인다. 지난주에 내린 눈이 아직 남아 있어서 짙은 초록빛과 잔설의 대비가 아름답다.

가자마는 창문을 열려고 손을 뻗었다. 그런데 손끝이 막 닿으려는 순간, 헤드폰에서 여성 교환원의 목소리가 들렸다.

"연결됐습니다. 말씀하시죠."

쌀쌀맞은 그 목소리에 이어서, "미안하네. 오래 기다렸지"라는 아카시의 목소리가 들렸다.

늘 그렇지만, 가자마는 이 목소리를 들을 때마다 아카시는 어떻게 생겼을까 하는 상상을 떠올리고 만다. 같은 AN 통신 소속이고 가자마에게는 직속 상사지만, 아직 한 번도 만난 적이 없다.

"어떻게 됐습니까?" 가자마가 재촉했다.

"상부에는 내가 한 차례 설명했어. 변칙적인 형태긴 하지만,

주모자인 도쿠나가가 죽었고 '동양에너지'에서 받은 돈을 이쪽이 챙겼다는 점에서는 성공한 거래라고 볼 수도 있지. '동양에너지' 측은 당장 'V. O. 에퀴' 쪽에 연락을 취한 모양이야. 당연히 '니치오 파워'보다는 좋은 조건으로 교섭을 시도하겠지. 아마 'V. O. 에퀴'는 파트너를 '동양에너지'로 갈아탈 테고. 다만, 그때부터는 좀 복잡해지지. 원래 국내 수도법 개정을 추진하려 했던 의원들은 '니치오 파워'의 측근이었으니까. '동양에너지'가 그들을 포섭할 수 있을지 없을지는 아직 미지수지. 이건 내 예측인데, '동양에너지' 측은 분명 그 근본부터 바꿀 거야. '동양에너지'와 친분이 있는 오키노 구니오라는 의원이 있는데, 이 남자가 선두에 서서 수도법 개정을 다른 방향으로 새롭게 진행할 가능성이 있는 모양이야. 그렇게 되면, 법 개정부터 사업 개시까지의 일정은 상당히 늦어지겠지."

가자마는 아카시의 설명을 들으며 멍하니 창밖을 내다보았다. 자작나무 가지에 쌓여 있던 눈이 아무런 전조도 없이 바닥으로 툭 떨어졌다.

"그리고 야나기 유지의 처분 건인데……." 아카시가 화제를 돌렸다.

"……자네가 해준 설명을 그대로 전달했네. 이번 일은 모두 도쿠나가가 꾸몄고, 야나기는 단지 이용당했을 뿐이라고."

"실제로도 그렇게 보입니다."

"어, 내 생각도 그래. 하지만 조직에 대한 배신인 건 분명해. 따라서 야나기는 앞으로도 그 행방을 수색 명단에 올린다. 다만, 수색을 위한 임무나 예산은 따로 책정하지 않기로 했네."

"그렇다면?"

"조직에서 적극적으로 찾지는 않겠지만, 야나기는 여전히 도주자야. 앞으로 평생 AN 통신을 피해서 숨어 살아야 한단 뜻이지."

"그럼, 야나기 동생의 처우는?"

"야마나시의 시설로 돌려보낸다. 그것으로 AN 통신과의 관계는 완전히 끊는다. 그 후, 야나기가 데려간대도 우리는 전혀 관여하지 않는다."

이미 예상했던 바지만, 가자마는 대답할 말을 찾을 수가 없었다.

야나기라는 소년은 앞으로 평생 두려움에 떨며 살아야 한다. 그런 공포 속에서도 필사적인 각오로 동생을 구하러 오겠지. 그리고 구해낸다 해도 여전히 같은 공포 속에서 이번에는 동생과 둘이 살아가야 한다.

"그보다 다카노는 어떻게 됐나?"

헤드폰에 아카시의 목소리가 돌아왔다.

"……아, 네."

그쯤에서 가자마가 말을 머뭇거렸다.

"네, 라니, 무슨 뜻이지?"

"……아직 모르겠습니다." 가자마가 대답했다.

"아직 모른다고?"

"네, 정식으로 AN 통신에서 일할지 안 할지는 다카노 스스로 결정할 문제니까요."

"그야 그렇지만…… 다카노가 내켜하지 않나?"

"모르겠습니다."

"모른다고? 다카노의 수술은 내일이잖아?"

"네, 그렇습니다. 다만, 내일 다카노가 나타날지 안 나타날지, 저로서는 잘 모르겠습니다. 저는 다만 그곳에서 기다릴 뿐입니다."

"그 후 야나기와 연락을 취하는 것 같진 않나?"

"아닙니다. 그건 제가 보증합니다."

"……아무튼 다카노 건은 자네에게 일임하겠네. 단, 내일 다카노가 수술을 안 받으면 얘기는 또 달라져."

"알고 있습니다."

"쉽게 말하지 마. 만약 다카노가 AN 통신에 들어오길 거부하면 어떻게 되는지…… 호적도 없고, 신원도 없이 이 세상에 존재하지 않는 인간으로 살아가는 게…….."

"물론 알고 있습니다. 본인도 확실하게 알고 있을 겁니다."

가자마가 강한 말투로 대화를 끊었다.

통신이 끊긴 후, 얼마쯤 지나 등 뒤에서 문을 노크하는 소리가 들렸다.

가자마가 대답하자 조용히 문이 열리고, "15분쯤 후에 택시가 온대요"라고 후미코가 알려주었다.

타이밍으로 볼 때, 후미코는 문 너머에서 아카시와 나누는 대화를 들었을 것이다.

"고맙습니다." 가자마가 감사 인사를 했다.

바로 돌아갈 줄 알았는데, 후미코가 움직이지 않았다.

"무슨 용건이라도?" 가자마가 물었다.

"아뇨, 그냥…… 가루이자와 역까지 저도 같이 갈게요."

"아. ……아뇨, 괜찮아요. 이런 건 한번 기대기 시작하면, 계속 기대게 됩니다. 저는 앞으로 평생 이 몸으로 살아가야 해요. 처음부터 기댈 순 없어요."

가자마는 그렇게 말한 후, 휠체어에 앉은 자기 다리를 내려다보았다. 아니, 예전에는 거기에 있었던 양쪽 다리를 내려다보았다.

"절단한 후에도 발바닥이 가려울 때가 있다는 얘기를 가끔 듣긴 했는데, 실제로도 그렇더군요." 가자마가 웃었다.

후미코는 웃지도 않고 고개를 숙이고 있었다.

"걱정하지 마세요. 이제 통증은 없어요. 이 몸으로 최선을 다해 살아가는 것만 남았습니다."

"제가 할 수 있는 일이 있으면 뭐든 도울게요."

"고맙습니다."

후미코가 물러가고, 가자마는 다시 창밖을 내다보았다.

잠시 후 택시를 타고 역으로 가서 저녁에는 도쿄에 도착한다. 예약해둔 호텔에서 하룻밤을 묵는다. 다음 날 아침에 다카노가 호텔 로비에 나타날지 어떨지는 알 수 없다. 만약 나타나면, 곧 바로 AN 통신 시설로 가서 다카노의 가슴에 소형 폭탄을 설치한다. 그러면 다카노는 정식으로 AN 통신의 첩보원이 된다.

그러고 나면, 그 후에는 규칙대로 살아갈 뿐이다. 원칙적으로는 매일 정오에 본부로 연락하면, 그날은 가슴에 심은 폭탄이 작동하지 않는다. 만약 그 연락을 게을리하면, 조직은 그가 배신행위를 시작했다고 간주한다.

첩보원은 24시간만 신용을 받고 그날을 살아간다. 그런 하루하루를 되풀이하고, 만약 서른다섯 살까지 무사히 살아남으면 나머지 인생은 자유롭게 살 수 있다. 그때, 자기가 원하는 단 하나를 손에 넣을 수 있다. 돈을 원하면 돈. 뭐가 됐든 그 후의 인생을 설계할 수 있다.

가자마는 휠체어 레버를 당겨 창가로 다가갔다. 자작나무 밑동에 쌓인 잔설이 햇살을 받아 반짝였다.

가자마는 자기 무릎 끝을 어루만졌다.

얼음 속에서 다카노를 실은 나무판자를 끌었을 때의 감촉이 손바닥에 되살아났다. 얼음을 헤치며 한 걸음씩 내디딘 다리에는 이미 감각이 없었다. 걷고 또 걸어도 강기슭에 도달하지 못했다. 걷고 또 걸어도 발밑의 얼음은 계속 깨졌다.

"다카노!"

그때 가자마는 그 이름을 수없이 불렀다. 이제 자기가 뭐라고 외치는지조차 알 수 없었지만, 아무튼 계속해서 큰 소리를 질러댔다.

"내가 지켜. 난 널 반드시 지켜"라고 구름 낀 하늘을 향해 외쳤을 게 틀림없다.

언제쯤 의식을 잃었는지 기억이 나지 않는다. 정신을 차렸을 때는 난방이 된 병실이었다. 흐릿하게 시야에 잡힌 의사에게 "다카노는? 다카노는 어디 있어?"라고 고함을 쳤다.

의사는 안심하라는 듯이 미소를 지었다. 다카노는 옆 병실에 있고, 생명에는 지장이 없다고 영어로 알려주었다. 그 순간 온몸에서 힘이 빠졌다.

자기가 심각한 동상을 입었고, 무릎 아래를 바로 절단해야 한다는 설명을 의사에게 들었지만 솔직히 별다른 감정은 없었다.

"부탁드립니다"라고 대답하면서 왜 그런지 살며시 미소가 번졌다.

다카노는 살았어. 다카노는 무사합니다.

멀어지는 의식 속에서 가자마는 딱히 누구에게랄 것도 없이 그 말을 되풀이했다.

그것은 초등학생이었던 다카노가 가자마의 집으로 오는 신칸센 안이었다. 다카노는 차창 밖으로 흘러가는 경치에 시선을 빼앗기고 있었다.

가자마가 그 자그마한 등에 말을 건넸다.

"그 방에서 엄마를 기다릴 때, 넌 무슨 생각을 했니?"라고.

그 방이라는 말에 다카노의 자그마한 등이 긴장되는 걸 알 수 있었다.

엄마에게 버림받고, 먹을 것도 없이 남동생과 둘이 갇혀 있던 아파트의 방을 잊었을 리가 없다.

대답하지 않는 다카노에게 가자마가 다시 한번 똑같은 질문을 했다. 잔혹하다는 건 알지만, 꼭 알고 싶었다.

질문을 하고 시간이 꽤 흐른 뒤였다. 이제 아무 대답도 하지 않겠거니 하고 포기했을 때, 다카노가 이렇게 중얼거렸다.

"계속…… 난 계속 벽 너머로 나가고 싶었어요. ……이 좁은 방에서 나가서 여러 곳을 가보고 싶었어요. 동생이랑 같이 비행기도 타보고 싶었어요. 배나 자동차도 타보고 싶었어요. 동생이랑 같이 이곳저곳을 돌아다니는 나를 상상했어요"라고.

어린 다카노는 돌아보지 않았다. 맹렬한 속도로 스쳐 가는 창밖 경치를 바라본 채, 그렇게 말했다. 가자마는 그저 그 자그마한 등을 물끄러미 바라보았다.

*

도쿄의 겨울은 날이 일찍 저문다.

조금 전까지 운하 맞은편에 늘어선 창고를 분홍빛으로 물들였던 석양이 기울자, 다카노는 갑자기 불안해졌다. 방 안을 오락가락 걷다 다시 창가로 돌아와 운하를 바라보았다.

눈을 감으면, 얼음 속에서 자기를 끌며 걸어가는 가자마의 등이 떠오른다. 그 후 실려 간 병원에서 의식을 찾았을 때, 동상을 입은 가자마가 양쪽 다리를 절단했다는 말을 들었다.

다음 날 아침, 이치조가 신원보증인으로 다카노를 데리러 왔다. 바로 일본으로 귀국한다고 했다. 공항으로 가는 차 안에서 이치조가 들려준 얘기는 간결했다.

그 후 도쿠나가는 러시아행 배에 탈 예정이었던 속초항에서 죽었고, 야나기와 데이비드 김의 행방은 모른다. 그리고 13억 엔의 돈은 이미 AN 통신에서 회수했다고.

병원에서 나오기 전에 다카노는 혼자 가자마의 병실에 들렀다.

목숨을 구해준 감사 인사를 할 생각이었는지, 아니면 다른 이유가 있었는지 자기도 알 수가 없다.

가자마는 침대에 누워 있었다. "들어와"라고 해서 한 걸음만 안으로 들어가 문을 닫았다.

다카노는 그대로 우두커니 서 있었다. 아무 말도 떠오르지 않았다.

"앞으로의 일은 네 스스로 결정해." 가자마가 말했다. 그리고 그 말만 한 후, "……다른 용건은 없다. 나가"라며 다카노를 쫓아냈다.

정신을 차려보니 다카노는 방에서 나와 운하를 따라 걷고 있었다. 방에 있으면 숨이 막혔다. 한동안 걸어가자, 살풍경한 항만지구에 공중목욕탕 하나가 덩그러니 서 있었다.

도쿄만에서 불어오는 차디찬 바람에 뼛속까지 시렸다.

탈의실에도 목욕탕에도 손님은 없었다. 냉랭한 탈의실에서 서둘러 옷을 벗고, 탕으로 향했다.

물이 뜨거웠다. 물속에 담긴 부분이 금세 벌겋게 달아올랐다.

다카노는 더는 참을 수 없어서 벌떡 일어섰다. 벽에 달린 거울에 가슴 아래만 벌겋게 달아오른 자기 몸이 비쳤다.

"앞으로의 일은 네 스스로 결정해"라고 가자마는 말했다.

내일 가자마가 기다리고 있는 호텔로 갈지 안 갈지, 자기 자신도 여전히 알 수가 없었다.

다카노는 심장 주변을 만져보았다. 뜨거운 물 때문에 붉게 변해 있었다.

내일, 그 자리에 심겨질 폭파 장치를 상상해보았다. 24시간의 목숨만 허용되는 삶이라는 것도 떠올려보았다.

나는 그런 생활을 원할까?

이번에는 반대로 내일 아침에 갈 곳도 없이 어딘가로 걸음을 내딛는 자기 모습을 상상해봤다. 뭐든 할 수 있는 삶, 아무런 속박도 없는 생활을 떠올려보았다.

나는 그것을 원할까?

그 순간 불현듯 야나기와 주고받은 대화가 떠올랐다.

"너에게는 간타가 있어"라고 다카노가 말했다.

도쿠나가의 차를 따라 얼음 위를 달리기 시작했을 때였다.

"……넌 간다와 함께할 내일을 그려볼 수 있지. 하지만 내게는 그게 가능할 것 같지가 않아. 내일을 그려보려 하면, 미칠 것 같아."

그것은 솔직한 심정이었다.

이제 자유로워질 수 있다고 생각한 순간에 가장 먼저 떠오른 솔직한 자기 마음이었다.

다카노는 뜨거운 탕에서 나왔다.

높은 천장 들보에서 떨어진 물방울이 세면장 타일을 때렸다. 다카노는 거기에 몸을 눕혀보았다. 등에 차가운 타일이 닿고, 탈의실에서 들어온 틈새 바람이 배를 훑고 지나갔다.

다카노는 눈을 감았다. 눈꺼풀 속에 형광등 불빛이 푸르게하게 남았다.

수술대도 이렇게 차가울까. 예리한 메스가 이곳을 찢을 때, 통증은 느껴질까.

때마침 천장에서 물방울이 떨어졌다. 물방울은 심장을 향해 똑바로 떨어졌다.

에필로그

나리타 공항 안에 있는 카페에 커다란 벗나무를 장식해놓았다. 물론 조화지만, 어떻게 된 구조인지 이따금 바람에 흩날린 꽃잎들이 춤추듯 떨어졌다.

아까부터 외국인 관광객들이 끊임없이 그 앞에서 사진을 찍었다.

조금 떨어진 곳에서 그 모습을 바라보던 기쿠치 시오리가 손목시계를 확인했다. 자기가 탈 뉴욕행 비행기의 탑승 시간까지는 아직 한 시간 넘게 남아 있었다.

"엄마는 왜 그런지 이제야 걱정되기 시작하네."

맞은편에 앉은 엄마가 불안한 듯이 전광판으로 눈을 돌렸다.

"……느닷없이 나란토에서 살겠다고 했을 때도 깜짝 놀랐지

만, 그래도 거긴 할아버지, 할머니가 계셨잖니. 그런데 이번에
는 또 뜬금없이 뉴욕이라니…… 대체 누굴 닮은 건지……. 아
빠나 나나 굳이 나누면 보수적이랄까, 두 갈래 길이 있으면 안
전한 쪽을 선택하는 성격인데 말이야."

딱히 누구에게랄 것도 없는 엄마의 얘기는 멈추지 않았다.

"괜찮아. 유학은 다들 혼자 가잖아. 게다가 일단은 어학원이
야. 학생 절반은 일본인이래."

"그야 그렇지만……."

지난달에 시오리는 나란토의 고등학교를 졸업했다. 3학년
2학기에 전학 가서 고작 반년밖에 안 살았는데, 섬을 떠나온
지금, 왜 그런지 벌써부터 그 섬이 그리웠다.

나란토의 삶에서 자신의 뭔가가 바뀌었느냐고 묻는다면, 명
확하게 대답하긴 어렵다. 그러나 아무것도 안 변했느냐고 묻
는다면, '모든 게 변했다'고 망설임 없이 대답할 수 있다.

시오리는 조화 벚나무로 시선을 돌렸다. 또 다른 가족이 기
념 촬영을 하고 있었다. 다음 순간, 시오리가 "어?" 하고 소리를
흘렸다.

"왜 그래?"

시오리는 엄마 말에 대답도 안 하고 허겁지겁 일어섰다.

벚나무 너머에서 잰걸음으로 걸어가는 두 남성이 보였다.

"엄마, 여기서 잠깐만 기다려."

시오리는 그 뒤를 따라갔다. 거의 뛰다시피 따라갔는데도 남자들의 발걸음은 훨씬 빨랐다.

벚나무를 돌아든 지점에서 간신히 두 사람의 등이 보였다.

"다카노!" 시오리가 불렀다.

두 사람이 동시에 돌아보았다.

역시 다카노였다. 고급스러운 양복을 입었지만 넥타이는 매지 않았고, 하얀 셔츠의 가슴은 살짝 풀어 헤쳐져 있었다.

다카노가 뚫어져라 쳐다봐서 미소를 지으려 했던 시오리는 자기도 모르게 뺨이 굳었다.

"다카노…… 맞지?" 시오리가 중얼거렸다.

무표정이었던 다카노의 얼굴에 그제야 순식간에 미소가 깃들었다.

"시오리?"

"역시 다카노였네……."

다카노가 옆에 서 있는 남자에게 "이치조 씨, 죄송해요. 먼저 가시겠어요? 저도 바로 탑승구로 갈게요"라고 말했다.

남자는 시오리에게 힐끗 시선을 던졌을 뿐, 바로 걸음을 내디뎠다.

다카노가 다가왔다. 그러나 시오리는 무슨 얘기부터 꺼내야 할지 몰랐다.

"다카노……."

또다시 이름을 불렀다.

"시오리, 어디 가?"

오랜만에 듣는 다카노의 목소리에 마음이 조금은 안정되었다.

"나? 지금 뉴욕. 그쪽으로 유학 가. 일단은 어학원이지만."

말이 몹시 빨라지고 말았다.

"아하, 유학."

다카노가 하얀 이를 드러내며 웃었다.

"다, 다카노 너는? 음, 넌 지금 어디 있어? 도쿄? 도쿄에서 일해?"

잇달아 던지는 질문에 "응, 일해"라며 다카노가 고개를 끄덕였다. 그러나 그 이상은 말하지 않았다.

시오리는 다카노가 들고 있는 항공권으로 눈을 돌렸다. 도착지에 '상하이'라고 쓰여 있었다.

"일?" 시오리가 물었다.

"응, 출장. 조금 전 상사랑 같이." 다카노가 뒤를 돌아보았다.

시오리는 새삼 다시 다카노의 모습을 물끄러미 쳐다보았다.

다카노가 갑자기 섬을 떠난 지 아직 두 달밖에 안 지났다. 그런데 얼굴 생김새는 상당히 많이 달라졌다. 만약 다카노에게 형이 있다면, 이런 분위기일 게 틀림없다.

"음, 무슨 일 해?" 시오리가 물었다.

물어보고 싶은 말들이 많을 텐데, 아무것도 떠오르지 않았다.

마지막으로 만났던 날, "세이류 폭포에 또 데려가줘"라고 시오리가 부탁했다. 그리고 다카노는 "알았어. 그럼, 내일"이라고 약속해주었다.

"작은 통신사에서 일해."

"통신사?"

"아시아 관광 안내 같은 걸 인터넷으로 소개하는 작은 회사야."

그쯤에서 대화가 끊겨버렸다. 눈앞에 있는 사람은 다카노인데, 자기가 아는 다카노가 아닌 것 같은 기분이 자꾸만 들었다. 아니, 애당초 나는 다카노라는 소년을 몰랐던 게 아닐까 하는 생각까지 들었다.

"미안. 나 그만 가봐야 해."

다카노가 또다시 상사가 걸어간 방향을 돌아보았다.

"어, 응. 미안."

"자, 그럼."

"……응."

시오리는 걸음을 내디딘 다카노의 뒷모습을 멍하니 바라보았다. 너무 맥이 빠져서 말을 건 자기가 오히려 부끄러워질 정도였다.

그 순간, 다카노가 멈춰 섰다. 시오리는 엉겁결에 한 걸음을 내디뎠다.

"시오리."

돌아보는 다카노에게 "왜?"라고 물었다.

"……세이류 폭포보다 좋은 곳이 어딘가에 꼭 있을 거야."

갑작스러운 말에 시오리는 당황했다. 물론 함께 갔던 세이류 폭포에서 나눴던 대화는 기억한다.

"어?" 시오리가 되물었다.

"틀림없이 있어. 난 그렇게 생각해."

다카노가 그 말만 남기고 걸음을 내디뎠다.

"나도……." 시오리는 중얼거렸다. 그러나 그 소리는 다카노에게 들리지 않았다.

"다카노! 나도 찾아낼게! 다음에는 거기서 만나!"

시오리가 그렇게 소리친 순간, 다카노는 모퉁이를 돌아 모습을 감췄다. 더는 돌아보지 않았다.

*

이 일련의 상황으로부터 2년 후, 주요 전국 신문에 다음과 같은 기사가 일제히 실렸다.

수도사업 민간 위탁 확대로 개정 법안 내각회의 결정/정부

정부는 21일 내각회의에서 수도사업의 민간 위탁을 대폭적으로 인정하는 법안 등을 골자로 한 수도법 개정안을 결정했다. 이번 국회에 제출하여 내년 실시를 목표로 한다.

개정 법안은 소규모라 경영난에 시달리는 기초자치단체의 수도사업 재정비부터 시작된다.

옮긴이의 말

변화는 경계를 허무는 데서 시작된다. 순수문학과 대중문학을 넘나들며 활약해온 요시다 슈이치의 또 다른 차원의 경계 확장이 바로 《태양은 움직이지 않는다》《숲은 알고 있다》《워터 게임》엔터테인먼트 3부작 소설이다. 그리고 본 작품 《숲은 알고 있다》는 시리즈의 중간 가교 역할을 훌륭히 해내는 동시에, 작가 본연의 색깔을 가장 짙게 머금으며 변화 속의 균형감까지 갖추었다.

《태양은 움직이지 않는다》에서 냉혹하고 비정한 산업스파이로 활약한 다카노 가즈히코. 그랬던 그가 이번에는 시간을 한참이나 거슬러 올라가 오키나와현의 작은 외딴섬에 살던 시절로 돌아간다. 말하자면 다카노의 과거가 밝혀지는 마이너스 지점에서부터 시작되는 이야기다. 앞선 《태양은 움직이지

379

않는다》에서는 엄청난 규모의 스토리 전개와 속도감을 중시한 데 반해,《숲은 알고 있다》에서는 주변에서 흔히 마주칠 법한 인간미 넘치는 인물들이 등장해서 공감도가 훨씬 높아진다.

언뜻 보기에 다카노는 친구들과 실없는 장난을 치고, 첫사랑에 가슴 설레는 지극히 평범한 고등학생이다. 그러나 그 이면에서는 부모의 학대로 버려진 아이들을 산업스파이로 길러내는 조직인 AN 통신에서 첩보활동 훈련을 받는다. 그러던 어느 날, 같은 훈련생이자 가장 친한 친구였던 야나기가 편지 한 통만을 남기고 홀연히 사라진다. 단순한 도망일까, 배신일까? 나가노는 그의 행방을 걱정하면서도 훈련의 마지막 테스트로 첫 임무를 수행하게 된다.

당연한 얘기겠지만, 스파이로 태어나는 사람은 없다. 스파이로 만들어질 뿐이다. 지금은 유능한 다카노도 예외는 아니다. 그가 스파이로 성장한 계기는 가혹한 어린 시절을 보낸 남다른 과거 때문이다. 어린아이 둘만 가둬놓고 사라져버린 엄마, 결국 굶어 죽은 동생을 끌어안은 채 발견된 다카노는 AN 통신의 보호 아래, '자신 이외의 인간은 누구도 믿지 말라'는 교육을 받으며 성장한다. 때문에 그는 사람을 믿지 못하고, 상대의 마음은 물론이고 누군가를 좋아한다는 감정조차 제대로 이해하지 못한다. 그런데도 열심히 상대를 이해하려 애쓴다. 그것은 지적장애가 있는 동생을 소중히 아끼는 야나기, 다카노를 진심으로 걱정해주는 가자마나 후미코 같은 주변 인물들의 사랑 덕분이다. 그가 끔찍한 트라우마를 딛고 다시 일어설 수 있었던 원동력은 그들의 진정한 사랑과 믿음에서 비롯된 것이다. 사랑의 양상은 다양하고, 혈연관계가 아니기에 그들 간의 사랑은 더욱 진실할지 모른다.

그리고 '나란토'라는 낙원 같은 섬에서 보낸 치유의 시간이 절망의 암흑 속에서도 꺼지지 않는 한줄기 희망의 빛을 살려냈다. 그것은 '타인을 믿는' 데서 오는 빛이다. '타인을 믿지 않는 것'을 신조로 여겨왔던 사람이 용기를 내서 누군가를 믿을 때, 그 사람은 몇 배나 강해지고, 그 인생은 몇 배나 풍요로워진다. 이것이 바로 이 시리즈를 단순한 엔터테인먼트의 틀을 넘어 삶에 대한 진지하고 묵직한 메시지가 담긴 작품으로 자리매김하게 해준다.

작가는 원래 스파이소설을 쓸 생각은 전혀 없었고, 2010년에 오사카에서 실제로 일어난 아동학대 사건에서 감금된 채 죽은 아이들의 이야기를 쓰고 싶었다고 한다. 그런데 그 사건을 밖에서만 바라봤던 탓인지, 그들을 구해주고 싶다는, 어딘지 모르게 오만한 생각이 앞섰다고. 그러던 어느 날, 그들이 갇힌 방 안으로 들어간 느낌이 들었고, '아, 이 아이들은 슬프다는 감정보다 어쨌든 빨리 밖에 나가 놀고 싶어 하는구나'라는 생각이 들었다. 거기에서부터 그 방에서 나온 아이들이 세계를 누비며 다양한 경험을 하는 3부작 구상이 단숨에 완성되었다고 한다. 이 소설의 시작점에도 아무런 죄 없이 희생자가 된 나약하고 소외받은 아이들에게 자유를 안겨주고 싶은 작가의 사랑이 있었던 것이다.

다카노가 그랬듯이 우리는 누구나 저마다의 고통과 상처가 있다. 그리고 그것은 타인은 절대 온전히 이해할 수도 도와줄 수도 없다. 혼자 감당해내야 한다. 설령 그렇더라도 지금 이 순간 절망하고 있는 누군가가 있다면, 괴로움에 몸부림치는 다카노에게 가자마가 건넸던 말이 조금은 위로가 될지 모르겠다.

"사는 게 괴로우면 언제든 죽어도 좋아! 하지만 생각해봐! 오늘 죽든 내일 죽든 별로 다를 게 없어! 그렇다면 오늘 하루만이라도 좋아…… 단 하루만이라도 살아봐! 그리고 그날을 살아내면, 또 하루만 시도해보는 거야. 네가 두려워서 견딜 수 없는 것에서는 평생 도망칠 수 없어. 그렇지만 하루뿐이면, 단 하루뿐이면, 너도 견딜 수 있어. 넌 지금까지도 그걸 견뎌냈어. 하루야. 단 하루라도 좋으니 살아봐!"

이영미

382

숲은 알고 있다

1판 1쇄 발행 2020년 5월 25일
1판 2쇄 발행 2020년 6월 19일

지은이·요시다 슈이치
옮긴이·이영미
펴낸이·주연선

총괄이사·이진희
책임편집·허유민
표지 및 본문 디자인·이다은
책임마케팅·김진겸
마케팅·장병수 이한솔 이선행 강원모
관리·김두만 유효정 박초희

(주)은행나무
04035 서울특별시 마포구 양화로11길 54
전화·02)3143-0651~3 | 팩스·02)3143-0654
신고번호·제 1997—000168호(1997. 12. 12)
www.ehbook.co.kr
ehbook@ehbook.co.kr

잘못된 책은 바꿔드립니다.

ISBN 979-11-90492-60-7 (03830)